スター・キング

エドモンド・ハミルトン

「ジョン・ゴードン、聞こえるか？」夢うつつに声がひびき、一瞬ゴードンは頭がおかしくなったかと疑った。だがそれは、はるか20万年未来からの呼びかけだった。帝国の皇子であり科学者であるザース・アーンが、過去の世界を探索するための精神交換装置を開発したという。そして自分と入れ替わって、驚異の未来世界を見てみないかと提案してきたのだ。期間は６週間。退屈な毎日を送っていたゴードンは求めに応じる。だが銀河系最大の支配者の息子となったゴードンは、思いもしなかった謀略に巻きこまれ……。スペース・オペラの帝王を代表する名作。

登場人物

ジョン・ゴードン……………ニューヨークの保険会社社員
ザース・アーン………………中央銀河帝国の第二皇子。科学者
ヴェル・クェン………………ザース・アーンの共同研究者
アーン・アッバス……………中央銀河帝国の皇帝
ジャル・アーン………………同帝国の第一皇子
チャン・コルビュロ…………同帝国宇宙艦隊の司令長官
オース・ボドマー……………同帝国の最高顧問官
ハル・バーレル………………同帝国シリウス星区巡視隊司令
サーン・エルドレッド………同帝国巡航艦マーカブ号艦長
ヴァル・マーラン……………同帝国戦艦エスーン号艦長
リアンナ………………………フォーマルハウト王国の王女
マーン…………………………ザース・アーンの妻
ショール・カン………………暗黒星雲同盟の指導者
デュルク・ウンディス………同同盟艦隊デンドラ号艦長

スター・キング

エドモンド・ハミルトン
井　上　一　夫　訳

創元ＳＦ文庫

THE STAR KINGS

by

Edmond Hamilton

1949

目次

スター・キング

1　ジョン・ゴードン

ジョン・ゴードンは、はじめて自分の心のなかの声を聞いたとき、頭がおかしくなったかと思った。

その声が最初に聞こえたのは、彼が眠りに沈みかけたときだった。ぼんやりまどろみかけていると、鋭い、はっきりとしたその声が聞こえてきたのだ。

「ジョン・ゴードン、聞こえるか？　わたしの声が聞こえるか？」

ゴードンは起き上がった。急にすっかり目が覚めて、ちょっと驚いてもいた。その声には、奇妙で心を不安にさせるものがあったのだ。

そこで彼は肩をすくめる。脳というものは、人間が半分眠って、意思の力がゆるんだときに、妙ないたずらをやってみせるものだ。べつにたいしたことじゃないはずだ。

彼はそのことを次の夜まで忘れていた。翌日の夜、彼がちょうど眠りの国にはいりかけたとき、そのはっきりした心の声がまた聞こえてきた。

「聞こえるか？　聞こえたら、返事をしてみてくれ！」

ゴードンはびくっとして目をさました。今度は彼も、少し心配になっていた。自分の心は、どこかおかしくなったのだろうか？　幻聴が聞こえだしたら、それはどこか悪いところがあるからだと聞かされていたのだ。

戦争ではかすり傷ひとつ受けずに切りぬけた。しかし、あの太平洋へ出撃していた戦いの日々が、彼の心になにか傷をつけていたのかもしれない。潜伏期間の長い神経障害とでもいったなにかを。

「くだらない。なんでもないことに興奮してる」ゴードンは無理やり自分にいい聞かせた。「緊張して、落ちつかないだけだ」

落ちつかない？　そう、そのとおりだ。戦争が終わってニューヨークに戻って以来、ずっと落ちつかなかった。

ニューヨークの保険会社から若い会計課員を引きぬいて、まるで自分の指を動かすように三十トンの爆撃機を自在にあやつる戦時パイロットに仕立て上げることは可能だ。できないことではない、ゴードンはそうされたのだ。

しかし、三年にわたる戦いのあと、そのパイロットに除隊徽章《きしょう》と従軍感謝状を与えて、もとの会社のデスクに送りかえすのは、簡単なことではなかった。ゴードンはそれを苦い経験でわかっていた。

奇妙なものだった。太平洋上で、命の危険にさらされて冷や汗をかいていたあいだはずっと、自分のもとの仕事と、居心地のいい小さなアパートメントに帰れたらすばらしいだろうと思っていたのだ。

たしかに彼は帰ってきたし、すべては以前のままだった。だが彼のほうが変わっていた。帰ってきたジョン・ゴードンは、戦闘と危険と突然の死には馴《な》れていたが、デスクの前にすわり、ただ単純に数字を足していく作業には、どうしても馴れなかったのだ。

自分がなにを求めているのかはわからなかったが、それはニューヨークでの会社の仕事ではなかった。だが彼はそうした思いを頭から追い出そうとしてきた。懸命に、もとの決まりきった日常に戻ろうとした。だが、それは彼を落ちつかなくさせるばかりだった。

そしていま、頭のなかに奇妙な呼び声を聞いたのだ！　ついに神経過敏に陥って、おかしくなってしまったのだろうか？

神経科医にかかろうかとも思ったが、気がすすまなかった。自分で解決したほうがいいと考えたのだ。

そこで次の夜、ゴードンは決然として呼び声を待ち、それが幻聴にすぎないことを証明してやろうと待ちかまえた。

その夜は聞こえてこず、次の夜もやはり聞こえなかった。もう終わったのだ、と彼は思った。ところが三日目の夜、声は前よりもはっきりと聞こえてきた。

「ジョン・ゴードン、聞いてくれ！　これは幻聴ではない！　わたしはきみとはちがう世界の人間で、わたしが開発した科学によって、きみの心に語りかけているんだ」

ゴードンは半分眠った状態で横になっていたが、その声はまさしく本物に聞こえた。

「答えてみてくれ、ジョン・ゴードン！　言葉ではなく、心で。回線は通じている――きみがその気になれば答えられる」

夢うつつのなかで、ゴードンは応答の思考を暗闇のなかへ送った。

「きみはだれだ？」

返事はすぐに、熱意と勝利の脈動をともなって、はっきりと返ってきた。

「わたしは中央銀河帝国の皇子、ザース・アーンだ。わたしはきみたちより二十万年の未来から話している」

ゴードンは漠然とした驚きを感じた。そんなはずがない！　しかし、声は彼の心のなかで、あまりにもリアルに、はっきり聞こえていた。

「二十万年？　それほどの時代をこえて言葉を交わすなんて正気の沙汰《さた》じゃない、不可能だ。夢を見てるにちがいない」

ザース・アーンの答はすぐに返ってきた。「うけあうが、これは夢ではないし、二千世紀のへだたりはあっても、わたしはきみと同様に実在している」

彼は言葉をつづけた。「どんな物質も時間は飛びこえられない。だが、思考は物質ではない。思考は時間を飛びこせるんだ。きみの心だって、きみがなにかを思い出そうとするときは、いつも少し過去に旅している」

「それが本当だとしても、なぜぼくに呼びかけるんだ？」ゴードンはぼんやりとたずねた。

「二十万年のあいだには多くの変化があった」ザース・アーンはいった。「ずっと昔、きみがその初期に属していた人類は、銀河系の星々に広がっていった。いまでは大きな星間王《スター・キング》国《ダム》がいくつもあり、なかでも最大のものが中央銀河帝国だ。

わたしはその帝国で地位も高く、科学者で、そしてなによりも真理の探究者だ。もう何年も、わたしと同僚は、わたしの心を過去の時代に送ることで過去を探求してきた。わたしと同調可能な人間の心を探し出し、その心と連絡をとることで。

過去の多くの人間と、わたしは一時的に身体《からだ》を交換してきた。精神とは、脳に宿った電気エネルギーの蜘蛛《くも》の巣のようなものだ。それは適切な力によって脳から引き出すことができ、そのあとに別の電気的な蜘蛛の巣、つまり別の精神をいれることができる。わたしの装置は、過去に思考波を送るだけでなく、心全体を送ることでそれを可能にしたんだ。

こうして、わたしの心は過去の人間の身体を支配し、一方その人間の心は、そのあいだ時間をこえてわたしの身体で暮らすんだ。そうやって、わたしは人類史上のさまざまな時代の歴史を、実際にそこで生き、探求してきた。

しかし、わたしはまだ、きみの時代のような遠い過去にまで行ったことがない。ジョン・ゴードン、わたしはきみの時代を探求したいんだ。協力してくれないか？　一時的にわたしと身体を交換することを認めてくれないか?」

ゴードンの最初の反応は、恐怖のこもった拒絶だった。「とんでもない! 気味が悪いし、正気の沙汰じゃない!」

「なにも危険はないよ」ザース・アーンは執拗にいった。「きみはただ、わたしの身体にはいってこの時代で何週間かすごすだけだし、わたしはきみの身体にはいる。それがすんだら、ここにいる同僚のヴェル・クェンが再交換をやってくれる。

考えてみたまえ、ジョン・ゴードン! わたしははるかな過去であるきみの時代を探求する機会を得て、きみもまた、わたしの時代の驚異を見る機会を与えられるんだよ!

きみが心の奥で、現状に満足できず、新しい、未知のものを求めていることは知っている。きみの時代の人間は、これまでだれも、時の大きな深淵をこえて未来に渡るなんていう機会を得られたことがないんだ。それをきみは拒否するのか?」

ゴードンは突然、その考えの魅力にとらわれた。それまで思いもしなかった冒険に向けての、荒々しい招集ラッパの音《ね》を聞いたかのようだった。

二千世紀先の世界と宇宙、星々を征服した文明の栄光——そのすべてを、この目で見られるのだろうか?

命と正気も、そのためには危険にさらしてもいいのではないか? これがすべて本当だとしたら、これまで鬱々《うつうつ》と恋《こ》いこがれてきた冒険に飛び出す、このうえない機会を与えられているのではないか？

　それでも、まだふんぎりがつかなかった。

「あなたの世界で目を覚ましたとして、ぼくにはその世界のことがなにもわからない」彼はザース・アーンにいった。「言葉さえわからないんだ」

「ヴェル・クェンがここにいて、なんでもきみに教える」相手はすぐに答えた。「もちろん、きみの時代もわたしには同様に馴染みがないだろう。だから、きみさえよければ、きみたちの言葉と生活様式をわたしが学べるように、思考スプールを用意してほしいんだ」

「思考スプール？　それはなんだ？」ゴードンはきょとんとしてたずねた。

「きみの時代には、まだ発明されていないのか？」ザース・アーンはいった。「それでは、きみたちの言葉を習えるように、子供向けの絵本と辞書を用意しておいてくれ。それから、しゃべり方を知るための音響レコードも何枚か」

　彼はつづけた。「ジョン・ゴードン、すぐに決心する必要はない。明日また呼びかけるし、そのときに答を知らせてくれればいい」

「明日になれば、ぼくはこのことが全部、狂った夢にすぎないと思ってるはずだ」ゴードンは答えた。

「夢などではないと信じてもらわなければいけない」ザース・アーンは真剣にいった。「わたしがきみの心に連絡できるのは、きみが眠りかけているときだけなんだ。そのときには、きみの意識がくつろいで、心に受容力があるからだ。そして、これは断じて夢ではない」

朝になってゴードンは目覚め、この信じられないことのすべてを、いちどに思い出した。「夢だったんだろうか？」彼は不思議そうに自問自答した。「ザース・アーンは、夢みたいに思うだろうといっていた。そうだ、夢のなかの人物がそういったということもありうる」

仕事に出かける時間になっても、ゴードンはまだ、それが本当のことだったかどうか結論を出しかねていた。

その長い一日ほど、保険会社の仕事が退屈で息苦しく思えたことはなかった。自分の職務が型どおりのつまらない作業で、いかにも無意味で単調だと感じたこともなかった。

そしてその一日じゅう、ゴードンは自分が驚異の世界を夢見ていることに気づいたのだった。壮麗で魔法のような驚異に満ちた、二十万年未来の偉大な星間帝国。新しい、見たこともない、魅惑の世界。

終業時間には、結論は出ていた。この信じがたい話が事実なら、ザース・アーンの求めに応じてなんでもしよう。

帰りがけに、子供向けの絵本と語学テキスト、英語学習用のレコードを買いに店に寄ったところで、彼は少しばかり馬鹿らしい思いがした。

だがその夜、ゴードンは早くベッドにはいった。熱っぽい興奮に胸を高鳴らせて、彼はザース・アーンの声を待った。

声は訪れなかった。ゴードンが眠りにはいれなかったからだ。緊張しすぎて、まんじりともできなかったのだ。

何時間も、彼は寝がえりばかりうっていた。ようやくうとうとしかけたのは、夜明け近くになったころだった。

そのときたちまち、ザース・アーンのはっきりした心の声が伝わってきた。

「やっと連絡がついた。さあ、ジョン・ゴードン、決心はついたかね？」

「引き受けよう、ザース・アーン」ゴードンは答えた。「でも、すぐにやらなければ。あと何日も考えていたら、ぼくは自分がこの夢のせいで頭がおかしくなったと信じてしまうだろうから」

「すぐにとりかかる」意気ごんだ答が返ってきた。「ヴェル・クェンとふたりで装置の用意をしておいた。きみはわたしの身体に六週間はいる。期限が来たら再交換の準備をする」

ザース・アーンは急いでつづけた。「その前に、ひとつ約束してほしい。この時代の人間には、ヴェル・クェン以外のだれにも、心の交換のことを知らさないでくれ。わたしの時代のだれにも、きみがわたしの身体にはいったよそものだということをいってはいけない。おたがいにとって身の破滅になりかねないから」

「約束する」ゴードンは急いで答えた。そして困ったようにつけ加えた。「ぼくの身体はていねいに扱ってくれるだろうね？」

「信用してほしい」ザース・アーンは答えた。「さあ、気持ちを楽にして。きみの心を、時空間をこえて引き寄せる力にあらがわないようにしてほしいんだ」

これは、口でいわれるほど簡単ではなかった。身体から心を引き抜かれようとしているのに、気を楽にできる人間はいないだろう。

しかし、ゴードンはそのとおりにしようとして、うつらうつらした状態に深く沈みこんでいった。

ふいに奇妙な、気味の悪い、引っ張られるような動きを脳のなかに感じた。身体的な感覚ではなく、磁力によるもののようだった。

体験したことのない恐怖が、彼の心のなかに湧き上がった。底知れぬ闇に飲みこまれていくのを感じた。

2　未来世界

意識がゆっくりと戻ってきた。気がつくとゴードンは、日の光がまばゆいばかりに差しこむ部屋のなかで、背の高い寝台に横たわっている。

ひどい衰弱と震えを感じながら、彼はしばらく、ぼんやりと上を向いて横たわっていた。

頭の真上に、いまはずしたばかりのように、コードのたくさんついた銀の帽子のような、奇妙な装置があった。

と、彼の視界に顔がひとつ、覆いかぶさってきた。しわだらけの、白髪《しらが》頭の老人だった。老人は明らかに高揚しており、その青い目には若々しい熱をたたえていた。

彼はゴードンに、かん高い、興奮した声で話しかけた。それは聞いたこともない言葉だった。

「なにをいっているのかわからない」どうしようもなく、ゴードンはいった。

相手は自分を指さして、また口を開く。「ヴェル・クェン」

ヴェル・クェン？　ゴードンは思い出した。ザース・アーンがいっていた、未来世界の同僚科学者の名前だ。

未来世界。ということは、彼らふたりの科学者は、時の深淵をこえて心と身体《からだ》を交換するという信じられない仕事を達成したのか？

急に激しい興奮が湧いてきて、ゴードンは起き上がろうとした。だが、身体を起こせなかった。あまりにも力がこもらず、また横になってしまう。

しかし、起き上がろうとしたときに目にはいった自分の身体に、彼は仰天してしまった。自分の身体ではなかった。ジョン・ゴードンのがっしりとした筋骨《きんこつ》たくましい姿ではなかった。彼がいまはいっているのは、もっと背の高い、やせた身体だった。絹《きぬ》のような白い袖《そで》なしシャツにズボン、それにサンダル履《ば》きだ。

「ザース・アーンの身体か！」ゴードンはかすれ声でいった。「では、ぼくの時代ではザース・アーンがぼくの身体のなかで目を覚ましているんだ」

ヴェル・クェン老人は、彼が口にした名前がわかったようだった。老科学者はすぐにうなずいた。

「ザース・アーン――ジョン・ゴードン」彼はゴードンを指さしていった。

交換は成功したのだ。彼は二千世紀を飛びこえて、いま他人の身体のなかにいるのだ！なにも変わった感じはしなかった。ゴードンは両手両足を動かそうとした。どの筋肉も申し分なく反応する。しかし彼はまだ、この無気味な奇妙さに髪が逆立《さかだ》ったままだった。彼は突然、自分の身体に戻りたくてたまらなくなった。

ヴェル・クェンは彼の思いを理解しているようだった。老人は安心させるように彼の肩をたたき、泡立つ赤い液体のはいった大きなクリスタルのコップをすすめた。それを飲むと、力がついたような気分になった。

老科学者は、彼が寝台からおりるのに手を貸し、不思議そうに部屋を見まわして立つ彼をささえた。

明るい日光が、八角形の部屋の壁全部につくられた背の高い窓から差しこんでいる。光は機械や道具、奇妙な金属製のスプールを置いたたくさんの棚をまぶしく照らし、輝かせていた。ゴードンは科学者ではなかったし、ここにある未来の科学のすべてに戸惑うばかりだった。

ヴェル・クェンが彼を、部屋の隅にある背の高い鏡の前に連れていった。彼は、鏡に映った自分の姿をひとめ見るなり立ちすくんだ。

「いまのぼくは、こんな姿なのか!」ゴードンは自分の像を見つめてつぶやいた。

彼は百八十センチをこえる背丈の、黒髪の青年だった。顔は色黒く、鷲鼻《わしばな》で、まじめそうな黒い目の、かなりの美男子だ。ジョン・ゴードンのものだった、角《かく》ばって陽焼《ひや》けした顔とはまったくちがう。

彼は着心地のいいシャツとズボンを身につけている。ヴェル・クェンが、絹のように白い、長いマントを肩にかけてくれた。老科学者と同じ服装だ。

老科学者はゴードンに、休んでいなさいと身ぶりで示した。だが、衰弱を感じてはいても、ゴードンははるか未来のこの見知らぬ世界を眺めてみずにはいられなかった。

彼はよろよろと窓のひとつに向かった。そこから超モダンな都市、星々を征服した文明中枢の驚くべき首都を見渡せると思ったのだ。だが、ゴードンは失望した。

目の前に横たわる光景は、他を寄せつけない未開の自然の偉観《いかん》だった。この八角形の部屋は、断崖の端にある小ぶりな台地に建つ、頑丈《がんじょう》なセメント造りの小塔の上部にあったのだ。

輝く白雪をのせた巨大な山々の頂《いただき》が、明るい陽光を浴びている。山々とこの塔のあいだには、何千メートルもの深さの、暗く恐ろしい谷があった。見たところ、ほかに建物はない。彼の時代のヒマラヤ山脈とよく似ていた。

弱っていたせいで、ジョン・ゴードンはめまいに襲われ、ふらついた。ヴェル・クェンが急いで彼を塔の間《ま》から連れ出し、下の階の小さな寝室に案内した。やわらかい寝椅子に身体を伸ばした彼は、すぐに眠ってしまった。

ゴードンが目を覚ますと翌日になっていた。ヴェル・クェンがはいってきて挨拶し、脈と呼吸を調べた。老科学者は安心させるように微笑して、彼に食べものを持ってきた。

チョコレート色をした甘い濃厚な飲みもの、くだもの、ウェハース状のビスケット。すべてに栄養素が添加してあるらしく、その軽い食事でゴードンの空腹感は消えた。

つぎにヴェル・クェンが言葉を教えはじめた。老人は小さな箱型の道具を使って実物そっくりの立体像を投影し、現われた物や情景の名をていねいに言葉にした。

ゴードンは塔を出ることなく、この勉強に一週間をついやし、驚くほどの速さで言葉を身につけていった。ひとつにはヴェル・クェンの科学的教授法のおかげで、ひとつにはその言葉が彼の知っている英語にもとづいたものだったからだ。二千世紀でその語彙《ごい》は大きく広がり、変化していたが、完全に異質な言語になってはいなかった。

週の終わりには、ゴードンの体力もすっかり回復し、そのころには言葉を流暢《りゅうちょう》に話せるようになっていた。

「ぼくらがいるのは地球ですか?」それがヴェル・クェンに向けた、彼の最初の真剣な質問だった。

老科学者はうなずいた。「さよう、この塔は地球最高峰の山中にあります」

ではゴードンが推察したとおり、塔のまわりにそびえる雪の峰々はヒマラヤ山脈だったのだ。山々は、彼がはるか昔の戦争中に飛びこえたときそのままに、荒々しく、さびしく、堂堂とした姿を見せていた。

「地球には、ほかに都市や人は残っていないんですか?」

「もちろん残っていますよ。ザース・アーンがこの星の人里離れた場所を選んだのは、彼の秘密の実験を邪魔されないようにするためだけです。

この塔から、彼は人類史のさまざまな時代の何人もの人間の身体にはいって、過去を探索してきたのです。あなたの時代は、ザース・アーンがこれまで探求したなかでも、いちばん遠い時代でした」

いまの自分と同じ途方もない立場に、ほかの人間たちも立たされたのだと思うと、ジョン・ゴードンは少なからず呆然《ぼうぜん》とさせられた。

「いままでの人たちは——もといた時代の身体に、無事に帰れたんでしょうね?」

「もちろんです——わたしがここで精神交換機を操作し、再交換も行なったのですよ。ときが来れば、あなたにもそうします」

これにはほっとした。ゴードンはいまも、未来世界を訪れるという前代未聞の冒険に胸を高鳴らせていたが、他人の身体にずっと閉じこめられたままとは考えたくなかったのだ。

ヴェル・クェンはゴードンに、時をこえた精神同士の連絡と交換を行なう、驚くべき科学的方法を詳細に説明した。

老科学者は精神感応《テレパシー》増幅器の操作方法を説明した。その装置は過去の心を自在に選び出して、思考波を放射できる。彼はつづいて、精神交換装置のほうの操作方法の概要を説明した。

「心というものは、脳の神経細胞の電気的パターンなのです。この装置の持つ力で、そのパターンを分離し、非物質的な光子のネットワークに写しとります。

心が光子になれば、どんな次元にも投射できます。そして時間は四番めの次元ですから、過去へも投射できるのです。この装置の力は双方向に作用させられるので、双方の心を分離すると同時に投射する——つまり交換することができます」

「この精神交換法は、ザース・アーンが自分で発明したんですか?」ゴードンは驚きをこめてたずねた。

「わたしたちが協力して発明しました」ヴェル・クェンがいった。「原理はわたしがすでに完成させていました。弟子のなかでもっとも熱心だったザース・アーンが、その理論を実現しようとして、この装置をつくって試験をするのを手伝ってくれたのです。

実験は、われわれの想像をはるかに上まわる成功をおさめました。そこに、思考スプール*

をたくさん置いた棚が見えるでしょう。あのなかには、そうやってザース・アーンが過去から持ち帰った膨大な量の情報が集積されています。われわれはこの実験を秘密裏に行なっていますが、それはアーン・アッバスが、息子が危険なことをしていると知ったら禁じてしまうからです」

＊思考スプールは、アメリカの心理学者たちが一九三三年という早期から実用化していた脳レントゲン撮影記録術を発展させたもの。その技術では、脳の電気的思考変動をテープに記録していた。ここに登場する改良型では、撮影記録は電子機器で再生され、記録された思考を聴取者の脳内に再現する波動を発生させる。Ed.

「アーン・アッバス？」ゴードンはたずねるようにくり返した。「だれですか？」

「アーン・アッバスは中央銀河帝国を、竜骨座のカノープス星系にある首府惑星から支配している君主です。彼にはふたりの息子がいます。長男の世継ぎがジャル・アーン。次男がザース・アーンです」

ゴードンは仰天した。「つまりザース・アーンは――ぼくがいまはいりこんでいる身体は銀河系最大の支配者の息子なんですか？」

老科学者はうなずいた。「さよう、もっともザースは、権力にも統治にも興味がないのです。彼は科学者であり研究者であって、だからこそスルーンの宮廷を捨てて、地球のこの人里離れた塔で、過去の研究をつづけているのです」

ゴードンはザース・アーンが、自分は帝国では身分が高いといっていたのを思い出した。しかし本当にそれほど高貴な地位にあるとは思いもしなかった。

「ヴェル・クェン、中央銀河帝国とは正確にはどういうものなんです？　銀河系全部をおさえているんですか？」

「そうではありません、ジョン・ゴードン。銀河系には星間王国《スター・キングダム》がたくさんあって、ときには好戦的な競争相手も出てくる。しかし中央銀河帝国はそのなかでも最大のものです」

ゴードンは少し失望した。「ぼくは、未来は民主主義社会になっていると思っていたし、戦争なんてなくなっていると思ってましたよ」

「星間王国はそれぞれ人民が統治していますから、完全な民主主義ですよ」ヴェル・クェンは説明した。「われわれが自分たちの指導者に称号や王位を与えているだけです。広範囲に散らばった諸星系とそこの人類や原生種族を統合するためには、そのほうがいいのですよ」

ゴードンにも呑みこめた。「なるほど。ぼくらの時代のイギリスの民主主義のようなものですね。自分たちの領土をまとめていくために、王室や貴族階級を残していたんです」

「それから、地球ではとっくの昔に戦争はなくなっています」ヴェル・クェンはつづけた。「伝えられている歴史から、それはわかっています。その後の平和と繁栄こそが、宇宙進出の最大の原動力になったのです。

とはいえ、それぞれの星間王国は、たがいに遠く離れすぎているので、いろいろと戦争が起こりました。われわれはいま、あなたがたが大昔に地球を統一したように、王国を統合して平和をもたらそうと努力しているのです」

　ヴェル・クェンは壁ぎわへ行き、列をなしたレンズの脇にあるスイッチに触れた。たくさんのレンズから投影されたのは、実物そっくりの銀河系の小さな映像だった。きらめく小さな光点が円盤状に群れ集《つど》っている。

　光のひとつひとつが恒星を示していて、その数の多さにジョン・ゴードンは目がくらんだ。いくつもの星団、彗星《すいせい》、暗黒星雲——すべて忠実に、この銀河系図に再現されている。しかもこの立体図は、彩色された光で、大小いくつもの区域に分けられていた。

「この色分けが、大きな星間王国ごとの支配星域を示しています」ヴェル・クェンは説明した。「ごらんのとおり、中央銀河帝国の緑色の星域が群を抜いて大きく、銀河系の中心部と北方部*全体に及んでいます。この北のはずれにあるのがソル、つまり地球の太陽で、外宇宙辺境部のいろいろな未開拓星系とも、さほど遠くありません。

　＊銀河系の移動に際しては、照合上の軸として便宜《べんぎ》的に六つの方位が定められている。東西南北と、天頂、天底である。Ed.

　この帝国南方の紫色の小さな星域はヘラクレス男爵領で、力を持つ男爵たちがヘラクレス星団のそれぞれ独立した世界を支配しています。北西方にはフォーマルハウト王国があり、その南方に、ライラ、シグナス、ポラリスその他、大部分が帝国の盟友となっている王国が広がっています。

帝国の南東にある大きな黒い染みは、銀河系最大の暗黒星雲で、そのなかに暗黒星雲同盟があります。このつねに暗闇に包まれた星雲のなかに、いくつもの恒星といくつもの世界があるのです。この同盟こそ、帝国の最強にして油断のならない競争相手です。

帝国はもっとも強力な勢力で、長い時間をかけて、いくつもの星間王国を統合しようとし、銀河から戦争をなくそうとしてきました。ですがショール・カンと彼の同盟は、アーン・アッバスの統一政策にあらがう策略をめぐらし、小規模な王国のあいだに警戒心を助長しようとしているのです」

そのすべてに、二十世紀の人間であるジョン・ゴードンは呆然とするばかりだった。彼は驚異の目で、馴《な》れない立体星図を見つめた。

ヴェル・クェンがつけ加えた。「これから思考スプールの使い方を教えましょう。そうすれば、すばらしい物語を知ることができます」

つづく数日間、ゴードンは言葉を憶えつつ、二千世紀にわたる歴史を学んだのだった。

思考スプールにくり広げられていた人類の銀河進出は、まさに叙事詩だった。宇宙開発における英雄的な偉業、星団や星雲での不運な破滅、あまりにも異質で平和的接触を果たせなかった原生種族とのつらい闘争。

拡大するいっぽうの人類の領地を統治するには、地球はあまりにも小さく、辺鄙《へんぴ》な場所にあった。それぞれの恒星系がそれぞれの政府を樹立し、やがて多くの星系が統合されて王国ができていった。そうしたはじまりから、いまアーン・アッバスが統治する中央銀河帝国が成立したのだった。

ヴェル・クェンは最後にいった。「あなたが自分の時代と自分の身体に帰る前に、われわれの文明をたくさん見たいのはわかります。まず、あなたにいまの地球の姿を見せましょう。この台の上に立ちなさい」

床には円状の石英の台座がふたつはめこまれていて、彼はその片方を指し示した。台座は奇妙な形をした複雑な装置につながっている、

「これは立体通信器*です。視聴可能な立体像を送受信します」ヴェル・クェンが説明した。

「どんな遠隔地とも、ほぼ瞬時につながります」

*立体通信器は、光の何倍も速いサブスペクトル光線を送受信する。この光線こそが星間航行と星間文明の基盤となった。有名なこの光線グループ中で最速のものを用いれば、銀河系の端から端まで、ほぼ瞬時の通信が可能である。Ed.

ゴードンはおずおずと、彼とともに石英板の上に立った。老科学者がスイッチに触れた。だしぬけに、ゴードンは別の場所にいるように感じた。自分がまだ塔のなかの研究室にいるのはわかっていたが、いま見聞きしている自分は、大都市の高いテラスに設置された立体映像受像器の上にいるのだった。

「ここはニヤール、地球最大の都市です」ヴェル・クェンはいった。「もちろん、大星間世界の首府とはくらべものになりませんが」

ゴードンは息を呑んだ。彼は段々になった白いピラミッドが建ちならぶ超巨大都市を見おろしていた。

その彼方《かなた》に宇宙港が見えた。地下ドックが何列にも並び、長い魚の形をした宇宙船がおさまっている。さらに数隻、帝国の彗星の紋章のついた、巨大で恐ろしげな戦闘艦の姿もあった。

しかし、彼の目を引きつけて離さないのは、巨大な都市そのものだった。段々のテラスには、緑の庭園に派手な日よけを出して、行楽《こうらく》を求める人々の群れがあふれている。

ヴェル・クェンは次々に、ニヤールの別の立体受像器に切り替えた。都市の内部を――広間や回廊、住居や工房、巨大な地下原子力発電所を過ぎていった。

それらに魅了されていたジョン・ゴードンの視界から、だしぬけに風景が消えた。ヴェル・クェンが立体通信を切って、窓に駆け寄ったのだ。

「宇宙船が来る！」彼は叫んだ。「どういうことだ。ここには宇宙船が着陸したことなどなかったのに」

ゴードンは空中に満ちる唸りを耳にし、輝く細長い船体が、空からこの人里離れた塔に向かっておりてくるのを目にした。

ヴェル・クェンは警戒しているようだった。「戦闘艦だ。ファントム巡航艦だな。紋章がついていない。なにかまずいことがあったようだ」

輝く宇宙船は、塔から数百メートル離れた台地に強引に着陸した。横腹についた扉が横滑りに開く。

そこから吐き出されたのは、灰色の制服とヘルメット姿の二十人ほどの男たちだった。銃身の細長いピストルのような武器を手に、塔をめざして駆けてくる。

「帝国軍の制服だが、彼らがここに来るはずはない」ヴェル・クェンがいった。しわだらけの顔からは、心配し困惑していることが知れた。「ひょっとすると――」

彼は言葉を途切らせ、急に決意したようだった。「すぐにニヤール宇宙軍基地に通報しなくては！」

老科学者がジョン・ゴードンに背を向けて立体通信器に向かおうとしたとき、階下から突然、大きな破壊音がした。

「ドアが爆破された！」ヴェル・クェンが叫んだ。「早く、ジョン・ゴードン、あれを――」

ゴードンには、彼のいおうとしたことが、ついにわからなかった。その瞬間、制服姿の男たちが階段をかけあがって部屋に飛びこんできたからだ。

異様な男たちだった。どの顔も白く、血の気《け》のない、無色といっていいほど不自然な白さだ。

「同盟の兵隊だ！」ヴェル・クェンが叫んだ。彼はくるりと立体通信器に向きなおろうとした。

闖入者《ちんにゅうしゃ》の指揮官が細長いピストルをかまえた。小さな弾が発射され、ヴェル・クェンの背中に命中する。彼の身体にはいった弾はすぐに爆発した。老科学者は歩みの途中で倒れ伏した。

その瞬間まで、ゴードンはなにもわからず戸惑うだけで、身動きもできなかった。だがヴェル・クェンが倒されたのを見て、身体じゅうに熱い怒りが煮えたぎった。この数日間で、彼はこの老科学者を好きになっていたのだった。

激しい叫びをあげて、ゴードンは突進した。兵士のひとりが、すぐさまピストルをかまえた。

「撃つな――こいつがザース・アーンだ」ヴェル・クェンを撃ち倒した士官が叫んだ。「捕えろ」

ゴードンは兵士の顔に拳《こぶし》をたたきこんだが、できたのはそれだけだった。何人もの手につかまれて、両腕を背中にねじ上げられ、あばれる子供さながら抑えこまれてしまったのだ。

血の気のない顔の士官が、すぐにゴードンに話しかけた。「ザース殿下、あなたの同僚を射殺しなければならなかったのは残念ですが、彼は助けを呼ぼうとしていましたし、われわれがここに来たことを知られては困るのです」

士官は早口でつづけた。「殿下にはなにも危害を加えません。あなたをわれわれの指導者のもとへお連れするために、ここに派遣されたのです」

ゴードンは相手をにらみつけた。このすべてが狂った悪夢のように感じられた。

しかしひとつだけははっきりしていた。彼らはゴードンがザース・アーンだと疑っていない。それも当然だ。彼らが見ているのはザース・アーンの身体なのだ。

「これはいったいどういうことだ？」彼は怒りをこめてたずねた。「きみは何者だ？」

「われわれは暗黒星雲からまいりました！」血の気のない顔の士官はすぐに答えた。「そう、われわれは暗黒星雲同盟の者で、殿下をショール・カンのもとへお連れしにきたのです」

その言葉に、ジョン・ゴードンは困惑するばかりだった。そのとき、ヴェル・クェン老人に聞かされたことを思い出した。

ショール・カンは、中央銀河帝国最大の敵、暗黒星雲同盟の指導者だ。つまりこの連中は、ザース・アーンの属する皇室が支配する大帝国の敵なのだ。

彼らは、彼をザース・アーンだと思い、誘拐しようとしているのだ。当のザース・アーンも、身体交換を計画したときには、こんな事態は予期しなかっただろう！

「きみたちといっしょには行かない！」ゴードンは叫んだ。「わたしは地球を離れない」

「力ずくでもお連れしなければなりません」士官は荒々しく部下たちに命じた。「連れていけ」

3　謎の襲撃者

そのとき邪魔がはいった。兵士がひとり、興奮した表情で塔に駆けこんできた。

「レーダー士官からの報告です。巡航艦級の戦闘艦が三隻、宇宙空間から地球のこの宙域に直行してきます」

「帝国の巡視隊だ」同盟の士官が叫んだ。「急げ、殿下を連れてここを出るんだ！」

しかしゴードンは、彼を捕えようとして彼らがあわてたこの機を逃さなかった。死にもの狂いで、彼らの手を振りほどいたのだ。

押し寄せてくる白い顔の男たちに向かって、彼は重い金属工具をつかみあげ、彼らの顔を激しく殴りつけた。

ゴードンを殺したり傷つけたりしたくない兵士たちにとっては不利な戦いだった。ゴードンはそんな遠慮をしなかったからだ。激しく殴りかかり、兵士ふたりを倒した。だがそこでほかの兵士にまた押さえつけられ、即席の武器を奪われた。

「艦に連れていけ！」血の気のない顔の士官が息を切らしながらいった。「早く！」

大柄な同盟兵士四人につかまえられ、ゴードンは階段を引きずりおろされて、刺すように冷たい外気のなかに引き出された。

光り輝く戦闘艦まで半分ほど行ったところで、その船腹から突き出した黒い恐ろしげな砲身が、ふいに上空に向きなおった。小型砲弾がたてつづけに空へ放たれた。

血の気のない顔の士官が空を見上げて叫んだ。ジョン・ゴードンの目に、巨大な魚形の戦闘艦が三隻、まっすぐに降下してくるのが見えた。

ものすごい爆発音がした。それは巨人の手のように、ゴードンと彼をつかまえていた連中を、一撃で吹き飛ばした。

ゴードンはなかば気を失いながら、巨大な戦闘艦が地上に迫ってくる、耳がつぶれるような持続低音を聞いていた。よろよろと立ち上がったときには、すべては終わっていた。

暗黒星雲同盟の戦闘艦は、融《と》けた金属の残骸になっていた。それを破壊した三隻の巡航艦が着陸するところだった。接地したあとも攻撃をやめず、小型火器で爆弾を打ちこみ、いまだに戦いをつづける同盟の兵士たちを掃討《そうとう》した。

気がつくとゴードンはひとり立ちつくし、さっきまで彼をとらえていた連中は、ばらばらに吹き飛ばされた死体となって数十メートルにわたって山をなしていた。戦闘艦の扉が横すべりに開き、灰色のヘルメットと制服の兵士たちが駆け寄ってきた。

「ザース殿下、お怪我はありませんか?」指揮官がゴードンに叫びかけた。

がっしりした大柄な男だった。髪は黒い剛毛《ごうもう》で、顔はいかつくて赤銅《しやくどう》色を帯びている。黒い瞳を興奮に輝かせている。

「自分はハル・バーレル艦長、シリウス星区巡視隊司令です」彼はゴードンに敬礼した。「本艦のレーダーが、地球に向かう無許可の船をとらえました。追尾してきたところ、殿下の研究所に到着していたというわけです」

彼は死体の群れに目を向けた。「なんと、暗黒星雲のやつらとは！　ショール・カンが殿下をさらいに兵士を送りこんだのですね。戦争が起こります」

ジョン・ゴードンはすばやく考えをめぐらした。この気負いこんだ帝国士官たちも、当然のこととして彼を支配者の息子と認めている。

そしてゴードンは彼らに真実を伝えることはできない。自分がザース・アーンの身体《からだ》にはいったジョン・ゴードンなのだとは！　ザース・アーンからは、だれにも話さないと約束させられ、話したら身の破滅だと釘《くぎ》をさされた。この兵士たちを追い払うまで、彼はこの奇妙な芝居をつづけるしかない。

「怪我はない」ゴードンはふらつきながらいった。「だが、ヴェル・クェンがやつらに撃たれた。死んだのではないかと思う」

兵士たちとゴードンは塔に走った。

彼は急いで階段を駆け昇り、老科学者の上にかがみこんだ。

ひと目見れば充分だった。ヴェル・クェンの身体には、小型原子銃弾の爆発でぽっかりと穴があいていた。

ゴードンは呆然《ぼうぜん》とした。老科学者の死は、この見知らぬ未来世界で、自分が完全にひとりぼっちになったことを意味していた。

自分の身体と時代へ帰ることができるのだろうか？　ヴェル・クェンは、精神交換装置の原理と操作方法をすっかり説明してくれていた。本物のザース・アーンと精神感応《テレパシー》連絡さえできれば、自分でも操作はできるかもしれなかった。

ゴードンはすぐに肚《はら》を決めた。肝心なのは、自分の身体と時代をとり戻すための唯一の装置があるこの塔に居残ることだ。

「お父上に、この攻撃についてすぐ報告しなければなりません、ザース殿下」ハル・バーレル艦長がいった。

「その必要はない」ゴードンは急いで返した。「危機は去った。すべて秘密にしておくように」

彼は支配者の息子としての権威に艦長が従うだろうと期待していた。しかしハル・バーレルは、いかつい赤銅色の顔に驚きを浮かべ、異議をとなえた。

「暗黒星雲同盟の襲撃という重大事を報告しなかったら、自分の任務怠慢になります！」艦長は抗議した。

そして立体通信器のところへ行き、いくつかのスイッチに触れた。すぐさま受像盤上に制服姿の士官の像が現われた。

「スルーンの艦隊司令部です」士官がてきぱきといった。

「シリウス星区巡視隊のハル・バーレル艦長より、最重要の事態についてアーン・アッバス陛下に報告がある」赤銅色の艦長がきっぱりと告げる。

映像の士官は驚いた。「コルビュロ司令長官にではないのか?」

「ちがう――あまりにも重大かつ緊急を要する件だ」ハル・バーレルは主張した。「陛下への直接の報告については、自分が責任を持つ」

少し待たされた。やがて立体通信の像が、突然別の人間に変わった。

中年をとうに過ぎた大柄な男で、もじゃもじゃのこわい眉毛の下に、人を射抜くような厳《いかめ》しい灰色の目。黒いジャケットとズボンの上に、華やかな刺繍《ししゆう》入りのマントを羽織り、その白髪《しらが》まじりの大きな頭にはなにもかぶっていない。

「いつから一介の巡視隊の司令が、このような――」怒ったようにいいかけて、そこで彼の映像は、ハル・バーレルからジョン・ゴードンに視線を移した。「おまえに関係があることなのか、ザース? どうしたのだ?」

ゴードンは、この目つきの鋭い大男が、中央銀河帝国の君主、アーン・アッバスなのだと納得した。ザース・アーンの父――自分の父だ。

「たいしたことではありません」ゴードンがあわてていいかけたが、ハル・バーレルがさえぎった。

「ザース殿下、失礼ながら、これは重大事です」彼はそのまま皇帝に向かってつづけた。「暗黒星雲同盟のファントム巡航艦が地球に侵入し、殿下を誘拐しようとしました。たまたま自分の巡視部隊は、太陽系《ソル》で予定外の碇泊《ていはく》をしており、レーダーにやつらの姿をとらえ、ここまで追ってきました。きわどいところで撃滅したところです」

皇帝は怒りの声を上げた。「同盟の戦闘艦が帝国領へ侵入しただと？　しかも、わが皇子を誘拐しようとしたというのか？　ショール・カンの無礼者め！　こんどばかりは、やつもやりすぎた」

ハル・バーレルはつけ加えた。「星雲の兵士はひとりも生け捕《ど》りにできませんでしたが、彼らの目論《もくろ》みはザース殿下がご説明なさるでしょう」

ゴードンはなによりも、すべてを大事《おおごと》にならないように片づけたかった。いまの芝居をつづけるという、神経をすり減らす緊張から早く逃れたかったのだ。

「思いつきのような奇襲でしょう」彼は急いでアーン・アッバスにいった。「向こうも二度とやらないでしょうし、ここにいても、もう危険はないでしょう」

「危険がないだと？　なにをいっているんだ？」アーン・アッバスが怒りの雷を落とした。「なぜショール・カンがおまえを捕らえようとしているのか、おまえもわたし同様わかっているはずだ。もし奇襲が成功していたら、どうなったと思う」

大柄な支配者は、ゴードンに命じるように話をつづけた。「もう地球にいてはいかん、ザース！　馬鹿げた秘密の科学研究を理由に、こそこそと辺鄙《へんぴ》な古い星に逃げこんでいるのは、もう許さん。こうなることはわかりきっていたのだ。二度とそんな危険にあってはならん。おまえはすぐに、このスルーンに帰るんだ！」

ジョン・ゴードンの心は沈んだ。銀河系を半分も渡った先にある、カノープス系の帝国首府惑星、スルーンへ？　そんなところまで行かされてたまるか！

宮廷でまで、ザース・アーンの身体に隠れて芝居をつづけられない。それに、この研究所を離れたら、ザース・アーンと連絡をとることも、身体を再交換することもできなくなってしまう。

「いますぐスルーンに帰ることはできません」ゴードンは必死に抗議した。「研究を完成させるのに、あと数日は地球にとどまらなければならないのです」

アーン・アッバスは怒りを爆発させた。「いわれたとおりにせよ、ザース！　おまえはスルーンに戻るのだ、いますぐに！」

そして皇帝は、怒りの視線をハル・バーレルに移して命じた。「艦長、皇子をただちに貴官の巡航艦に乗せて、こちらに向かえ。皇子が拒否しても、監視つきで連れてこい！」

4　魔法の惑星

大型巡航艦は、星間宇宙を光の数百倍の速度で飛んでいた。地球も太陽も、数時間前に艦尾方向に遠のいてしまった。行く手に広がりゆくのは、光り輝く星群に満ちた銀河系中心部だ。

ジョン・ゴードンは、ハル・バーレル艦長とふたりの操舵手《そうだしゅ》とともに、カリス号の広い艦橋に立っていた。ずらりと並ぶ窓から、眼前に広がる信じられない眺望を、震えるような畏《い》怖《ふ》の念とともに見つめた。見守るうちにも行く手の星々が明るさを増してくることからも、この艦が途方もない速度で進んでいることがわかった。

艦内のすべてを包みこむ、青くうっすら光るエネルギー静止場のおかげで、ゴードンは加速を少しも感じなかった。彼はこの巨艦の動力について教わったことを思い起こした。こういう戦闘艦は、銀河文明の基盤となっている、かのサブスペクトル光線を利用した駆動エネルギーで推進されているのだ。*

＊ゴードンは二十万年の歴史を学ぶことで、銀河系文明の全構成物がいかにサブスペクトル光線の画期的発見によるものかを教えられていた。

宇宙旅行時代の本当の夜明けは一九四五年から四六年で、はじめて原子力エネルギーが解放され、レーダーが宇宙でも有効に機能を果たすことが発見された時代だった。二十世紀の終わりには、レーダーの誘動する原子力エネルギーによるロケットが何機も、月や火星や金星に到達していた。

惑星間探検と開発は急速に増大した。しかし、ほかの恒星系へいたる広大な宇宙は、二十二世紀の後半に三つの大発明が恒星間旅行を可能にするまで、征服されずに残っていたのだった。

三つのうちでいちばん重要なのはサブスペクトル線の発見だった。それまではこのサブスペクトル線が、ガンマ線や宇宙線よりも波長がさらに何オクターヴも短い電磁波的放射線で、光よりもはるかに大きな速度を持つとは、だれひとり思ってもみなかったのだ。

このサブスペクトル線のなかで、いちばん役に立つのは、スペクトルのマイナス三十オクターヴにあるいわゆる圧力線で、これは宇宙の微細な宇宙塵《じん》に、その強い圧力で抵抗することができた。この圧力線が宇宙船の動力になった。これは原子力タービンの発生機で作ることができ、それを宇宙船の船尾から放射して、宇宙船を光より何千倍も早く航行させるのだ。

第二の重要な発明は質量管制だった。アインシュタインの方程式は、もし宇宙船が光の早さで航行したら、その質量は無限に広がることを示していた。この難題を解決できたのは、質量管制によってだった。つまり、一定の質量を速度によっても不変に保つように、質量を〝しぼって〟エネルギーにして放出する。こうしたエネルギーは、蓄電池に貯《たくわ》えておくことが可能で、速度の増減に合わせて、いつも自動的に調整するのだ。

最後の発明は、人間の本性に関するものだ。人間の身体《からだ》は、本来はその巨大な加速度に耐えられなかったろうが、この障害はエネルギー停滞膜によって克服された。これは宇宙船内のあらゆる原子をとらえているエネルギーの膜だった。エネルギー推進のジェットは、噴射しても宇宙船にじかに推進力を与えず、それはこの膜に力を与えるのだ。こうすることで、宇宙船内のあらゆる人間、あらゆる物が、加速度になんの影響も受けずにすむ。船内には磁力装置による人工重力ができている。これは、あらゆる宇宙旅行者が身につけている、小型重力平衡器と同じものだった。

サブスペクトル線でいちばん速いものがマイナス四十二オクターヴの線で、それにくらべれば光も這《は》っているほどのろく見えた。この超光速線は、立体通信と同時に、宇宙船のレーダーの肝心な機能にも役立っていた。

こうしたさまざまな発明を宇宙船造りに利用して、人類は恒星間宇宙に乗り出した。アルファ・ケンタウリ、シリウス、アルタイルにはあっというまに到達した。すぐに適当な惑星世界に植民地ができた。一万年ほどのあいだ、太陽系と地球は大きくなるいっぽうの植民星の中央政府の地位を守っていた。

それまでは、なにひとつとして深刻な衝突はなかったのだ。知性を持った異質の原生種族がいくつかの恒星系で発見され、援助を受けて教化されたが、どの恒星系にも、科学的文明は見あたらなかった。これは予測されていたことだった。もしそういう種族が存在していたとしたら、われわれが宇宙を征服していくはるか以前に、向こうから訪れてきていたはずだったからだ。

しかし一二四五五年に、ポラリスの近くのいくつかの恒星系グループが、地球は彼らの問題を判断するには遠すぎると文句をつけ、独立王国をつくった。三九〇〇〇年には、ライラ、シグナスの両王国と、ヘラクレス星団の大男爵たちが独立を宣言した。

やがて、法の手に追われる犯罪者や逃亡者が、暗黒星雲のなかに逃げ場所を見つけ、暗黒星雲同盟をつくった。一二〇〇〇〇年には星間王国《スター・キングダム》の数は多くなった。しかし、最大のものはまだ中央銀河帝国で、いろいろな恒星世界も、この帝国に忠誠を誓っていた。便利さを求めて、すでに六二三三九年には、その政府は地球から恒星カノープスの惑星のひとつへ遷《せん》都《と》していた。

一二九四一一年に、銀河系がだしぬけにその外のマゼラン星雲からのまったく異質かつ強力な生物の侵略を受けたときは、帝国が各星間王国の先頭に立って指揮をとった。そしてその侵略をはねかえしてからは、帝国は着々と外宇宙辺境星域と呼ばれる、辺境の未開で宇宙図にも載っていない星々の探検と植民地化によって、さらに増大していった。

こうして、ゴードンが二〇二一二五年の銀河系にやってきたときには、そのさまざまな星間王国は、すでに伝統と歴史をうちたてていた。諸王国間で数多くの戦争があったが、殺伐《さつばつ》とした銀河系内のそうした戦いを帝国がおさえようとし、平和裡《り》にそれを統一しようとしていたのだった。だがいま、暗黒星雲同盟の恐るべき成長が、帝国自体の安全さえ脅《おびや》かすところにまできていた……Ed.

「こんな任務を与えて、こっちの領域に同盟の巡航艦をよこすなんて、やっぱりショール・カンは正気とは思えんな！」ハル・バーレルがいっていた。「殿下をうまくとらえたとして、なんの役に立てようというんだ？」

ゴードン自身もそのことを不思議に思っていた。皇帝のただの次男坊をとらえたがる理由がわからない。

「たぶんショール・カンは、わたしを人質に使えると思ったんだろう」彼は思いきって口をひらいた。「ヴェル・クェンを殺した悪党どもを、きみがやっつけてくれて嬉しかったよ」

それ以上会話をつづける緊張から逃れようと、ゴードンは急にそっぽを向いた。「艦長、休息したいんだがね」

ハル・バーレルは、気がきかなかったことをあわてて詫《わ》びると、艦橋を出て艦内のせまい通路や昇降用ばしごを渡って、ゴードンを案内した。

ゴードンはまわりをあまりじろじろ見ないふりをしていたが、実際には目にはいったものへの興味で夢中になっていた。この上層甲板《かんぱん》には、長細い原子砲のならんだ砲座、航法室やレーダー室があったのだ。

行きあう士官も兵士も、気をつけの姿勢をとって、深い敬意のこもった礼をした。中央銀河帝国の兵士は、肌の色もさまざまで、かすかに青味を帯びた者もいれば、赤味を帯びた者も、黄褐色の者もいる。それぞれ異なる恒星系から来ているのだ。ハル・バーレルはアンタレスの出身だと聞いていた。

ハル・バーレルが、簡素で小さな部屋の横開きのドアをあけた。「ザース殿下、わたしの船室です。スルーンに着くまで、ここをお使いください」

ひとりになって、ジョン・ゴードンは何時間もさらされていた極度の緊張から、少しは解放された気がした。

彼らはヴェル・クェンの埋葬をすませてすぐ地球をあとにしたのだった。そしてその後数時間の一瞬一瞬が、ゴードンにその役割を演じることの重要不可欠さを思い知らせた。

彼は自分自身の途方もない真実を口にすることはできなかった。ザース・アーンは、だれかにしゃべったらゴードンにもザース・アーン自身にも身の破滅となると、強く主張していた。なぜそんなに危険なのだろう。ゴードンはいまだに見当がつかなかった。

しかし彼は、この警告に留意しなければならないし、自分が皇子なのは身体《からだ》だけだと疑わせてはならないこともわかっていた。かりにしゃべったとしても、だれもその話を信じないだろう。ヴェル・クェン老人も、ザース・アーンの途方もない実験は完全に秘密にしていたといっていた。そんな荒唐無稽《こうとうむけい》な話に、いったいだれが耳を貸すだろう？

スルーンではできるかぎりザース・アーンの役割を果たして、できるだけ早く地球にある塔の研究所に戻るしか道はないと、ゴードンは心を決めていた。そうすれば、あらためて精神交換する方法をさがせる。

「しかし、どうやら自分は銀河宇宙のとんでもない抗争に巻きこまれているらしい。とても逃げ出せそうにない」彼は途方に暮れた。

寝心地のいい寝棚に横になって、宇宙開闢《かいびゃく》以来、こんな立場に立たされた人間がいるだろうかと、ゴードンは力なく考えた。

「どうしようもない。ただ強気で進んで、ザース・アーンを演じ通すだけだ」彼は考えた。

「ヴェル・クェンさえ生きていてくれたら！」

老科学者のことを思うと、また胸がうずいた。そして疲れと気のゆるみから眠りに落ちていった。

目が覚めたとき、ゴードンは無意識に、ニューヨークの自分のアパートメントの見馴《な》れた漆食《しっくい》天井があると思っていた。ところが目にはいったのは輝きを放つ金属の天井で、ブーンという低い、途切れのない音が聞こえていた。

いままでのことは、狂った夢などではなかったのだ。彼はまだザース・アーンの身体のなかにいて、巨大な戦闘艦に乗って、なにが待ちうけているかわからない場所へと銀河を横断しているのだ。

制服の男がうやうやしく一礼して、食事を持ってはいってきた。合成肉らしい見たことのない赤いものとフルーツ、すでに彼も知っているチョコレートのような飲みものだった。

やがてハル・バーレルがはいってきた。「殿下、われわれはすでに毎時二百パーセク*の速度に達しており、あと三日でカノープスに到着いたします」

*パーセクは銀河系の距離を計るために二十世紀の地球の天文学者が発明した術語。一パーセクはおよそ三・二五八光年、あるいは三十・八五七ペタメートルの距離に等しい。Ed.

ゴードンはうなずいただけで、危なっかしい返事はしなかった。無知からぼろを出してしまうのがいかに簡単かわかっていたのだ。

その後の数時間、芝居をつづける限界に近い緊張感に加えて、ぼろが出ないかという恐れが心の重荷となった。

彼はこの巨大な巡航艦のなかを、まるで知りつくしているかのように行き来しなければならなかったし、ザース・アーンなら知っているであろう何百という言葉の数々を、無知を覆い隠して受けとめなければならなかった。

彼は思い悩んでいるかのような沈黙に隠れて、うまく切り抜けられたことを期待した。だが、スルーンでも同じようにいくだろうか?

三日目となり、ジョン・ゴードンは広々とした艦橋に足を踏み入れた。窓の列を覆う重厚なフィルター・スクリーンを通してさえはいりこんでくる、まぶしい光にめまいを覚えた。

「ようやくカノープスです」ハル・バーレルがいった。「二、三時間でスルーンのドックにはいります」

ふたたび窓から途方もない光景をながめたゴードンの心に、興奮したラッパの音《ね》が高らかに鳴り響いた。

ここまでのリスクと危険の甲斐《かい》があった。時の深淵を渡って、身体から身体へ飛び移る、悪夢のような冒険をやった甲斐があった。二十世紀の人間に、これほどの光景が見られようとは。

威風堂々たるカノープスのさまは、彼の五感にとてつもない衝撃を与えた。巨大な恒星は、いままで知っていたいかなる荘厳さも塗り替えてしまった。天空を燃え上がらせるように白く輝き、戦闘艦と全宇宙を豪壮かつ神々しい光輝で満たしていた。

ゴードンは表情を変えまいとしながらも、めまいを覚えていた。彼は一介の過去の人間にすぎないし、頭もこうした驚異がもたらす衝撃に馴れていなかったのだ。

唸りつづけていた巨大な圧力線発生機が音階を下げ、巡航艦はこの巨星をとりまく十もの世界のひとつ、地球ほどの惑星を周回しはじめた。

これが首府惑星スルーンだった。乳白光の陽光のもとで自転する、この緑の大陸と銀色の海の世界こそは、銀河の半分に広がる帝国の心臓であり頭脳なのだ。

「もちろんスルーン・シティに着陸します」ハル・バーレルがいっていた。「コルビュロ司令長官が立体通信で、あなたをすぐにアーン・アッバス陛下のもとへお連れしろと連絡してきました」

またゴードンは緊張した。「父に会えるのが楽しみだよ」思い切ってそういった。

父だって？　会ったこともない、いくつもの星々をしたがえた途方もない版図《はんと》を治める支配者で、いまゴードンがはいっている身体の主の父親？

ザース・アーンの警告を思い出して、ゴードンは気を引きしめた。だれにも真実を話してはいけない――だれにもだ！　ずうずうしく、この信じられないペテンをなんとかやりとおして、一刻も早く再交換できるよう地球に帰り――

巡航艦は予備の減速などまったくせずに惑星への降下を開始した。スルーンの銀色の海と緑の大陸が迫ってきた。

見おろしていたゴードンは息を呑んだ。銀色の大洋の端に、けわしい山々がそそり立ち、ガラスのようにきらめき光る。少しして、それがまさにガラスだとわかった。惑星から融《と》け出た莫大《ばくだい》な量の珪酸塩《けいさんえん》が突起して、そびえたつ尾根となっていたのだ。

しかも、海上高くにあるこのガラスの山なみの台地のひとつに、おとぎ話のように現実離れした都市があった。優雅なドームや塔がいくつもあり、それ自体も色ガラスでできた泡のようだった。小さな尖塔《せんとう》やテラスが、カノープスの光を受けて、ゆらめくかげろうの輝きを照りかえしていた。スルーン・シティ――帝国の中心にして首府。

大型巡航艦は、おとぎの都《みやこ》のすぐ北側にある巨大宇宙港に向かって降りていった。その地下にあるドックにも係留所《けいりゅうしょ》にも、星から星へと飛びまわる帝国艦が、何十隻何百隻とおさまっていた。全長三百メートルもあるずっしりした戦艦、重巡航艦、快速駆逐艦に、ほっそりしたファントム巡航艦、巨砲をそなえた樽《たる》形の監察艦——すべてに、中央銀河帝国の輝く彗星の紋章がついている。

ゴードンはハル・バーレルや慇懃《いんぎん》な士官たちとともにカリス号を出て、奇妙なほど白く美しい日差しのもとに踏みだした。自《みずか》らの切迫した状況にもかかわらず、増す一方の驚きに、思わず周囲を見まわさずにはいられなかった。

あたり一帯にあるドックには、何隻もの戦艦のうずくまった巨体がそそり立ち、恐ろしげな原子砲の砲台が空を背景に影絵となっていた。遠くには、大都市のすばらしい、輝くドームと尖塔がある。

ハル・バーレルの怪訝《けげん》そうな声に、ゴードンは自失状態から呼び戻され、いまやるべきことを思い出した。

「殿下、チューブウェイで車が待っております」アンタレス人艦長が注意する。

「そうだったな」ゴードンはあわてて答え、無理に足を進めた。

彼は道をまちがえないよう、ハル・バーレルの進む方向に注意していなければならなかった。一行はそそり立つ戦闘艦のあいだをぬけ、巨大な移動クレーンの列を過ぎ、うやうやしく敬礼する士官や、緊張し気をつけをする制服の男たちとすれちがった。

刻一刻、ジョン・ゴードンは、どうしたらいいのかわからなくなる一方だった。すべてがあっけにとられてしまうほど新しく珍しいのに、どうすれば代役をつづけられるのだろう？

「しゃべったら、おたがいにとって身の破滅になる！」ザース・アーンの、本物のザース・アーンの警告が、熱を冷まし落ちつかせるかのように、心のなかにふたたび鳴りひびいた。

「突き進むしかない！」と自分にいい聞かせた。「どんなへまをしたって、向こうはおまえが皇子ではないなどとは、夢にも思わないんだ。つねに気を抜かず――」

　一行は宇宙港のアスファルト舗装の下にある、明かりに照らされた階段口に到着した。その下には金属製の丸いトンネルが、暗闇のなか、あちこちに分かれて通じている。円筒形の金属製の乗りものが待っていた。

　ゴードンとハル・バーレルが、空気でふくらんだやわらかいシートにおさまると同時に、乗りものは高速で動きだした。あまりにも加速が早く、ゴードンが五分も乗った気がしないうちにもう止まっていた。

　ふたりが降りた先は、明かりのついた同じような地下停車場だった。だがこちらには、細身のライフルに似た原子銃を手にした、制服の衛兵が警備に立っている。衛兵たちはゴードンに、捧げ銃《つつ》の敬礼をした。

　若い士官が敬礼を返しながら、ゴードンにいった。「スルーンは殿下のご帰還を喜んでおります」

「いまは儀礼など受けている暇はない」ハル・バーレルがいらいらと口をはさんだ。

ゴードンは、アンタレス人艦長と並んで、ひらいている戸口に向かった。その向こうに、雪花石膏《アラバスター》の壁の通路が延びている。

ふたりが足を踏み入れると、通路の床がなめらかに動きはじめ、ゴードンは驚きの声を上げそうになった。長く曲がりくねった上《のぼ》りの道を通路が動いてゆくあいだ、放心状態のゴードンも、ここはすでにアーン・アッバスの宮殿の下層階なのだと理解していた。

何千光年にも及ぶ数多《あまた》の星々に支配力をもつ巨大な星間帝国の、まさにその神経中枢だ。だが彼にはそのことも、さらには待ち受けている試練も、まだ完全には理解できていなかった。

動く通路が、ふたりを控えの間《ま》らしき場所に送り届けた。そこでもまた一団の衛兵が敬礼し、左右に分かれて、高い青銅製の扉の前をあけて立ち並んだ。ゴードンが部屋にはいり、ハル・バーレルはあとに残った。

そこは偉容というにはほど遠い、小さな執務室だった。周囲の壁にはたくさんの立体通信装置があり、低いデスクがあった。表面に電極格子やスクリーンがいくつもはめこまれた、奇妙なデスクだ。

デスクの奥に金属椅子があり、男がひとりすわっていた。背後に男をふたり立たせている。足を進めると、三人ともがゴードンを見つめた。彼の心臓は激しく高鳴った。

椅子に腰かけているのは、堂々とした大男だった。つや消しの金の衣裳をまとっている。

大きなたくましい顔、寒々《さむざむ》とした灰色の目、こめかみが白くなりかかった豊かな黒髪で、獅子のような印象だ。

ゴードンにも、彼こそが帝国の支配者にしてザース・アーンの父、アーン・アッバスだとわかった。いや、自分の父だ！　そう考えつづけなければならない。

背後のふたりのうち、若いほうはアーン・アッバスとよく似ていた。三十ほども若く、背も高く頑丈《がんじょう》な体つきだが、その顔にはもっと親しみやすさが現われていた。これが兄のジャル・アーンだろうか。

もうひとりは白髪《しらが》頭、角《かく》ばった顔でずんぐりした、袖に階級を示す金線がいくつもついた帝国宇宙軍の制服姿だ——これが宇宙艦隊司令長官チャン・コルビュロにちがいない。

ゴードンは緊張で喉をこわばらせ、すわっている男の前で足をとめた。口を開かなければならないことはわかっていたので、その寒々とした目に向かって勇気をふるい起こした。

「父上——」こわばった口調でいいかける。すぐに言葉を封じられてしまった。

アーン・アッバスは彼をにらみつけて、怒りの叫びを発した。

「わたしを父と呼ぶな！　おまえなど、わたしの息子ではない！」

5　無気味な仮装行列

ゴードンは、よろめいてしまうほどのショックを受けた。

アーン・アッバスが、彼のつづけてきた、途方もない入れ替わりの芝居に疑惑を抱くなどということがあったのだろうか？

しかし、強大な支配者がつづけて放った言葉は、怒りの口調ではあったが、ゴードンを少し安心させた。

「わたしの息子なら、ここにいてほしいときに、何カ月も科学隠者《いんじゃ》のまねをして、帝国の辺境にふらふらと出かけたりするはずがない！　おまえはその罰《ばち》あたりな科学研究とやらのおかげで、自分のつとめをすっかり忘れてしまったようだな」

ゴードンは少しは楽に息ができるようになった。「父上、つとめとは？」と、おうむ返しにいった。

「わたしと帝国へのつとめだ！」アーン・アッバスは叫んだ。「おまえにここにいてほしいことはわかっているはずだ。おまえだって、銀河全体におかしな動きがあるのは知っているし、それがわれわれの星間世界のすべてにとってなにを意味するかも承知しているはずだ！」

彼は大きな拳《こぶし》で膝をたたいた。「それに、地球などにいて、もう少しでどういうことになったかもわかったろう！　ショール・カンにさらわれるところだったんだ！　そうなればどうなっていたか、わかっているか？」

「ええ、わかっています」ゴードンはうなずいた。「ショール・カンに捕《とら》えられれば、わたしは彼に人質として利用されます」

次の瞬間、彼はとんでもないことをいってしまったことに気がついた。アーン・アッバスは彼をにらみつけ、ジャル・アーンとコルビュロは驚愕《きょうがく》したようだった。

「星の悪魔どもすべての名にかけて、おまえはいったいなにをいってるんだ？」皇帝はたずねた。「ショール・カンがおまえを手にいれたがる理由は、おまえだって知っているはずだ。もちろん、ディスラプターの秘密を手にいれるためだ！」

ディスラプター？　なんだろう？　ゴードンはまたしても、自分の無知でしくじったことを悟って絶望的な思いになった。

ザース・アーンの生活や経歴について肝心なことを知らないのに、この狂った替え玉作戦をどうやったらつづけられるというのか？

ザース・アーンとの約束を思い出して自制しなかったら、ゴードンはその場で真相をしゃべっていたかもしれなかった。彼は平気な顔をしようとした。

「もちろん、ディスラプターです」彼はあわてていった。「わたしは、それをいおうとしたんです」

「そういう口ぶりではなかったぞ！」アーン・アッバスはぴしゃりといった。きつくいい放つ。「まったく。息子たちの力が必要なときに、まともなのはひとりだけ。もうひとりは罰あたりな夢ばかり見て、ディスラプターのことまで忘れてしまっているとは！」

巨軀《きょく》の支配者は身を前に乗り出した。その一瞬、怒りが消えて、真剣な態度になり、彼の深い心配を覗かせた。

「ザース、おまえも目を覚まさなければならん！　わが帝国が恐るべき危機の瀬戸際にあるのがわからんか？　ショール・カンの悪党めが、なにをたくらんでいるかわからんのか？　やつはヘラクレス男爵領、ポラリス王国やシグナス王国、さらにはフォーマルハウト王国にまで大使を送っている。われわれの味方を引き離そうと、あらゆることをやっているのだ。しかもやつは、あの暗黒星雲のなかで、つくれるかぎりの戦闘艦と兵器をつくっている」

白髪《しらが》頭のコルビュロ司令長官が、けわしい顔でうなずいた。「星雲のなかで大幅に軍備が増強されていることは確かです。わがほうの探知ビームは、ショール・カンの科学者たちが研究所のまわりに張りめぐらしたスクリーンを透過できませんが、それだけはわかっています」

「帝国を壊滅させて、銀河を小国の群れにして争わせるのが、やつの悲願なのだ。そうなれば、やつの同盟がひとつずつ食いつぶしていける」アーン・アッバスは話をつづけた。「われわれが銀河を平和裡《り》に統一しようとしているのに、やつはそれを分裂させ、分断させようとしているのだ。

ショール・カンを押しとどめているものはただひとつ、ディスラプターだ。やつはそれがわれわれの手にあることを知っているが、それがどういうもので、なにができるものか、ほかの者たちと同様にわかっていない。その秘密をにぎっているのは、おまえとジャルとわたしだけだからこそ、あの悪魔めは、おまえを捕えようとしたんだ！」

ジョン・ゴードンの心の雲間《くもま》に光が差した。ディスラプターというのはそういうものなのか──その秘密を帝国皇室の三人しか知らない謎の兵器なのか？

そしてザース・アーンはその秘密を知っていた。しかし、彼はザース・アーンの身体《からだ》をまとってはいても、その秘密は知らない。それでも知っているふりをしなければならなかった。

「父上、そうとは考えてもみませんでした」ゴードンはおずおずといった。「事態が深刻なことはわかりました」

「何週間もたたんうちに、危機にみまわれるかもしれない。それほど事態は切迫しているんだぞ！」アーン・アッバスは断言した。「すべては、ショール・カンがわれわれの味方の王国を、いくつ離反させられるかにかかっている。そして、やつが向こう見ずにもディスラプターに立ち向かおうとするかどうかにかかっているのだ」

彼は大声でつけ加えた。「だからこそザース、わたしはおまえに、今後、地球の隠れ家《が》に戻ることを禁じる！　おまえはここにいて、帝国の第二皇子として果たすべきつとめを果たすのだ」

ゴードンは啞然《あぜん》とした。「しかし父上、わたしはほんの少しのあいだでも、地球に戻らなければならないのですが――」

巨軀の支配者は、その言葉をさえぎった。「禁じるといったのだ、ザース！　おまえはわたしのいうことが聞けないのか？」

ゴードンは彼の必死の計画がもろくも崩れ去ってしまうのを感じた。もうおしまいだ。地球の研究所に帰れないとしたら、どうやってザース・アーンと連絡をとり、精神を再交換できるのだ？

「これ以上、文句は聞かないぞ！」ゴードンが口を開きかけたが、皇帝は荒々しくつづけた。「さあ、出ていけ。わたしはコルビュロと相談がある」

なすすべもなく、ゴードンは背を向けて戸口へ進んだ。これまでにも増して、どうしたらいいかわからず、途方に暮れるばかりだった。

ジャル・アーンがついてきた。控えの間《ま》で、この背の高い第一皇子はゴードンの腕に手をそえた。

「ザース、あまり深刻になるな」彼は勇気づけた。「おまえが科学研究にどんなに打ちこんでいたかは知っているし、ヴェル・クェンが死んだのがどんなにこたえたかもわかる。でも、父上のいうとおりなんだ――おまえはこの危機の迫るさなかに、ここにいなくてはならない人間なんだよ」

ゴードンは、途方に暮れていたとはいえ、言葉を選ばなければならなかった。「責任は果たしたい。でも、わたしがなんの役に立てる？」

「父上がいっておられるのは、リアンナのことだ」ジャル・アーンは真剣にいった。「ザース、おまえはずっと、そのことでもつとめを回避してきた」

そして、ゴードンに抗議されるのを予期したかのように言葉を加えた。「ああ、理由はわかっているよ――マーンのことも、すべて知っている。でも、フォーマルハウト王国は、帝国が直面した危機にとっては、どこよりも大切な国なんだ。おまえもこれだけは受けいれなければいけない」

リアンナ？　マーン？　どちらの名前も、ジョン・ゴードンにはわからなかった。この狂った替え玉作戦のすべてと同様、まったくの謎だった。

「では、リアンナは――」彼はいいかけて、言葉をにごした。うまくいけばジャル・アーンがもっと手がかりを与えてくれるかもしれない。

しかし、ジャルはうなずいただけだった。「しかたがないよ、ザース。父上は今夜の月の宴《うたげ》の席で発表なさるだろう」

彼はゴードンの背中をたたいた。「元気を出せ、べつに悪い話じゃない。おまえはまるで死刑を宣告されたような顔をしているぞ。では、宴席で会おう」

彼は向きなおって奥の間に戻ってしまい、残されたゴードンはぽかんとして彼を見送った。ゴードンは途方に暮れ、ひどく当惑して立ちつくした。不本意にもザース・アーンのにせものを演じなければならなくなったが、この先、どれほど複雑でややこしい事態が待ちうけているのだろう？　いつまで自分は演じ通せるのだろうか？

さっきゴードンが出てきたのといれちがいに、ハル・バーレルが奥の間へはいっていった。ゴードンがじっと立っていると、その巨軀のアンタレス人艦長が出てきた。

「ザース殿下、殿下のおかげで幸運なことになりました！」彼は叫んだ。「通常の巡視コースをはずれて太陽系《ソル》に寄ったので、コルビュロ長官に叱責《しっせき》されると思っていたんです」

「叱責されなかったのか？」ゴードンは問い返した。

「いえ、叱られました――ガンガンやられました」バーレルはにやりとした。「しかしお父上が、それが幸運となって殿下をお救いできたのだとおっしゃって、司令長官の補佐官に任命してくださったのです！」

ゴードンはお祝いをいった。しかし心のなかは自身の絶望的な立場のことでいっぱいで、その言葉も上辺《うわべ》だけのものだった。

彼はそれ以上、この控えの間にただ立っていることはできなかった。ザース・アーンはこの大宮殿のどこかに部屋があるはずだし、そこに行かなければならないはずだ。だが厄介なことに、それがどこにあるのか見当もつかない。

かといって、部屋を知らないことが露見《ろけん》して怪しまれてもいけない。そこで、彼はハル・バーレルと別れて、行き先はよくわかっているというように、別の扉から自信たっぷりの足どりで控えの間を出た。

すべるように動く通路に乗った。通路が彼を運んでいった先は、銀色に光る大きな円形の部屋だった。いくつもの高いクリスタルの窓から白い日光がさしこみ、部屋じゅうが明るく照らされていた。まわりの壁を、黒いレリーフがずらりとつづいて縁《ふち》どっている。描かれているのは暗黒星の未開世界、燃えつきた太陽の残り火、生命のない世界。

ジョン・ゴードンは、この巨大で厳粛《げんしゅく》な部屋の壮麗さに、自分が小人になったような気がした。そこを横切って別の大きな部屋にはいる。今度の部屋の壁は、華麗に燃えたつ、渦を巻く星雲の輝きで飾られていた。

「いったい、ザース・アーンの部屋はどこなんだろう?」彼は首をひねった。

自分の無力さは実感していた。自分の部屋はどこかと、人にたずねるわけにいかない。それに、この広大な宮殿をあてもなくさまよっていたら変に思われるし、疑惑を抱かれる。

宮殿の黒い制服を着た、灰色の肌の中年男性の召使いが、星雲の間《ま》をうろつく彼をさきほどから不思議そうに見ていた。ゴードンがつかつかと歩み寄ると、男は深く一礼した。

ゴードンはアイデアを思いついていた。「わたしの部屋にいっしょに来てくれ」召使いにぶっきらぼうにいう。「おまえに頼みごとがある」

灰色の男はまたお辞儀をした。「はい、殿下」

しかし、その男はその場にじっとして待っている。もちろん、彼が先に立って歩くのを待っているのだ。

ゴードンは待ちきれなさそうな身ぶりをした。「先に行け。わたしはあとから行く」

もし召使いが変だと思ったとしても、彼の仮面のような顔には、そういった感情は少しも現われなかった。彼は向きなおり、大きな星雲の間の別の扉を出ていった。

ゴードンは彼のあとから外に出て、すべるように上方へ向かう動く通路に乗った。高速で音もなく、通路は壮麗で高雅な通廊や階段を抜けて、ふたりを運んだ。

逆向きの動く通路に乗って下りてくる集団に二度出会った。ひとつは、派手に宝石を飾ったふたりの白人女性と、それに笑いかけている色の浅黒い宇宙軍艦長の集団。もうひとつは、灰色の肌をしたしかつめらしい役人ふたり組だった。いずれもゴードンに、うやうやしく深く頭を下げた。

動く通路は、輝く真珠母貝《しんじゅぼがい》の壁の小路《こみち》で止まった。前方の扉がひとりでに、横にすっとすべる。そこを抜けると、純白の壁の、天井の高い部屋だった。

灰色の肌の召使いは、たずねるようにふりかえった。「殿下、用件のお申しつけを」

この男をどうやって追い払おう？　ゴードンはもっとも簡単な方法をとることにした。

「おまえに頼みごとはなかったようだ」無雑作にいう。「さがってよろしい」

男はお辞儀をして部屋を出ていき、ゴードンは緊張が少しほぐれるのを感じた。作戦としては無器用なものだが、少なくともザース・アーンの部屋という一時的な隠れ家にやってこられたのだ。

自分が精魂つき果てたように、大きく息をしていることに気がついた。両手がふるえていた。替え玉になりすますのに、これほど神経を使うとは思ってもいなかった。額《ひたい》の汗をふく。

「やれやれ！　いままで、こんな思いをした人間がいただろうか？」

心が疲れ果てていて、いまその問題について考えるのは願いさげだった。問題を遠ざけようと、彼はいくつもつづき間になっている豪奢《ごうしゃ》な部屋を、ゆっくりと歩いてまわった。

大宮殿のほかの場所で目にした豪壮さは、ここでは抑えられていた。どうやらザース・アーンに贅沢な趣味はなかったらしい。どの部屋も比較的簡素だった。

ふたつの居間には絹《きぬ》のカーテンがかかっていて、みごとなデザインの金属製家具が数点あった。棚には何百本もの思考スプールが載っていて、思考スプール再生器が一台ある。脇部屋のひとつには科学装置がたくさんあって、ちょっとした研究室のようだった。

彼は小さな寝室を覗いてから、背の高い窓のほうへ歩いた。その向こうはテラスになっていて、青々とした草木が陽光を浴びている。テラスに出てみて、ゴードンはそこで立ちつくしてしまった。

「スルーン・シティ！　なんてことだ。こんな場所が存在するなんて、夢にでも思った人間がいるだろうか」

ここは小さなガーデン・テラスで、巨大な矩形《くけい》の宮殿の、西壁の高所にあった。そこから都市が見わたせた。

偉大な中央銀河帝国の栄光の都《みやこ》であり、その巨大な版図《はんと》の何千という星の世界の栄誉と力を集めた縮図だった。ちっぽけな地球生まれのジョン・ゴードンの目を釘《くぎ》づけにし、かすませてしまうほどの、巨大で壮麗な大首府だ。

カノープスが巨大な白い円盤となって地平線に沈みかけ、あたりの景色すべてに天界の輝きを浴びせていた。神々《こうごう》しい輝きのなかに、海上をはるかに見下ろすこのガラスの山々の峰や崖にひるがえる、賛美の横断幕や槍旗《そうき》が夕日に照り映《は》えている。

ガラスの峰々のこの壮大な輝きにも増して、スルーンの夢のような無数の尖塔《せんとう》がきらめいていた。ドーム、光塔《こうとう》、気品ある柱廊《ちゅうろう》、それらをふくむ建造物はみな、光にゆらめくガラスだった。その建造物のなかで、もっとも堂々とそびえ立つのが、彼がいまその高いテラスにたたずんでいる宮殿だった。驚くほどの庭園に囲まれたそれは、大都会とその向こうの銀色の大洋に君臨していた。

輝く峰々と悠然たる洋上を覆いつくす落日の光のなかに、いくつもの螢《ほたる》のように、飛行艇の群れが飛び交っていた。宇宙港から北に向けて、何隻もの強大な戦艦が威風堂々と離床《りしょう》しては、暗さを増してゆく空に消えていった。

銀河帝国のこれら偉観と威容が、ゴードンを陶酔《とうすい》させた。この都市こそは、すべてのものの脈打つ心臓なのだ。彼がはるばると越えてきた、果てしのない闇と数多《あまた》の星々、そのすべての心臓だ。

「しかも、ぼくはこの大帝国の皇室の一員ということになっているんだ！」彼は呆然《ぼうぜん》として考えた。「こんな真似はつづけていられない。あまりにも大きすぎるし、あまりにも手に負えない――」

巨大な恒星は、麻痺したように見ているうちに沈んでしまった。すみれ色の影が、ビロードの夜となって大都会を包んだ。

スルーンの街路じゅうに、明かりがゆっくりと灯《とも》りはじめ、輝きで満たした。この巨大宮殿も、下層のテラスに明かりがついた。

金色の月がふたつ、天に昇り、おびただしい星の群れが、やわらかく明滅する大都市の灯火に負けじと、見たことのない星座の光輝をかたちづくった。

「殿下、遅刻いたします！」

ゴードンは驚いてふりかえった。しかつめらしい召使いが腰をかがめていた。ずんぐりした青い肌の男だった。

ザース・アーンの従僕《じゅうぼく》のひとりだろう。この男には気をつけなければいけない。

「ああ、なんだ？」彼はいらいらしたようなふりでたずねた。

「月の宴《うたげ》は一時間とたたずにはじまります」従僕がいった。「殿下、おしたくをなさらなければ」

ふいに、ジャル・アーンが宴のことをいっていたのを思い出した。皇家の宴会が今夜開かれるのだろう。

ジャルは、その席上でアーン・アッバスが発表を行なうともいっていなかったか。それに、〝マーン〟とか〝リアンナ〟とか、〝彼のつとめ〟とも。

ゴードンは苦難にそなえて、身を引きしめた。宴会で、彼は人々の前に姿をさらすことになる。彼ら全員がまちがいなくザース・アーンを知っているのだし、少しでもへまをしたら気づかれてしまうだろう。しかし、行かなければならなかった。

「よろしい、いま着がえる」彼は従僕に告げた。

青い肌の従僕が、衣裳を出してきて並べてくれたのは、せめてもの助けだった。ジャケットとズボンは絹地《きぬじ》の黒で、肩に黒の長いマントを羽織《はお》る。

着がえ終わると、従僕が彼の胸にバッジをピンどめしてくれた。すばらしい、燃えるように輝く緑の宝石をちりばめてある。これが帝国皇室での自分の身分のしるしなのだろう。

背の高い鏡にうつる、見馴《な》れない自分の姿と色黒で鷲鼻《わしばな》の顔を見て、また現実離れした感じを覚えた。

「一杯飲ませてほしい」彼は従僕にだしぬけにいった。「なにか強いものをくれ」

青い肌の従僕は、少し驚いたように彼を見た。

「サクアではいかがでしょう、殿下?」彼がたずね、ゴードンはうなずいた。

従僕の注《つ》いだ茶色の液体は、ゴードンの体内に焼けつくようなうずきをもたらした。

ゴブレットでもう一杯サクアを飲みほすと、震えるような緊張がいくらか消えた。部屋を出るときには、向こう見ずな自信が戻ってくるのを感じた。

「かまうものか!」とゴードンは思った。「ぼくは冒険を望んでいたんだ――いまそれに乗り出そうとしているんだ」

まったく、求めていた以上の冒険だ。これほどの苦難が、行く手に待ちうけているとは、夢にも思わなかった。まして、この星から星へと広がる大帝国の貴族たちの前に、皇子として姿を現わすことになろうとは。

あたたかな明かりの灯された超巨大な宮殿は、幾筋もの動く通路に乗って華美な装いの男女が運ばれていくにつれ、やわらかな物音と笑い声と活気に満たされはじめていた。ゴードンは彼らのうやうやしい礼を受けながら、彼らの進む方向を見きわめつつ、なにげなく同じ方向へ進んだ。

すべるように動く通路は、堂々たる通廊や広間を抜け、豪華な黄金の壁にかこまれた広壮《こうそう》な入口の間に彼を運んだ。通路を降りると、顧問官や貴族たちといった身分の高い男女が、彼の前に道をあけた。

ゴードンは勇気をふるって、背の高い扉へ大股に向かう。巨大な黄金の扉が、両側へ大きく開かれた。絹の服をまとった侍従が腰をかがめ、その向こうの大きな広間に向かって、はっきりといった。

「ザース・アーン殿下のおなり！」

6　月の宴《うたげ》

ゴードンは胸の内がふるえ、落ちつきを失いつつも、じっと立っていた。そこは大伽藍《だいがらん》のごとき壮麗な円形の広間で、彼はその端にある広い壇上にいた。

黒大理石づくりの巨大な室内には、それ自体が発する光で輝くテーブルが、何列も並んでいる。その上には、グラスや金属皿がそこらじゅうに積まれており、何百人もの華美な装いの男女がテーブルの席についていた。

しかも、この宴会の客は、全員が人間というわけではなかったのだ！　銀河全体では人類が主だが、帝国版図《はんと》内の原生種族の代表者も出席していたからだ。型どおりの衣裳こそ身につけていても、ゴードンの目には異質で醜怪《しゅうかい》なものに見えた。カエルに似て両目のとび出した、緑色の鱗《うろこ》の男、翼を持ち、嘴《くちばし》をとがらせた、ふくろうみたいな顔の者、黒い蜘蛛《くも》みたいな者がふたりいるが、腕や脚の数が多すぎる。

ジョン・ゴードンは当惑して天を仰ぎ、一瞬、この巨大な部屋には天井がないのかと思った。頭上高く孤を描いた黒い夜空の丸天井に、何千という星や星座が輝いている。その空に、ふたつの金色の月と、ほの白い銀色がかった月が、合《ごう》になる方向へ昇ってくる。

これが天空をそっくりにまねたプラネタリウムの天井だと気がつくのに、少し時間がかかった。そのあと、そこにいる全員の目が自分に向けられていることに気がついた。壇上には二十人ばかりの華やかに装った人々がついたテーブルがひとつあり、上背《うわぜい》のあるジャル・アーンが立ち上がって、もどかしそうに手招きしていた。

ジャル・アーンの言葉は、彼を驚かせた。自分がいかに用心と自制を忘れていたかを気づかせた。

「どうしたんだ、ザース？　まるで星の広間をはじめて見たかのようだぞ」

「疲れているのでしょう」ゴードンはかすれ声で答えた。「もう一杯飲む必要がありそうだ」

ジャル・アーンは吹きだした。「では、今夜は酒で元気をつけてきたのか？　おいおいザース、それはけっこうなことだ」

ゴードンは呆然《ぼうぜん》としたまま、ジャル・アーンに示された席に腰をおろした。空席をふたつおいて、ジャルの美しい妻と小さな息子が座っている。

それとは反対側の席に、白髪《しらが》頭のコルビュロ司令長官がいることに気がついた。向かい側は、神経質そうな目をした、やせた年輩の男で、すぐにこれが帝国最高顧問官のオース・ボドマーだと教わった。

コルビュロ長官も、簡素な制服にごつい姿を包んで、この一段高いテーブルのほかの人間と同様に、ゴードンにお辞儀をした。

「ザース、顔色が悪いし、元気がないようです」白髪の宇宙軍提督は低い声でいった。「地球の研究室などで、こそこそ隠れているからです。あなたのような若いかたは、宇宙にこそ出ていくべきですな」

「そのとおりだと思いはじめているよ」ゴードンはいった。「できるなら、いま宇宙に出ていたい」

コルビュロはうなった。「そういうことですか！　今夜の発表のことですな？　とにかく、これは必要なことです。ショール・カンが攻撃をしかけてきたら、フォーマルハウト王国の協力がなによりも大切になるでしょう」

いったいこの人たちはなんの話をしているんだろう、とジョン・ゴードンは苦々《にがにが》しく考えた。ジャル・アーンのいっていた〝マーン〟と〝リアンナ〟という名前に、またしてもフォーマルハウト王国の話――これはなんの前ぶれなのだろう？

自分の肩ごしに追従《ついしょう》するように身をかがめた召使いに気がつき、ゴードンは「先にサクアだ」といった。

茶色の酒は、今度は頭のなかを少しかき乱した。ゴブレットでさらに一杯飲みながら、コルビュロ長官が責めるような厳《いかめ》しい顔で見ているのと、ジャル・アーンがにやにやしているのに気がついた。

目の前のすばらしい光景、いくつもの華やかなテーブル、素敵な人間たちと非人間たちの群れ、星と昇ってくるふたつの月を映し出す驚くべき天井に、ゴードンは魅了されていた。これが月の宴なのか。

低く抑えた絃楽器と木管楽器の奏《かな》でる、長くかすかに波打つようなハーモニーが、色とりどりのテーブルのそこここであがる、陽気で絶え間のないおしゃべりの背景となって流れていた。やがて音楽がやみ、管楽器が銀色の音を高らかに吹き鳴らす。

全員が起立した。ジャル・アーンも立つのを見て、ゴードンもあわててそれにならった。

「中央銀河帝国の元首にして、数多《あまた》の星間王国《スター・キングダム》の宗主、そして銀河辺境世界の統治者、アーン・アッバス陛下」

「フォーマルハウト王国の元首、リアンナ王女殿下」

はっきりした大声での披露《ひろう》とともに、アーン・アッバスがその堂々たる巨軀《きょく》で、娘に片腕を貸し、壇上へ大股に上がってくる。それを目にする前から、ゴードンは驚きに凍りついていた。

つまり、〝リアンナ〟は女で、王女――西方の小さなフォーマルハウト王国の支配者だというのか？　しかし、それが自分となんの関係があるのだろう？

暗青色《あんせいしょく》のマントを羽織《はお》った――その背に、輝くばかりの宝石で飾られた、皇室の彗星《すいせい》の紋章がある――威風堂々たるアーン・アッバスは足を止め、ゴードンに怒ったような鋭い目を向けた。

「ザース、おまえは外交儀礼を忘れたのか？」彼はぴしりといった。「ここへ来なさい」

ゴードンはつまずくように前に出た。皇帝のとなりの娘には、ちらっと目をやっただけだった。

アーン・アッバスの巨体のそばではわからなかったが、彼女は背が高かった。彼自身と変わらないほどの背丈で、きらめく長く白いガウンに包まれた、そのほっそりして洗練された容姿の輪郭《りんかく》がわかった。白金髪の頭を高く堂々と上げている。

誇り、美しさ、権威の自覚――ゴードンは、彼女の彫りの深い白い顔、かすかに嘲笑を浮かべた赤い口、冷ややかで澄んだ灰色の目が彼に向ける、落ちついた眼差《まなざ》しから読みとった。

アーン・アッバスは片手でゴードンの手をとり、もう片手でリアンナの手をとった。そそり立つような帝王は、声を大きくしていった。

「帝国と、その友好諸星の貴族ならびに軍人諸君、わたしはここに、わが次男ザース・アーンとフォーマルハウト王女リアンナの婚約を発表する」

婚約？　この誇り高く美しい星間王国《スター・キングダム》の王女と婚約？　ゴードンは雷に打たれたかのようだった。

ジャル・アーンとコルビュロがいっていたのは、このことだったのか？　しかし、とんでもない、そんなことはできない！　彼はザース・アーンではないのだから――

「馬鹿もの、彼女の手をとらんか！」皇帝が叱りつけた。「分別というものを失ったのか？」

ジョン・ゴードンは力なく、指輪をたくさんはめた娘の細い指を、なんとかつかむことができた。

アーン・アッバスは満足して、テーブルの席に戻ってしまう。ゴードンはその場に立ちつくすばかりだった。

リアンナは彼に、やさしい、型どおりの笑顔を向けたが、小声で告げる口調にはいらだちがこもっていた。「みなさまが着席できるように、わたくしたちの席へ案内してください」

ゴードンはやっと、星の広間の客が全員立ったまま、彼と娘を見ているのに気がついた。

彼は娘といっしょによろよろと前に進み、無器用に彼女を席につけさせると、となりに腰をおろした。客たちが着席する衣《きぬ》ずれの音がして、さざ波のような音楽がまたひびきはじめた。

リアンナは美しい眉を少し寄せて、いらだちと憤《いきどお》りで混乱した目で彼を見ていた。

「あなたのわたくしへの態度は、噂《うわさ》のたねになります。あなたはぞっとしたような顔をなさっています」

ゴードンは勇気をふるい起こした。ここは替え玉の芝居をやりとおさなければならない。ザース・アーンはどうやら政略結婚の駒《こま》にされていたらしい。結婚を無理に押しつけられ、承諾したのだ。

いまは本物のザースとして振る舞わなければ。結婚してしまう前に、なんとか地球に戻って、本物といれかわる方法を見つけよう。

彼はまたサクアの大杯《たいはい》をあおって、大胆にもリアンナに身を寄せた。

彼女は情熱的な婚約者としてのザース・アーンを求めているのだ。よろしい、なってやるとも。そこに偽《いつわ》りがあるとしても、自分のせいじゃない。こんな役まで自分からやりたがったわけではないのだ！

「リアンナ、みんなあなたの美しさに夢中で、わたしになど目もくれないよ」

リアンナの澄んだ目に、怪訝《けげん》そうな色が浮かんだ。「ザース、あなたがそんなことをおっしゃるのは、はじめてです」

ゴードンは笑った。「それは……それではザース・アーンは人が変わったんだな……ザース・アーンは、いま別人なんだよ」

この言葉が真実であることは、彼しか知らないのだ！　だが王女はさらに面くらったように、美しい眉をひそめた。

あたたかな光と彩《いろど》りとざわめきのなかで、宴はつづいた。ゴードンの飲んだサクアは、不安と危惧《きぐ》の最後の一片まで洗い流した。

冒険か。彼が求め、いま手にいれた冒険は、彼の時代の人間が夢にも思わなかったようなものだった。このすべての最後に訪れるものが死だとしても、やはり損はないのではないか？　スルーンの星の広間で、こうして偉大な星間王国の王たちに囲まれて、はるか遠い、いくつもの恒星を有する国の王女をかたわらにしている。これだけでも命を賭ける値打ちはあるのではないか？

テーブルのほかの者たちも、やはりよく飲んでいた。コルビュロ司令長官の向こうにすわっている赤ら顔の若い美男子は、ゴードンが間接的に知らされたところでは、ポラリス王国の統治者、サス・シャマールだった。彼は言葉に力をこめるように、グラスをテーブルにたたきつけた。

「来るのなら来させりゃいいんだ、早いほうがいい！」とコルビュロにいった。「ショール・カンに思い知らせてやるんだ」

コルビュロ長官は、むずかしい顔をした。「そのとおりです、閣下。やつに思い知らせてやるときが来たら、ポラリス王国はわが艦隊に、第一線の戦闘艦をどのくらい出していただけますかな？」

サス・シャマールは出鼻《ではな》をくじかれたようだった。「数百隻がいいところだろうな。だが、その戦闘能力で、少ないぶんを補《おぎな》うはずだ」

アーン・アッバスがこの話を聞いていたらしく、ゴードンの右手の玉座のような席から大声をとどろかせた。

「ポラリスの兵士たちは、帝国に忠節をつくすとも。心配はいらん。もちろん、フォーマルハウト王国も、シグナスもライラも、そのほかの盟友国も」

サス・シャマールはとっさにつけ加えた。「ヘラクレス男爵領にも、ぜひはたらいてもらおう。そうなれば、暗雲星雲同盟の脅威などなんでもない」

ゴードンは、みんながテーブルの端のふたりに目を向けたのに気がついた。ひとりは冷たい目をした老人で、もうひとりは背の高い、ほっそりした三十代の男だ。ふたりともそのマントに、ヘラクレス星団の紋章である燃える星群をつけていた。

年長の男が答えた。「男爵領は、誓約のすべてを果たします。しかし、この件については、いまだ正式な誓約はいたしておりません」

アーン・アッバスは、この冷ややかな言葉に、大きな顔を少し曇らせた。しかし、細面《ほそおもて》のオース・ボドマー帝国最高顧問官が、冷たい目をした男爵に向かって、あわててとりなすようにいった。

「ズ・リザール男爵、偉大なる男爵領の誇り高き独立精神は、みな知っております。そして、あなたがたが独裁者にみすみす勝利させたりしないであろうとも、みな信じております」

しばらくして、アーン・アッバスがゴードンのほうに身を寄せ、眉をひそめていった。

「ショール・カンのやつは男爵領に工作をつづけてきたんだ！　今夜こそは、ズ・リザールがどちらにつくつもりか見きわめてやる」

やがてアーン・アッバスが腰を上げ、客たちもいっしょに立ち上がった。全員が星の広間からとなりの広間に流れていく。

ゴードンとリアンナが人垣のなかを進むと、宮廷貴族も王侯たちも道をあけた。王女は笑顔で大勢に話しかける。完全に落ちつき払ったその仕草は、彼女がこうした公的な儀礼に長く親しんできたことを物語っていた。

ゴードンは祝いの言葉や挨拶に、無雑作に会釈《えしゃく》で応《こた》えるだけだった。ずいぶん不注意なことを口ばしってしまっただろうが、いまはもう平気だった。身体《からだ》じゅうにほてりが行き渡り、地球を離れてからはじめて、すっかり気楽になれたのだった。

サクアはまったくすごい酒だ！　自分の時代に持って帰れないのが残念だ。物質は時間をこえられない。そこがこまったところだ――

気がつくと彼とリアンナは、大広間の入口にいた。天井の〝空〟をゆっくりと横断する、燃えさかる彗星が、おとぎの国めいた緑の光で照らしている。どこから流れてくるともしれぬ幻想的なワルツに似た音楽にあわせて、数百人が踊っていた。

ゴードンはその途方もなく優雅なダンスの、夢のように流れる動きに驚いた。踊っている人びとは、ステップを踏むたびに宙をただようかのようだった。やがて彼は、この部屋には彼らの体重をへらす、反重力装置のようなものが備えてあるのだと悟った。

彼にこの宙をただようダンスのステップを踏めるはずもなく、意気消沈していると、リアンナが訝《いぶか》しむように彼を見上げた。

「ダンスはやめましょう」と、リアンナは彼を安心させるようにいった。「あなたのダンスはとてもひどいものでしたから。庭へ出ましょう」

なるほど――浮世離れした研究熱心なザース・アーンなら、そうにちがいない。とにかく、そのほうがいい。

「わたしも庭のほうがずっといい」ゴードンは笑った。「あなたはどう思うかわからないが、前よりもずっとダンスがへたになっているんだ」

堂々たる銀色の廊下を歩きながら、リアンナが困惑したように彼を見上げた。「宴席ではずいぶんお飲みになりましたね。これまであなたがサクアに口をつけられるところを見たことがなかったのに」

ゴードンは肩をすくめた。「実際、あれを飲んだのは今夜がはじめてだった」

庭園に出ると、彼は低く感嘆の声を上げてしまった。この世のものと思えない美しい景色を、予想もしていなかったのだ。

庭園は、燃え上がるような、色とりどりの光に満ちていた。木立ちや繁みに咲き乱れる花は、真紅《しんく》、薄緑、青緑色と、あらゆる色調に輝いている。そこから微風《そよかぜ》が濃厚な香りを運んできて、ふたりは輝くばかりの炎の花の森にいるかのような、とても楽しい気分になった。

あとになってゴードンは、この輝く花々はアルケナル星系の高度の放射線を浴びた複数の惑星で栽培されたもので、ここに運ばれて、同様の放射線を帯びた土に植えられたのだと知った。だが、はじめて目《ま》の当たりにしたいまは、ただ驚くばかりだったのだ。

背後には巨大な矩形《くけい》の宮殿の大テラスが、星空に背負うようにそびえている。夜空に段を重ねて登っていくテラスに、燃えるような光がくっきりとちりばめられていた。しかも、頭上でよりそった三つの月が、混じりあった光を浴びせて、現実とは思えぬ光景に最後の仕上げを加えているのだ。

「美しい。言葉にならない」ゴードンはその景色に夢中になってつぶやいた。

リアンナはうなずいた。「あなたがたのスルーンの世界で、わたしはこの庭園がいちばん好きです。でも、遠いフォーマルハウト王国の、人のいない未開の世界にも、もっと素敵なところがあります」

彼女の目には炎の色があり、はじめて彼はその美しい小さな顔に、王族らしい落ちつきよりも感情が勝ったのを見た。

「人の住まぬ孤独な世界が、不思議な太陽がつくるすばらしいオーロラで、まるで生きている星のように、色彩で満たされるんです。ザース、いっしょにフォーマルハウトに行ったら、そこにお連れします」

　彼女はゴードンを見上げた。金色の髪が、やわらかい光を受けて王冠のように輝いた。

　彼女は愛情表現を期待しているのだと、ゴードンは考えた。彼は――少なくとも彼女が思っているところでは――婚約者なのだ。自分が結婚相手に選んだ男なのだ。こんな瞬間にも、彼はにせものの役をつづけなければならない。

　ゴードンは彼女の身体に腕をまわし、その唇をふさいだ。リアンナのほっそりした身体は、なんの抵抗もせず、輝く白いガウンの下のぬくもりが感じられ、彼女がなかば開いた唇は、めまいがするほど甘かった。

「ぼくはとんでもない嘘つきだ！」ゴードンは、ぼんやりと考えた。「彼女にキスしたのは、役割を果たすためではなく、自分が望んだからだ」

　ふいに、彼は身体を引き離した。リアンナはすっかり驚いた顔で、彼を見上げている。

「ザース、どうしてこんなことを？」

　ぞくぞくするほどの甘いふれあいに、まだ身体の隅々がふるえていたが、ゴードンはなんとか笑おうとした。

「わたしがあなたにキスしたのが、そんなに驚くようなことなのか？」彼は訊き返した。

「もちろん――こんなこと、はじめてですもの！」リアンナが答えた。「わたしたちの結婚が政略的な上辺《うわべ》だけのものなのは、あなたもよくご存じでしょう」

真実がゴードンの心に、氷のように冷たく押しいってきて、彼の頭からサクアの酔いを追い出した。

この替え玉役で、彼は大変な失敗をしてしまったのだ！　リアンナもザース・アーンも、本当は結婚などしたくないのかもしれないと、彼も考えてみるべきだった——単なる政略結婚で、ふたりは銀河外交という大きなゲームの駒にすぎないのかもしれないと。

この失敗を、できるだけうまく、早くとりつくろわなければならなかった。王女はまだ、まったくわけがわからないという顔で、彼を見ている。

「ただの友だち同士でいようと約束したのに、こんなことをなさるなんて、理解できません」

ゴードンは懸命に、考えられるただひとつの、危険なほど真実に近いいいわけを口にした。

「リアンナ、あなたがあまりにも美しくて、抑えきれなかった。たがいに約束はしても、あなたを好きになってしまうのは、そんなにおかしいことだろうか？」

リアンナは顔をこわばらせ、軽蔑のこもった口調になった。「あなたがわたしを好きになる？　マーンのことをわたしがすべて知っているのを、お忘れになったの？」

「マーン？」この名はゴードンの耳に、かすかに聞き覚えがあった。ジャル・アーンがその名を口にしていた。

またしてもゴードンは当惑した。自分は肝心な事実を知らない。すっかり酔いがさめ、ひどく心配になってきた。

「わたしは――どうも、宴席でサクアを飲みすぎたらしい」

リアンナから驚きと怒りが消え、ひどく興味深そうに彼を見つめていた。

庭園に繰《く》り出してきた陽気な一団に邪魔されて、彼はほっとした。その後の数時間はほかの人間もいたので、ゴードンもいくらかやりやすかった。

彼はリアンナが、灰色の目を何度も不思議そうに自分に向けるのに気がついていた。祝宴がお開きになって、彼が王女を部屋の入口まで送っていっておやすみを告げたときも、彼女のさぐるような好奇の目には気づいていて、不安をおぼえた。

自室に戻る通路の上で、彼は額《ひたい》の汗をふいた。なんて夜だ！　ひとりの人間に耐えられる限度ぎりぎりまでやらされた。

ゴードンは自室にやわらかい明かりが灯《とも》っているのに気がついたが、青い肌の従僕《じゅうぼく》はいなかった。彼は疲れきって寝室のドアをあけた。小さな素足《すあし》の走る音がした。駆け寄ってきた女性の姿に、彼は立ちすくんだ。はじめて見る娘だ。

子供みたいに若く、あらわにした肩に黒髪を垂らし、やわらかく美しい小さな顔と濃紺《のうこん》の瞳は喜びに輝いている。子供じゃないのか？　だが、ごく薄い部屋着を白く輝かせているその身体は、とうてい子供のようには見えなかった。

驚くことばかりつづいたこの夜の、最後のとどめのような一撃にゴードンが呆然と立ちつくしていると、女はやわらかいむきだしの両腕を彼の首筋にからませた。

「ザース・アーン」彼女は叫んだ。「やっと帰ってきたのね。ずいぶん待たされたわ」

7　星の王女

ジョン・ゴードンが、自分のことを本物のザース・アーンだと思っている娘を抱きしめたのは、この夜二度目のことだった。だが、彼に抱きついてきたこの黒髪の若い娘は、誇り高いリアンナ王女とはまったくちがっていた。

困惑したまま立っているうちに、彼の唇に温かい唇が熱っぽく押しつけられた。彼の顔にふれる黒髪は、やわらかくて香《かぐわ》しかった。ゴードンは衝動的に、彼女の小さな、しなやかな身体《からだ》を抱きしめた。

やがて、彼女を少し押し戻した。彼を見上げる美しい小さな顔が、やさしく訴えている。

「スルーンへお戻りになったことを教えてくださらなかったんですね！」責めるようにいう。「宴席でお目にかかるまで、知らなかったんですよ」

ゴードンは返事に困った。「暇がなかったんだ。わたしは――」

この夜最後の驚きに、彼はひどくまいっていた。このかわいらしい若い娘は何者だ？　本物のザース・アーンが秘かに情を通じていた相手だろうか？

彼女はうれしそうに彼を見上げた。小さな両手は彼の肩にかけたままだ。

「いいんです、ザース。わたしは宴《うたげ》のあと、すぐここに来て、あなたをお待ちしてたんです」

彼に身をすり寄せる。「スルーンには、どのくらいいられるのですか？　短くても、二、三日は毎晩いっしょにすごせるのでしょう？」

ゴードンはびっくりした。この奇想天外な替え玉をつとめるのはむずかしいと考えていたが、さすがにこれは――

ふいに、ある名前が浮かんだ。ジャル・アーンとリアンナがともに、彼がよく知っている者として口にした名前。〝マーン〟だ。この娘のことだろうか？

そうかもしれない。さぐりをいれようと、おずおずと口にしてみる。

「マーン……」

娘は黒髪の頭を彼の肩から上げて、たずねるように彼を見た。

「はい、ザース？」

彼女がマーンなのか？　リアンナが馬鹿にするように彼に喚起したのは、この娘のことだったのだ。ということは、リアンナは彼の秘密を知っているのか？

まあ、名前だけでもわかればいい。ゴードンはややこしい事態を、手さぐりでなんとかしようとしていた。腰をおろすと、マーンがすぐにその膝の上に乗ってくる。

「マーン、聞いてくれ――きみはここに来てはいけない」彼はかすれ声で切りだした。「この部屋に来るところを、人に見られたらどうする?」

マーンは驚いたように、濃紺の目で彼を見た。「それがどうかしたのですか、わたしはあなたの妻なのに」

妻? ゴードンは今日になって二十回目だろうか、またしても自分の予測を完全にたたきつぶされて、息を呑んだ。

いったい、ザース・アーンのこんな肝心な事実を知らないで、どうすればその役をつづけていけるというのだ? なぜザース・アーンもヴェル・クェンも、こういうことを話しておいてくれなかったのだ?

そこでゴードンは思い出した。ふたりとも、そんな必要が生じようとは思ってもいなかったから話さなかっただけだ。ザース・アーンの身体にはいったゴードンが、地球を離れてスルーンを訪れることになろうとは、夢にも思っていなかったのだ。ショール・カンの奇襲が、すべての計画をひっくりかえし、この恐ろしいほどの混乱をまねいたのだ。

マーンは顔を彼の顎《あご》の下にすり寄せて、訴えるようにつづけた。

「わたしはあなたの貴賤相婚《きせんそうこん》の妻でしかありません。でも、ここに来ていけないということはないはずでしょう?」

そうだったのか。貴賤相婚——身分ちがいの非公式な内妻だ。こんな大昔の習慣が、この星間王国《スター・キングダム》の時代にまで残っていたとは!

一瞬、ジョン・ゴードンは自分がその身体を借りている相手に対して、はげしい怒りを覚えた。ザース・アーンは、公式には認められない、この子供のような娘と秘密の結婚をしながら、同時にリアンナ姫との政略結婚を準備していたのだ——汚ないやりくちだ。

いや、それとも。ゴードンの怒りが消えた。リアンナとの結婚は、フォーマルハウト王国の忠誠を確かめる、純粋に政治的な手段だ。ザースも納得し、リアンナ姫も承知の上なのだ。彼女はマーンのことも知っていて、なにも恨みはないらしい。そういう情況であれば、ザース・アーンがこの愛する娘と秘かな幸福を見いだすのは、正当化されていいのではないか？

ゴードンは急にまた、マーンが彼のことを、愛する夫として一瞬も疑っていないという事実に気がついた。しかも彼女は、どう考えても今夜をここでいっしょにすごすつもりらしい。

彼は娘を膝からおろし、立ち上がって、ためらいながら彼女を見おろした。

「マーン、聞いてくれ、今夜はここに泊まってはまずいんだ。二、三週間は、わたしの部屋に近づいてはいけない」

マーンのかわいい顔が、青くゆがんだ。「ザース、なにをいうんです」

ゴードンは口実をさがして、知恵をしぼった。「頼むから泣かないでくれ。きみをもう愛してないというのではないんだ」

マーンの濃紺の目に涙がたまる。「リアンナ姫ですね！　あなたは姫を好きになってしまったんだ。宴の席でも、あなたが姫に気をつかっていたのがわかりましたもの」

白い顔に悲しみが浮かぶと、彼女はますます子供っぽくなる。ゴードンはこんなことをするはめになった事態を呪った。この娘の心を深く傷つけているのだ。

彼は両手で彼女の頬をはさんだ。「マーン、わたしの話を信じておくれ。ザース・アーンは前と変わらずきみを愛している——その気持ちは変わっていない」

マーンの目が彼の表情をさぐり、それと口調の真剣さに納得がいったようだった。悲しみの色が消える。

「でも、それならザース、なぜ——」

ゴードンは、このときには口実を思いついていた。「リアンナとの結婚のせいだ。でも、わたしが姫を愛しているからではない。ねえ、マーン、この結婚は、来たるべき暗雲星雲同盟との戦いに、フォーマルハウト王国の支持を得るためのものだよね」

マーンは黒髪をふってうなずくが、その目はまだ怪訝《けげん》そうだった。「ええ、それは前にも説明していただきました。でも、なぜそれがわたしたちのことに関係するのか、まだわかりません。あなたは関係ないと、あなたと姫は、たがいにただの形式的な結婚であることに同意されたとおっしゃいました」

「そうだ、でもいまは用心しなければならない」ゴードンはあわてていった。「このスルーンには、ショール・カンのスパイがいる。もし彼らが、わたしに秘密の妻がいることを見つけたら、それを公表して、この結婚をだめにしようとするだろう」

マーンのやさしい顔に、理解したという色が浮かんだ。「それでわかりました。でもザース、わたしたちは全然会えないのですか?」

「何週間か、人前でだけはね」ゴードンはいった。「すぐにわたしは、またちょっとスルーンを離れるんだ。そして、約束しよう、わたしがつぎに帰ってきたときは、ふたりのあいだは前のとおりだよ」

これは本当のことで、ゴードンは真剣にそう願っていた。地球に行って、身体を再交換できさえすれば、スルーンに帰ってくるのは本物のザース・アーンのはずだからだ。

マーンは心の重荷がおりたようだったが、黒い絹《きぬ》のマントを羽織《はお》って出ていくとき、まだ少し悲しそうだった。

彼女は背伸びして、彼に心のこもったキスをした。「おやすみなさい、ザース」

彼もキスに応えたが、情熱をこめたというより、不思議なやさしさのこもったものだった。彼にもザース・アーンが、どうしてこの子供のような娘と恋に落ちてしまったか、わかったのだ。

キスのあと、彼を見上げるマーンの目は、まるく見開いて、かすかにとまどっているようだった。

「ザース、あなたはどこかちがっています」彼女はつぶやいた。「どこだか、はっきりいえないけど――」

恋をしている女の鋭い本能が、彼のなかの信じられない変化を察したらしいことが、ゴードンにもわかった。彼女が行ってしまうと、彼は大きく安堵のため息をついた。

小さな寝室のベッドに横になったが、筋肉が鋼《はがね》のようにまだこわばっていた。彼は長いこと、暗い寝室にさしこむ明るい月の光を見つめていた。やがていくらか神経が落ちついた。

心のなかで、なによりも先にやらなければならないことが、大声を上げていた。できるだけ早く、この狂ったにせものごっこから逃げ出さなければ。偉大な星間王国に危機がせまっているというのに、その中心人物のひとりに化けているなど、これ以上やっていられない。でも、どうすれば？　どうすればザース・アーンと身体を再交換しに地球に戻れるのか？

翌朝ゴードンがまばゆい朝日のなかで目を覚ますと、ベッドのそばに青い肌のヴェガ人の従僕が立っていた。

「殿下、リアンナ姫さまが朝食をごいっしょにと申しておられます」従僕が告げた。

ゴードンは驚きと不安を感じた。

なぜリアンナは、こんな招待をよこしたのだろう？　なにか怪しいと思ったのだろうか？　いや、そんなはずはない。それにしても――

彼は小さなガラスの部屋で風呂を使った。おずおずとボタンを押すと、石鹸《せっけん》や浴用塩剤、あるいは香水入りの湯が、好みの温度で首のあたりまで渦巻いて出てきた。

ヴェガ人の従僕が、絹の白い服とマントを用意していた。手早く身につけて、彼は皇宮のなかをリアンナの部屋に向かった。

おとぎの国めいた、パステル色の壁の部屋だった。スルーンの都《みやこ》を見わたす、花が咲き乱れる広いテラスに面している。青いスラックスとジャケット姿のリアンナが、彼をテラスに誘った。

「ここに朝食の用意をさせました」彼女はいった。「日の出の音楽にちょうどまにあうようにいらしたのね」

冷やした赤い果物《くだもの》とワインのような赤い酒をすすめるリアンナの目に、かすかなはにかみのようなものを感じて、ゴードンは驚いた。いまの彼女は、ゆうべのような堂々たる誇り高き王女には見えない。

それに、日の出の音楽とはなんだろう？　これも知っていなければならないが、まだ知らないことのひとつだ。

「ほら、はじまります！」リアンナがだしぬけにいった。

スルーンの都のまわりには、朝日に照らされた、堂々たるガラスの山脈の水晶のような峰が高くそそり立っていた。その遠く輝く峰々から、澄んだ美しい調べが、ふるえるようにひびいてくる。

輝く峰々からとどく音楽の嵐は、ますます高まってゆく。荒々しい天使のような、水晶が震動する分散和音は、天国の鐘《かね》がいっせいに鳴りだしたかのようだった。妖精の弦楽器がピチカートを鳴らすような、小さな音の嵐が、ひびきわたる和音をささえている。

ゴードンは、いま自分の聞いている音が、ガラスの峰々がカノープスの光にあたためられて、急激に膨張して出す音なのだと悟った。水晶の音楽が最高潮に達したとき、大きな白熱する恒星が昇った。やがて、音は長いトレモロを引いて消えてゆく。

ゴードンは長いため息をついた。「こんなすばらしい音楽は聞いたことがない」

リアンナは驚いて彼を見た。「あなたは何回もあれを聞いていらっしゃるわ」

彼はまたへまをしたことに気づいた。ふたりはテラスの手すりにいて、リアンナが熱のこもった目で彼を見ている。

彼女は突然、びっくりするような質問をした。「なぜ、ゆうべはマーンをお帰しになったんです?」

「どうしてそれを?」

リアンナは静かに笑った。「この宮殿では、秘密などなにひとつないことは、ご存じのはずでしょう。こうして、わたしたちがいっしょに朝食をとっていることも、噂《うわさ》のたねになっているにちがいありません」

そうなのか? ゴードンは途方に暮れて考えた。だとすると、マーンに今度会ったときのいいわけを考えておかなければならない。

「喧嘩でもなさったの?」リアンナはくいさがった。そこで、少し顔を赤らめてつけ加える。

「もちろん、わたしに関係のないことですけど」

「リアンナ、あなたのことなんだ」ゴードンは衝動的にいった。「わたしはただ――」

彼は口をつぐんだ。それ以上はいえない。ただ、できたら本当のことを告げたかった。

このときの彼は、心の底から伝えたかった。マーンはかわいい、だが彼が忘れられないのはリアンナだったのだから。

リアンナは灰色の目で不思議そうに彼を見上げた。「ザース、わたしはあなたのことを知っていたつもりですけど、やはりわかりません」

彼女は一瞬だまったが、だしぬけに、少し息をはずませていった。

「ザース、わたしは人をだませないんです。率直にいわずにいられません。教えて――ゆうべわたしにキスをなさったとき、あなたは本気でしたの？」

ゴードンの胸が躍り、口から返事がとびだした。「本気だったよ！」

彼女の灰色の目が、とまどったように、そして真剣に彼を見上げた。「変だと思いましたが、あなたが本気のような気がしたんです。でも、わたしにはまだ信じられません――」

リアンナは突然、王族としての教育を忘れたかのような尊大さで、彼の肩に両手をかけた。

もういちどキスを求める、はっきりした誘いだった。

宮殿全体が頭上に崩れ落ちてきたとしても、ゴードンはこれにはさからえなかっただろう。

彼はふたたび、王女のほっそりした、しびれるような生気をはなつ身体を両腕で抱き、息をとめた甘い唇にふれ、身をふるわせた。

「ザース、あなたは変わったわ！」リアンナはわれ知らず、マーンと同じ言葉を不思議そうにささやいた。「あなたに愛されているような気がして――」

「リアンナ、愛してるんだ！」ゴードンは思わず叫んだ。「愛していたんだ、はじめて会ったときから」

やさしい目を輝かせて彼の目を見つめている。「では、わたしたちの結婚を本当のものにしたいの？　マーンと離婚なさる？」

ゴードンは叩きつけられるような衝撃をうけて、われに返った。いったい自分は、なんてことをしているんだ？

本物のザースは、マーンを心から愛しているのだ。彼を傷つけることはできない。

8　暗黒星雲からのスパイ

都合よく邪魔がはいって、ゴードンはこのぬきさしならぬ窮地《きゅうち》から、一時的にだが救われた。侍従《じじゅう》がおずおずとテラスに出てきたのだ。

「殿下、父君が殿下とリアンナ姫に、塔の間《ま》におこしいただきたいと申しておられます」彼はゴードンにお辞儀をしていった。

ゴードンはこの機をのがさず、それ以上の会話を避けようと、ばつが悪そうにいった。

「リアンナ姫、すぐに行ったほうがいい。大事な用かもしれない」

リアンナは、彼がもっとなにかいってくれるのを待つように、じっと見つめている。だが、彼はなにもいわなかった。

いえなかったのだ。いずれ本物のザース・アーンが帰ってきて否定してしまうのだから、彼は王女を愛しているとはいえなかった。

侍従のあとについて、宮殿のいちばん高い塔に向かう動く傾斜路を昇っていくあいだも、姫はなにもいわなかった。塔には部屋がたくさんあり、どの部屋のガラス壁からも、スルーンの輝く塔のことごとくを見わたせたし、ガラスの峰と海が壮大なパノラマとなってまわりを囲んでいた。

アーン・アッバスは、部屋を圧するような巨体で、落ちつきなく歩きまわっていた。細面《ほそおもて》の最高顧問官オース・ボドマーが皇帝に話しかけており、ジャル・アーンも同席していた。

「ザース、おまえとリアンナふたりに関係のあることだ」ふたりを迎えて、アーン・アッバスがいった。

彼は端的《たんてき》に説明した。「われわれと暗黒星雲同盟との危機は深刻なものになっている。シヨール・カンは、同盟の艦をすべて暗黒星雲に呼び戻した。しかもヘラクレス男爵領が、やつになびいているらしいのだ」

ゴードンは、昨夜のズ・リザールともうひとりのヘラクレス男爵の煮えきらない態度を思い出した。

アーン・アッバスは顔を曇らせた。「わたしはゆうべの宴《うたげ》のあと、ズ・リザールと話したのだ。彼は、男爵領は全面的に帝国に協力することはできないという。彼らは、ショール・カンがなにか強力な新兵器を開発したという根強い噂《うわさ》に惑《まど》わされているのだ。

だが、わたしはズ・リザールが男爵たちの気持ちを代表しているわけではないと思う。彼らも危惧《きぐ》はしているが、暗黒星雲同盟に征服されたいとは思っていない。わたしは、彼らを帝国に完全に協力させられると思うのだ。そして、ザース、わたしはその任務に、おまえを派遣しようと考えている」

「わたしを？」ゴードンは驚いて叫んだ。「でも、わたしにはそんな任務はつとまりません！」

「殿下、ほかにもっとよくつとまる人が、どこにいます？」オース・ボドマーが真剣にいった。「陛下のご子息なのですから、殿下は有力な大使となられます」

「それについて議論するつもりはない——ただ黙って、おまえは行けばいいんだ！」アーン・アッバスがぴしゃりといった。

ゴードンは足元をすくわれた気分だった。彼が大使となって、ヘラクレス星団の偉大な男爵たちのもとへ行く？　どうしてそんなことができるだろう？

そのとき、これはチャンスだと気づいた。その使命で宇宙に出てしまいさえすれば、地球に立ち寄れるかもしれないし、そうなれば本物のザース・アーンと身体《からだ》を再交換できるかもしれない。それさえできれば――

「こうなると、おまえとリアンナとの結婚も、予定を早めなければならないようだ」アーン・アッバスはいった。「おまえは一週間以内にヘラクレスに向かわなければならん。おまえとリアンナの結婚の儀は、きょうから五日後に行なうと発表する」

ゴードンは突然、落とし戸から奈落《ならく》に落ちたような気分だった。

結婚は、気にするまでもないほど遠い先のことだと思っていたのだ。いま、その想定は破れ去った。

彼は必死に抗議した。「しかし、大使としてヘラクレスに行く前に、結婚する必要がありますか？」

「あたりまえだ」アーン・アッバスはいった。「西方の星間王国《スター・キングダム》を味方につけるのが、なにより肝心なのだ。フォーマルハウト王国の王女の夫であれば、おまえは男爵たちに対しても影響力を増す」

リアンナはゴードンをおもしろそうに見つめていたが、やがていった。「ザース皇子には、なにか反対なさる理由がおありでしょうか？」

「反対？　いったい、こいつにどんな反対ができる？」アーン・アッバスがいった。

ゴードンは、公然と反対しても無駄だと悟った。意志に反してこの替え玉役をやらされる破目《はめ》になって以来ずっとそうしてきたように、時間を稼がなければならない。

いつかは、この悪夢のように面倒な事態から抜け出す手を、なんとか見つけられるにちがいない。そのためには考える時間が必要だった。

彼はぎこちなく答えた。「そのとおりです。リアンナ姫さえよければ、わたしのほうはかまいません」

「では、話は決まった」アーン・アッバスはいった。「日にちはないが、星間王国の王たちも式にまにあうように来られるだろう。わたしはこれからボドマーと、告示文を考える」

これは、さがってよいという意味で、ふたりは部屋を出た。ジャル・アーンがついて出てきてくれたのは助かった。いまなによりも避けたいのは、リアンナの物問いたげな澄んだ瞳に、ひとりで相対《あいたい》することだった。

それからの数日は、ゴードンには現実と思えなかった。宮殿じゅうが、スルーンの都《みやこ》全体が、準備活動に沸き立っていた。大勢の召使いがあわただしく行き来し、高速船が賓客を運んでくる。日を追うごとに、帝国のより遠方の地や盟友国の客が到着する。

この大騒動のあいだ、ゴードンは来たるべき結婚を祝う華やかな祝宴以外では、リアンナとほとんど顔を会わすこともなく、肩の荷をおろすことができた。マーンとも、遠くから顔を会わせるだけだった。しかし、時はすぎていき、彼がこの悪夢のような窮地を脱する手段は見つからない。

自分の正体について真実を告げることはできなかった。ザース・アーンとの固い誓いを破ることになる。では、どうすればいい？　知恵をしぼったが、定められた日の前夜になっても解決策は見つからなかった。

その夜、星の広間では、結婚を祝いに銀河のいたるところから訪れた王侯貴族を迎えて、盛大な披露宴が催《もよお》された。それは目がくらむほど華々《はなばな》しいものだった。

ゴードンとリアンナは一段高い壇上で、アーン・アッバス皇帝の巨軀《きょく》と、ジャル・アーン皇太子と美しいその妻ゾラとのあいだにはさまれて立った。背後には、コルビュロ司令長官とオース・ボドマーその他の帝国高官がひかえている。

侍従の宣言で、壇上に向かって押し寄せる華美な列席者たち、星の広間の壮重《そうちょう》な威容、銀河の半分が見ているテレヴァイザー・スクリーン――そのすべてが、ジョン・ゴードンを麻痺させてしまっていた。

彼はますます、奇妙な、ありえない夢のなかにいるような気分になってきた。そのうちに、ふと目がさめて、二十世紀の世界に戻っているのではないか？

「シグナス王国国王陛下！」侍従が式典どおりに案内する。「ライラ王国国王陛下！」

みな、ぼんやりした顔と声の列となって、ゴードンの前を流れていった。彼にはほとんど見わけがつかなかった――わかったのは、冷たい目つきのヘラクレス男爵領のズ・リザール、ポラリス王国の若き君主サス・シャマール、そのほかひとりかふたりだけだった。

「カシオペア摂政《せつしょう》殿下！　外宇宙辺境星域伯爵閣下！」

そして、帝国内の下位の名士や高官たちが壇上への行列につづいた。最後に赤銅《しゃくどう》色の肌をした宇宙軍艦長がやってきて、ゴードンに一礼して思考スプールをさしだした。

「この祝宴の機会に、わが艦隊から殿下へのささやかな請願がございます。お聞きいただければさいわいです」彼は小声でいった。

ゴードンはうなずいた。「聞いてみよう、艦長――」

だしぬけに、コルビュロ司令長官が割ってはいった。白髪《しらが》の提督は、赤銅色の士官の徽章《きしょう》を見つめていたが、ふいに進み出た。

「その艦隊の士官は現在、だれひとりヴェガよりこちらにはいないはずだ！」コルビュロはぴしゃりといった。「名前と部署番号を！」

赤銅色の士官は、まっ青になり、そわそわしはじめた。あとじさって、片手をジャケットのふところにいれる。

「そいつはスパイだ、刺客《しきゃく》かもしれん！」コルビュロが叫んだ。「撃ち殺せ」

正体を見抜かれたスパイは、ずんぐりした原子ピストルを手にしていた。

ゴードンはすばやく、リアンナを背後にかばった。そのまま向きなおって、スパイに相対《あいたい》する。

だが、コルビュロの叫び声に、星の広間の壁面の高みにある隠し窓から原子銃弾が放たれ、スパイの身体に命中し、爆発した。男はずたずたの黒焦《こ》げ死体となって床に倒れた。

悲鳴がその場を満たし、人々は恐怖でたじろいた。突然の出来事に、ゴードンも広間のだれもが凍りついた。

だがすぐに、アーン・アッバスのとどろくような大声が、場を鎮《しず》めた。「恐れることはない！　スパイは死んだ。コルビュロの警戒と壁のなかの衛兵のおかげだ」

巨軀の統治者は命令を下した。「死体を別室に移せ。ザース、おまえとジャルは来なさい。コルビュロ、その思考スプールは透視検査をさせろ。危険なものかもしれん。リアンナ、賓客を落ちつかせてくれるね？」

ゴードンは皇帝にしたがって、スパイの爆死体がすぐに運びこまれた小部屋へ行った。

ジャル・アーンが死体の上にかがみこみ、焦げたジャケットを引きはがした。ずたずたになった上半身は、顔と同じ赤銅色ではなかった。奇妙な青白さだった。

「暗黒星雲の人間だ。やはり同盟のスパイだった！」アーン・アッバスがいった。「巧妙に変装したショール・カンの工作員だ」

ジャル・アーンが不思議そうな顔をした。「なぜこんなところに来たのでしょう？　最初から、われわれのだれかを暗殺しようとしたのではない——正体がばれるまで武器を出さなかった」

「ザースにわたそうとした思考スプールから、なにかわかるかもしれん」皇帝がつぶやいた。

「ああ、コルビュロが来た」

コルビュロ司令長官は思考スプールを手にしていた。「徹底的に透視検査しましたが、ごくふつうの思考スプールでした」彼は報告した。

「妙な話だ！」アーン・アッバスは顔を曇らせた。「どれ、スプールをこの再生器にかけて聞いてみよう」

思考スプールはデスクについていた再生装置にいれられた。アーン・アッバスがスイッチをいれる。

スプールがまわりはじめた。ゴードンも、ほかのみなと同様に、記録された思考波が心のなかへはいってくるのを感じた。

はっきりとひびく声が、心のなかに話しかけてくる。

「ショール・カンよりザース・アーン皇子へ。きみを暗黒星雲へ迎えるわれわれの合意のもとの手配が、偶然にも帝国の巡視艦による妨害で破られたことは残念だった。わたしも、きみ同様にこれを残念に思っている。だが、わたしはかならず、すぐにきみを安全かつ秘《ひそ》やかにわがほうへ迎える用意をととのえる。

たがいに同意した条件はいまも変わりない。きみがわたしに協力して、ディスラプターの秘密を渡せば、わが同盟は敗れる恐れなしに帝国を攻撃でき、全銀河系を制圧したそのときには、きみはわたしと同等の地位に立つことを公式に認められる。疑惑を生じる行動をつつしんで、わが信頼する工作員がきみを安全にわがほうへ運ぶのを待ちたまえ」

9 宮殿の牢獄で

ゴードンは最初、思考メッセージの意味がわからなかった。ショール・カンから自分への、ザース・アーンへの連絡だって？

やがてその重大さがわかってきて、彼は困惑と絶望に襲われた。そして皇帝の激怒した目に気づき、絶望感はいや増した。

「なんということだ。わが子が帝国の反逆者だとは！」統治者は叫んだ。「ほかならぬわたしの息子が、われわれを暗黒星雲に売る陰謀に秘密裏に与《くみ》していたとは！」

ゴードンはやっと言葉が出てきた。「これは嘘です。わたしはショール・カンととり決めなどしたこともないし、やつと話しあったこともありません！」

「では、なぜやつは、こんな秘密の連絡をよこしたんだ？」皇帝は破《わ》れ鐘《がね》のような声でいった。

ゴードンは必死に、思いつくただひとつの理由にすがった。

「ショール・カンは、この連絡が見つかって、騒ぎになることを願ったんです。ほかに理由はありえません」

ととのった顔をひどく曇らせていたジャル・アーンが、急いで口をはさんだ。

「父上、それはありうることです。このザースが反逆者だなんて信じられないことです」

「ばかな、なにを見え透《す》いたことを！」アーン・アッバスは激昂《げっこう》していた。「ショール・カンほどのぬけめないやつが、たいして役に立たんそんな軽率な計画を立てるものか。だいたい、このスパイが見つかったのも、コルビュロがたまたま、こいつの徽章《きしょう》に気がついたからだぞ」

その大きな顔がけわしくなった。「ザース、おまえがもし同盟と秘かに計画を練《ね》っていたとすると、わたしの息子だからといって助かりはしないぞ！」

「誓って、そんなことはしていません！」ゴードンは叫んだ。「地球を奇襲したあの同盟の手先と示しあわせたりもしていません。それに、どうしてわたしが帝国を裏切らなければならないんです？」

「おまえは次男だ」アーン・アッバスのけわしい表情は消えない。「おまえは科学研究に熱中しているふりをしながら、ジャルがわたしの後継者になるのを秘かに妬《ねた》んでいたのかもしれない。そういうことは前例がある」

これまでの立場がジョン・ゴードンにとって悪夢だったとしたら、いまその悪夢が二重に重なったようだった。

「この件は徹底的に調べなければならん！」アーン・アッバスは叫んだ。「それまで、おまえは宮廷の牢にとじこめておく」

ジャル・アーンが抗議した。「ザースをあんなところにいれることはできません！」

コルビュロ司令長官も肩を持った。「せめて体裁《ていさい》をお考えになって、お部屋に軟禁《なんきん》ということにしては」

アーン・アッバスはふたりをにらみつけた。「ふたりとも頭がおかしくなったのか？　もしザースが反逆者なら、帝国の死命を制する危険の種《たね》なんだぞ？

こいつはディスラプターの秘密を知っているのだ。ほかにはジャルとわたしだけだ。ショール・カンがその秘密を手にいれたら、暗黒星雲同盟は電光石火のごとく襲ってくる。そんな危険をおかしたいのか？」

「ですが、挙式を明日にひかえて、招待客も……」ジャル・アーンがいいかける。

「ザース皇子は急病だと発表しろ」皇帝はぴしゃりといった。「コルビュロ、こいつを牢に連れていけ。命をかけて、こいつを見張るつとめを果たすんだ！」

ゴードンの頭のなかは、はげしく渦巻いていた。本当のことを、ありのままの真実をぶちまけてしまったらどうだろう？　自分はディスラプターの秘密も知らないし、ザース・アーンの身体《からだ》を借りている二十世紀のジョン・ゴードンにすぎないことを話したら？　ザース・アーンだって、ここまできたら秘密を守る誓いを破ったと文句もいうまい。

しかし、彼らはその話を信じるだろうか？　信じてもらえないことはわかっていた。こんな突飛《とっぴ》な話は、だれも信じないだろう。ザース・アーンは精神交換の方法を秘密にしてきたし、そんなことが可能とはだれも夢にも思っていないのだ。彼らはどうせ、命を助かりたい一心で、でまかせの嘘をいっていると思うだろう。

ゴードンは肩を落とした。それ以上の抗議はせず、コルビュロ司令長官について、ぼんやりと部屋を出ていった。

下の階へと運ぶ動く通路で、コルビュロがはっきりといった。

「ザース皇子、わたしはあなたが反逆者だなんて話は、まったく信じておりません。あなたを閉じこめなければなりませんが、すっかり疑いを晴らしてさしあげます。まかせておいてください」

老提督の思いがけない支持に、ゴードンは底知れぬ絶望から少し救われた。

「コルビュロ、誓ってもいい、すべてはなにかの罠《わな》だ。きっと父上も、わたしが帝国を本当に裏切るとは信じていないだろう？」

「陛下のご気性のはげしさは、あなたもご存じでしょう」司令長官はいった。「冷静になられたときを見はからって、わたしが説得してみます」

巨大な宮殿の地下深く、ふたりは大きな金属扉の前に着いた。コルビュロが指にはめたごつい指輪から、扉の小さな穴にビームが放たれた。扉が横に開くと、四角い、がらんとした金属製の小部屋が現われる。

「ザース皇子、ここがお父上の秘密の牢獄です。あなたをここに閉じこめることになろうとは夢にも思わなかった。ですが、心配いりません――アーン・アッバスの心を変えるため、われわれが全力をつくします」

ゴードンは感謝をこめてその手を握り、部屋にはいった。大きな扉が閉まった。

室内の家具は、薄い布団の敷かれた寝台がひとつきりだった。壁には蛇口がふたつ。ひとつは水、ひとつは栄養液だ。壁も床も天井も、びくともしない金属製だった。

ゴードンは重い腰をおろした。最初こそコルビュロの力ぞえの言葉に少しは元気が出たものの、やがて希望も薄まっていった。コルビュロとジャルが信じてくれたとしても、どうすれば自《みずか》らの無実を証拠だてられるのだ？

そして、ある考えが心に押しいってきた。彼が本当に反逆の罪を犯していたら？　もしザース・アーンが、本物のザース・アーンが、過去にショール・カンと陰謀をめぐらせていたとしたら？

ゴードンは首をふった。「いや、そんなことは信じられない。ザース・アーンは熱心な研究者で、決して陰謀家ではない。それに、もし彼が同盟と手を結んでいたなら、ぼくと精神交換などするはずがない」

しかし、ザース・アーンがこの陰謀に無関係だとしたら、なぜショール・カンは、前から相談していたなどという連絡をよこしたのだろう？

ゴードンはあきらめた。「どうにもわからない。ザースの役を演じようとしたときに、無知がもとで、なにか身の破滅を招くぐらいは、わかっていて当然だったんだ！」

悲嘆に暮れて、リアンナのことを思った。ほかの人間には隠すとしても、リアンナにはありのままを話さないわけにはいかない。

彼女も彼を反逆者だと思うだろうか？　そうかもしれないと考えて、ゴードンは胸をえぐられるような絶望を覚えた。

しばらくのあいだ、彼は自責の念に苦しんだが、とうとう絶望的な虚無感がとって代わった。数時間がすぎて、彼は眠りに落ちた。

ゴードンが目を覚ましたとき、翌日の夕方だろうと思った。扉のあく気配がして起き上がった。立ち上がって、はいってきたふたりの人物を、信じられない思いで見つめた。

ひとりはずんぐりしたコルビュロ司令長官だが、もうひとりは、黒いジャケットとスラックス姿のほっそりした人物――

「リアンナ！」ゴードンは叫んだ。「こんなところへ、なにをしに？」

彼女は歩み寄って、彼の両肩に小さな手をかけた。顔は蒼白《そうはく》だったが、灰色の瞳は燃えるようだった。息せき切っていう。

「ザース、お父上のお怒りのことは、すっかり聞きました。陛下は頭がおかしくなったんです！」

彼は夢中で王女の顔を見つめた。「リアンナ、わたしが反逆者だと信じていないのか？」

「そんなことはわかりきっています！」彼女は答えた。「陛下にもそう申し上げましたが、怒りに狂って耳を貸そうとなさらないんです」

ゴードンに大きな感情の波が押し寄せた。「リアンナ、きみに裏切り者と思われるのが、いちばんつらかったんだ」

コルビュロが進み出た。白髪《しらが》頭の顔に深刻な表情を浮かべる。「姫、早くお話を！　計画どおりにやるには、二十分以内に殿下とともにここを出なければなりません」

「わたしとここを？」ゴードンはおうむがえしにいった。「ここから連れ出すつもりか？」

コルビュロは短くうなずいた。「そうです、殿下。わたしは覚悟を決めて、今夜、姫に相談しました。あなたをスルーンから逃がします」

ゴードンは厳《いかめ》しい顔つきの司令長官に感謝した。「コルビュロ、あなたの誠意はありがたい。しかし、それではまるで逃亡だ」

「殿下、そうしなければならないのです！」コルビュロは懸命にいった。「お父上を翻意《ほんい》させられると思っていたのですが、残念なことに、あなたの部屋から、ショール・カンからあなたに宛てた、動かぬ証拠となる文書が見つかりました」

ゴードンはあっけにとられた。「なら、そいつもにせものだ。わたしに罪を着せるために仕かけたんだ」

「わたしはそう信じていますが、お父上のあなたを有罪と信じる思いがいっそう強くなりました」コルビュロはきっぱりいう。「いまのお怒りのようすだと、あなたを反逆者として処刑する命令をくだしかねません」

司令長官はつけ加えた。「陛下がそんなことをして、あとになってあなたが無実とわかって後悔なさるようなまねは、わたしにはさせられません。ですから、わたしがあなたの無実を立証するまで、あなたはスルーンを離れていなければならないのです」

リアンナが熱心に口をそえる。「ザース、すっかり計画は立てました。コルビュロが、信頼できる部下を乗せた軽巡航艦を宇宙港に待たせています。それに乗って、わたしたちはフォーマルハウト王国へ行くのです。あそこなら、コルビュロとお兄さまがあなたの濡れ衣《ぎぬ》をはらしてくれるまで、安全にすごせます」

ゴードンはいっそう驚いた。「わたしたち？　リアンナ、きみもいっしょに逃げてくれるのか？　なぜ？」

返事の代わりに、力のこもったあたたかい両腕が彼の首にまわされ、やわらかい唇が、ふるえながら甘く彼の唇にふれた。

王女はかすれたささやき声でいった。「これが理由です、ザース」

ゴードンは動揺していた。「では、わたしを愛してくれると？　リアンナ、本当に？」

「あなたがキスしてくださった、月の宴《うたげ》の夜からです」彼女はささやいた。「それまでは、好意は抱いていましたが、それだけでした。でも、あのときから、あなたもどこか変わりました」

彼女を抱き返すゴードンの腕に力がこもった。「では、その変わったザース・アーンを、新しいザース・アーンを愛してくれているのか？」

彼女は彼をじっと見上げた。「そういったでしょう？」

スルーンの巨大な皇宮の、この地下深い秘密の牢獄で、ゴードンははげしい、天にも昇るような喜びを感じていた。自分がからめとられた危機と陰謀の恐ろしい蜘蛛《くも》の巣のことも忘れてしまうほどだった。

リアンナの愛を勝ちえたのは、他人の身体にはいっているとはいえ、彼自身だったのだ。彼女は知らないが、彼女が愛したのはザース・アーンではなく、ジョン・ゴードンなのだ。

10　虚空《こくう》への旅

隠していた自分の正体が、ゴードンの喉もとまで出かかった。彼は心の底から、リアンナに話してしまいたかった。自分はザース・アーンの身体《からだ》を借りているだけで、実は過去からやってきたジョン・ゴードンなのだと。

だがそれはできなかった。ザース・アーンと約束したのだ。それに、結局は彼女と別れて、自分の時代に帰らなければならないのに、そんなことを明かしてなんになる？

こんなひどい、自《みずか》らを拷問するような苦しみがあるだろうか？　心から愛したただひとりの娘と、銀河系の半分の空間と、二千世紀という時間をへだてて無理やり引き離されることになるのだ。

ゴードンはかすれた声でいった。「リアンナ、あなたがいっしょに来ることはない。危険だ」

彼女は輝く瞳で、すばやく彼を見上げた。「星間王国《スター・キングダム》の王女が危険を恐れましょうか？　いいえザース、いっしょに行きます」

彼女はつけ加えた。「わかるでしょう。お父上も、あなたがフォーマルハウト王国にわたしと行くなら、力ずくで追わせることはできません。帝国はわが王国の協力が、どうしても必要ですから、仲たがいはできないんです」

ゴードンは心が乱れた。これで地球に行くチャンスをつかめるかもしれない。スルーンを出てしまえば、口実を見つけて、コルビュロの部下に地球の研究室に送ってもらえるかもしれない。

地球に戻って、リアンナにはなにをやっているか悟らせることなく、本物のザース・アーンと精神交換できるかもしれない。そうなれば、本物のザースが彼自身の無実を証明してくれるはずだ。

コルビュロ司令長官がふたりに歩み寄って、話に割りこんだ。厳《いかめ》しい顔で、ひどく心配そうだ。

「これ以上待てません。廊下にはだれもいないし、行くならいまがチャンスです」

ゴードンが同行に反対したにもかかわらず、リアンナは彼の手首をつかんで引っぱった。司令長官が大きなドアを引きあける。外の廊下は薄暗く、ひっそりとして人影もない。

「めったに使わない地下道から行きます」コルビュロがあわただしくいった。「抜けた先で、わたしのもっとも信頼している部下たちが待っています」

三人は巨大宮殿の地下深く、道を急いだ。頭上の巨大な構造物からは、なんの音も聞こえてこない。この秘密の通路は防音処置がなされているのだ。

三人はだれにも会わなかった。だが、少し広い通路に出ると、コルビュロが用心深く先頭に立った。そしてとうとう、地下道の出入用に使われている小部屋に出た。車が一台、その先に待っていて、宇宙軍の軍服を着た男が脇にひかえていた。

「彼はサーン・エルドレッド、おふたりをフォーマルハウト王国にお連れする巡航艦の艦長です」コルビュロは急いでいった。「彼は完全に信頼できます」

サーン・エルドレッドは背の高いシリウス人で、かすかに緑がかった顔色がその証拠だった。鍛えぬかれた宇宙の古参兵《こさんへい》らしいこの男は、無表情だった顔を輝かせて、ゴードンとリアンナに深く頭を下げた。

「ザース殿下、王女殿下――ご信任いただいて光栄です。司令長官からすべてうかがっています。銀河のどこへなりと、自分と部下におまかせいただければ、お連れいたします」

ゴードンは落ちつかず、ためらった。「やはり、まるで逃亡するみたいだ」

コルビュロは宇宙艦乗りらしい悪態《あくたい》をついてから、「殿下、これがあなたに残された唯一の道なのです。あなたが行ってしまえば、あなたの無実の証拠をさぐりだし、お父上に考えを変えさせる時間ができます。ここに残っていたら、きっと反逆者として銃殺されます」

みんなには知るよしもない重大な理由がなければ、ゴードンは危険を覚悟で踏みとどまったかもしれない――地球へ行って本物のザース・アーンと連絡をとることだけが唯一の道なのだ。

彼はコルビュロの手を握った。リアンナが実直な司令長官にやさしく告げる。「あなたも、わたしたちのために危険をおかしてくれました。決して忘れません」

ふたりは車に乗りこんだ。サーン・エルドレッドも急いで乗りこみ、レバーに手をかけた。車は暗闇のなかをまっしぐらに走りだした。

サーン・エルドレッドが緊張して時計を見た。「殿下、万事が分単位で計算されております」とゴードンにいった。「わたしの巡航艦マーカブ号は、宇宙港の特別ドックで待っています。表向きは、われわれはサジタリウス方面の巡視隊に加わるために出発することになっています」

「艦長、きみもわたしたちのために危険をおかしてくれているんだな」ゴードンが心をこめていった。

シリウス人は笑顔を見せた。「コルビュロ長官は、わたしにとって父親同然です。長官が命じられたのですから、わたしも部下もその信任に背《そむ》くことなどできません」

車が速度を落とし、別の小さな出入口の脇に停《と》まった。そこには原子ピストルを持ったふたりの士官が待っていた。

士官たちは車をおりるゴードンとリアンナに敬礼した。サーン・エルドレッドがつづいておりると、動く斜路の先に立って移動をはじめた。

「マーカブ号に乗艦するまで、マントで顔を隠してください」彼はふたりにいった。「乗ってしまえば、もうなにも恐れることはありません」

三人は宇宙港のはずれに出た。夜だった。ふたつの金色の月が、明るい星空に昇っていて、あたたかい光を投げ、巨大な宇宙艦やクレーンや作業機械がにぶく光っていた。

ほかのどんな宇宙艦も小型船に見えるくらい、あちこちのドックに第一線の強大な戦艦が黒い巨体をそびえさせていた。その一隻のそばを通過してゆくサーン・エルドレッドの背後から、ゴードンは、星空を背景に突き出す、恐ろしげな原子砲の砲列がシルエットになっているのを目にした。

艦長が突然合図して、ふたりを物陰へ押し戻した。兵士の一団がすぐそばを騒々しく通りすぎた。暗闇に隠れたまま、ゴードンは自分の手をにぎったリアンナが指に力をこめるのを感じた。薄明かりのなかで、彼女は物怖《ものお》じしない微笑を向けていた。

サーン・エルドレッドが前進の合図をした。「急がなければ。予定より遅れています――」彼は汗をかいていた。

黒い魚のような形のマーカブ号の巨体が、金色の月明かりのもと、眼前に浮かび上がった。数々の小さな舷窓《げんそう》から光をきらめかせるこの軽巡航艦の艦尾からは、規則正しい駆動力の脈動が聞こえてくる。

艦長とふたりの士官につづいて、せまい昇降用はしごを艦の横腹に開いた扉ハッチまで昇る。だが突如、荒々しい音が静けさを破った。

宇宙港じゅうに、けたたましい警報サイレンが鳴りひびいたのだ。やがて興奮した男のかすれ声が、いくつものスピーカーからとどろいた。

「全宇宙軍に非常警報！」荒々しい声だった。「アーン・アッバス陛下が、たったいま暗殺された！」

ゴードンは凍りついた。タラップの上で足を止め、とっさにリアンナの手を握りしめた。

スピーカーの声は叫びつづけた。「ザース・アーン皇子を見つけしだい逮捕せよ！　ただちに逮捕せよ！」

「なんてことだ！」ゴードンは叫んだ。「アーン・アッバスが殺された──しかも、ぼくが脱獄して殺したと思われている」

広大な宇宙港全体が警報に目覚め、百個ものスピーカーがくりかえしこの驚くべき知らせを流しつづけた。いくつものベルが鳴りひびき、兵士たちが叫び走る。

はるか南方から、スルーンの都《みやこ》の遠い塔の群れをこえて、光る飛行艇が何機も夜空に急上昇し、全速で天空をよこぎって四方八方に散っていった。

サーン・エルドレッドは身じろぎもしないゴードンとリアンナに、はしごを昇るよううながした。「殿下、急がなければ。あなたの唯一の希望は、いますぐ逃げることです！」

「逃げ出して、わたしがアーン・アッバスを殺したと思われるままにするのか？　だめだ。すぐに皇宮に戻るんだ」

まっ青な顔のリアンナも彼に賛成した。「あなたは戻らなければ。陛下が倒されたことで、帝国全域が動揺します」

ゴードンは彼女とふたり、はしごをおりようと向きを変えた。だが、サーン・エルドレッドが、けわしい顔で、突如として小さなガラス製の武器をつきつけた。

短いガラスの棒だ。先端に三日月形のガラスがついていて、三日月の両端に金属の端子《たんし》がついている。彼はそれをゴードンの顔前につきつけた。

「ザース、パラライザー*よ、気をつけて!」ゴードンが知らないこの武器の恐ろしさを見てとったリアンナが叫ぶ。

＊パラライザーは近距離で相手を麻痺させる武器。神経を通じて脳に短い高圧電気ショックを与える。Ed.

三日月形の両端がゴードンの顎《あご》にふれた。痺《しび》れるような衝撃は、脳のなかに雷が落ちたようだった。

全身の筋肉が凍りつき、自分の身体が倒れていくのが、意識が遠ざかっていくのがわかった。リアンナの声と、彼女が自分によろめきかかるのを、ぼんやり感じた。

ゴードンの心には闇だけが残された。その闇のなかを何十年もただよっている気がしていたが、やがて光がきざしはじめた。

意識が戻ってくるにつれ、全身に痛いほどのうずきを感じた。彼は堅く平たいものの上に横たわっていた。そして、ブーンという途切れのない大きな音が聞こえる。

ゴードンは苦労して目をひらいた。彼は金属製の小さな船室で、家具もない、ひとつだけ明かりのついた部屋の寝棚に横になっていた。

リアンナも生気のない顔で目を閉じて、もうひとつの寝棚で眠っている。小さな舷窓《げんそう》がひとつあり、そこから星々の輝きが見えた。そのときゴードンは、聞こえている音が宇宙船の原子力タービンと駆動力発生機の脈動だと気づいた。

「なんてことだ。宇宙に出てしまった！」彼は考えた。「サーン・エルドレッドが、ぼくらを麻痺させて――」

マーカブ号に乗せられたのだ。駆動機関の高音の唸りからすると、軽巡航艦は銀河の虚空を最高速度で突き進んでいる。

リアンナが身じろぎした。ゴードンはよろめきながら立ちあがり、彼女のそばへ行った。両手と顔をさすってやるうちに、彼女が目をひらいた。

リアンナはひと目見てすぐに、自分たちの状況を察した。記憶が戻ったようだった。

「お父上が殺されたのよ！」とゴードンに叫んだ。「スルーンではあなたが犯人だと思われてる」

ゴードンは暗然としてうなずいた。「戻らなければ。サーン・エルドレッドに引き返してもらわないと」

ゴードンはキャビンのドアによろめき寄った。手をかけるが、ドアは開かない。ふたりは閉じこめられているのだ。

リアンナの声に、彼はふりかえった。彼女は舷窓から外を見ていた。振り向いた顔は蒼白《そうはく》だった。

「ザース、来て」

彼はそばに行った。船室は艦首に近く、隔壁が湾曲しているので、マーカブ号が突き進む天空のほぼ正面が見えた。

「わたしたち、フォーマルハウト王国に向かっているんじゃないわ！」リアンナが叫んだ。「サーン・エルドレッドは、わたしたちを裏切ったのよ」

ゴードンは、行く手にひろがる、燃えさかる星々の群れを見つめた。

「どういうことだろう？　サーン・エルドレッドは、わたしたちをどこへ連れていくつもりだ？」

「オリオン星雲の西側を見て。進行方向の先！」

ゴードンは丸い窓*ごしに、彼女の指さす方向を見た。

＊宇宙船の〝窓〟は、ただの窓ではなく、光よりずっと早いサブスペクトル線によって作動する視覚スクリーンである。したがって、宇宙船が超光速で移動していても、これらの窓からは周囲の宇宙の本当の姿を見ることができる。Ed.

突き進む艦の行く手、星々の荒野のはるか遠くに、黒い小さな天空の染みが見えた。星空のその部分だけが蝕《むしば》まれたようにどんより暗いのだ。

彼にはすぐわかった。暗黒星雲だ。遠い、このなかば闇に包まれた謎の領域に、ショール・カンを盟主にいただき、戦いを起こして銀河系全域を征覇しようとたくらむ、暗黒星雲同盟の恒星系がひそんでいるのだ。

「わたしたち、暗黒星雲に連れていかれるの！」リアンナが叫んだ。「ザース、これはショール・カンの策謀よ」

11　銀河規模の謀略

ゴードンは真相に思いいたった。彼がザース・アーンと入れ替わったあとの出来事はすべて、暗雲星雲同盟を支配する大陰謀家の巧妙な謀略によるものだったのだ。

ショール・カンは、大勢の秘密工作員の手で、広大な銀河連邦諸国のあいだに摩擦を生じさせ、ザース・アーンを巻きこむことを計画したのだ。そして同盟の強大な支配者の工作員のひとりがサーン・エルドレッドだったのだ。

「なんてことだ。やっとわかった！」ゴードンはあっけにとられている王女にいった。「サーン・エルドレッドは同盟の手先で、コルビュロ司令長官を裏切ったんだ」

「でも、ザース、同盟はどうしてこんなことを？　なぜあなたを、お父上を殺した犯人に仕立てたの？」

「わたしの立場を抜き差しならないものにして、わたしをスルーンに帰れないようにするためだ！」ゴードンは歯をくいしばった。

リアンナはわずかに蒼白になった。だが、じっと彼を見つめる。

「ザース、暗黒星雲に着いたら、わたしたちはどうなるの？」

ゴードンは彼女のことを心配し、苦悶《くもん》にさいなまれていた。彼女をこんな窮地《きゅうち》におとしいれたのは自分だ。彼女はずっと彼を助けてくれようとして、この危機に巻きこまれたのだから。

「リアンナ、きみを連れてきてはいけないとわかっていたんだ。きみの身にもしものことがあったら——」

ドアが開き、彼は口をつぐんでふりかえった。戸口にサーン・エルドレッドが立っていた。背の高いシリウス人がその薄緑の顔に皮肉な笑いを浮かべているのを見て、ゴードンは激しい怒りにかられ、飛びかかろうとした。

サーン・エルドレッドはジャケットの内側から、あの小さなガラス製の武器をとりだした。

「わたしにはパラライザーがあることをお忘れなく」彼は冷たくいった。「またしばらく気を失っていたくなければ、無茶はしないことです」

「反逆者め！　きさまはその制服と、自《みずか》らの帝国を裏切ったんだ」

サーン・エルドレッドは落ちつき払ってうなずいた。「わたしは長年、ショール・カンにもっとも信頼されている秘密工作員でした。サラーナに着いたら、心のこもったお褒《ほ》めの言葉をいただけることでしょう」

「サラーナ？　同盟の首都？」リアンナがいった。「やはり、暗黒星雲に向かっているのね」

シリウス人はまたうなずいた。「四日で到着します。さいわいわたしは、帝国艦隊の巡視計画を知っていますから、不愉快な出会いをしなくてすむ針路をたどれます」

「つまり、アーン・アッバスは、きさまら同盟の工作員に暗殺されたのか！」ゴードンはきつく非難した。「きさまは、こうなることがわかっていたんだな。だから、わたしたちを逃がすのに、あんなに急いでいたんだ」

シリウス人は冷ややかな笑みを浮かべた。「そのとおりです。わたしは一秒の何分の一という時間割にしたがって行動しました。あなたがお父上を殺して逃げたように見せなければならなかったのでね。なんとかやりとげられました」

ゴードンはかっとなった。「くそ、だがきさまはまだ暗黒星雲に到着していない。コルビユロはわたしが父を殺したのではないことを知っている。彼なら、こんな簡単な謎などすぐに解いて追ってくるだろう」

サーン・エルドレッドは彼をじっと見つめたが、やがて天を仰いで大笑いした。笑いすぎたのか、涙をふいて見せた。

「恐れいりました、ザース殿下、でもあなたのいまの言葉ほどおもしろいものはない！」彼はまた笑った。「コルビュロが追ってくる？　なぜです。これはすべてコルビュロ司令長官その人が計画したものだと、まだ気がつかないのですか？」

「きさまは頭がおかしい！　コルビュロは帝国でだれよりも信任されている軍人だ！」

サーン・エルドレッドはうなずいた。「そうです。でも、一介の軍人であり、艦隊の司令長官にすぎない。彼はそれ以上の地位に野心を抱いているのです。長年の野心を。この数年、彼に加えて、われわれ士官の二十人ほどが、秘かにショール・カンのために働いていました」

シリウス人の目が光った。「ショール・カンは、帝国が崩壊したのちは、われわれひとりひとりに星間王国《スター・キングダム》をひとつずつ支配させてくれると約束しました。コルビュロは、いちばん大きい王国をとることになっています」

信じがたいことに、ゴードンの怒りは、このシリウス人が語る真実のひびきを聞いて、少し鎮《しず》まった。

恐ろしいことだが、それは真実かもしれない。帝国の偉大な宇宙艦隊司令長官チャン・コルビュロこそ、思いがけない、秘密の反逆者だったのかもしれない。

ゴードンの心に、そうだと示す証拠が頭をもたげた。でなければ、なぜコルビュロは自らの任務に背《そむ》いて、彼の逃亡に手を貸したのだろう？　それも、アーン・アッバスの暗殺が実行される瞬間を選んで？

サーン・エルドレッドは彼の心の動きを、その表情から読みとったようだった。シリウス人はまた大笑いした。

「やっと、いままで自分がどんなにまぬけだったか、わかってきたようですね。そうそう、昨夜アーン・アッバスを撃ったのは、ほかならぬコルビュロその人だったのです。そしてコルビュロは、あなた、ザース・アーンがやるのを見たと証言していることでしょう！」

リアンナは青い顔で、信じられないようすだった。「でも、どうして？　どうしてザースに罪を？」

「それが帝国を分裂させ、同盟の攻撃に対して無防備にするのに、もっとも効果的だからです」シリウス人は微笑《ほほえ》んだ。「いずれショール・カンが説明しますが、ほかにも理由があります」

サーン・エルドレッドの目に浮かぶ悪意と勝利の色が、ゴードンの胸に募《つの》っていた怒りに火をつけた。

相手の警告の叫びにもかまわず、ゴードンは飛びかかった。突き出されるガラスのパラライザーを、身体《からだ》をひねってかわす。拳《こぶし》をシリウス人の顔にめりこませた。

あお向けにひっくりかえったサーン・エルドレッドに、ゴードンが豹《ひょう》のように飛びかかった。だが、シリウス人は武器を手放していなかった。ゴードンにもぎとられないうちに、サーン・エルドレッドは必死に武器を突き出した。

ガラス棒の先の三日月が、ゴードンの首筋にふれた。彼の全身に、身も凍る衝撃が稲妻のように走る。すぐに感覚が消えていくのがわかった。

二度目に意識をとり戻したとき、ゴードンはまた寝棚に横たわっていた。身体が凍るような痛みは、前よりひどかった。しかも今度は、リアンナがそばに腰をおろして心配そうに灰色の瞳で見おろしていた。

彼がまぶたを上げると、彼女は目を輝かせた。「ザース、一日以上も気を失っていたのよ。心配になってきて」

「ぼくは――大丈夫」つぶやいて起き上がろうとしたが、彼女は小さな両手で、すぐにまた彼を横にさせた。

「だめよ、ザース――神経が電気ショックから回復するまで、休まなければ」

彼は舷窓《げんそう》から外をのぞいた。輝く星々の眺望は変わっていないようだ。暗黒星雲の黒い染みに一瞬、目を向けたが、それは遠い恒星の群れのなかに、ほんのわずか大きくなっただけのようだった。

リアンナは彼の視線を追った。「恐ろしい速さで進んでいるけれど、暗黒星雲に着くのにまだ二、三日はかかるわ。それまでに帝国の巡視艦に出会うかもしれない」

ゴードンはうなった。「リアンナ、その見込みはないよ。この艦自体が帝国の巡航艦なんだから、どんな巡視艦も気にかけない。それに、コルビュロがこの反逆の指導者であれば、この艦が巡視の目にもつかないように手を打っているはずだ」

「いくら考えても、まだ信じられないわ。コルビュロが反逆者だなんて。現実とは思えない。それにしても――」

ゴードン自身は、もう疑ってはいなかった。手がかりがあまりにも強固だ。

「人間は、野心にかられるとどんな信頼も裏切るものだ。そしてコルビュロも野心家だった」そうつぶやいたあと、さらにそれが意味することに気がついた。「そうか。これはつまり、同盟が帝国を攻撃するとき、裏切り者の司令長官が帝国防衛の指揮をとるということだ」

彼はリアンナの制止にもかまわず、つらそうに寝棚から起き上がった。

「なんとかしてスルーンに連絡をとれたら、少なくともジャル・アーンを警戒させられるんだが」

リアンナは金髪の頭を悲しげにふった。「暗黒星雲の捕虜になってしまったら、可能性はないでしょうね。ショール・カンは、わたしたちを自由の身にしそうにないし」

つづく数時間、ジョン・ゴードンの心中では、わかっている事実とわからない事実が混乱の渦を巻いた。

とはいえ、いくつかはっきりしている事実があった。この世界のだれもが、彼をザース・

アーンだと思っていることだ。さらに、彼がディスラプターの秘密を知っていると信じていること。アーン・アッバスとふたりの息子だけが知っている、謎の科学兵器の秘密を。

コルビュロが彼とリアンナを、危険をおかしてまで暗黒星雲に囚人として送ったのも、その秘密のためだ。ショール・カンがひとたびそれを、謎の兵器の秘密を手にいれたら、銀河帝国に対して恐れるものはなくなる。帝国の艦隊は自分の手先が指揮しているのだ。彼はすぐに攻撃にかかるだろう。

マーカブ号はうなりを上げて進みつづけた。決められた〝船内日〟で夜になった合図の鐘《かね》が鳴ったころ、星々が輝く天空の景色が変わった。オリオン星雲はいま、はるか東にあって、その壮大な輝きを示している。

正面遠く、銀河のはずれの恒星たちを背景に、暗黒星雲の黒い染みが大きくなっていた。それは目に見えて前より大きくなり、その巨大な形も前よりはっきりしてきている。

サーン・エルドレッドも士官も兵士も、船室にはいってこなかった。再度の攻撃をこころみる機会はなかった。むなしく船室内をさがしまわってから、ゴードンは脱出の助けになるようなものがないことを、敗北感とともに認めた。

リアンナの身の安全への不安は、ますます増していた。この逃亡に彼女を連れてきてしまったことを、彼は何度も悔《く》やんだ。

しかし、彼を見上げる王女は、少しも怯《おび》えてはいないようだった。「ザース、少なくともわたしたちは、まだしばらくいっしょにいられるわ。それだけが、わたしたちの手にはいる幸福のすべてかもしれないけれど」

ゴードンは反射的に、彼女を両腕に抱きいだこうとし、その輝く金髪に手を触れようとしていることに気づいた。しかし、無理にあとずさった。

「リアンナ、少し眠ったほうがいいよ」彼はためらいがちにいった。

リアンナは驚いたように軽い微笑を浮かべて、彼を見た。「ザース、どうしたの？」

ゴードンは、彼女に触れたいといういまほど強い欲望を、生まれてこのかた抱いたことがなかった。しかし、そうすることは最悪の裏切り行為になる。

ゴードンに誓い、自らの身体と生命を彼にあずけたザース・アーンへの裏切りだ。そう、ほかならぬリアンナその人も裏切ることになる。

もし地球のあの研究所にたどり着けたら、彼女のもとに戻ってくるのは本物のザース・アーンだ。リアンナではなく、マーンを愛しているザース・アーンなのだ。

「そんなことは起こりそうもないじゃないか」と、ゴードンの心のなかで、かすかに誘惑の声がした。「おまえも彼女も、暗黒星雲からは逃げられまい。手にいれられる幸福は、まにあううちにつかんでおけ」

ゴードンは心中のささやきと必死に戦った。いぶかしむ王女に、彼はかすれ声でいった。

「リアンナ、ぼくらが交わした愛の話は、忘れなければならない」

彼女は驚き、信じられないという表情で答えた。「でもザース、あの朝、スルーンで、あなたはわたしを愛しているといったのよ！」

ゴードンは悲しげにうなずいた。「憶えている。いわなければよかった。あれはまちがいだった」

リアンナの灰色の目が曇りはじめた。唇まで蒼白《そうはく》になった。

「やっぱりあなたは、まだマーンを愛しているの？」

ゴードンは緊張を解こうと、また必死に解決を求めて、返答を絞り出した。本当のところを、わかっていることだけを話した。

「ザース・アーンは、いまもマーンを愛している。リアンナ、それは知っておいてもらわなければならない」

リアンナの顔が青ざめ、灰色の瞳が、信じられないという色から傷ついた色へ変わった。嵐のごとき恨《うら》みや怒り、非難を、ゴードンは覚悟していた。彼はそれらに対し、鋼鉄のごとくに身がまえていたのだ。だが彼女の、この深い、声にならない悲しみを彼は予期していなかったし、それだけは耐えがたいことだった。

「約束なんか悪魔に食われろ！」彼は心のなかで激しくいった。「ザース・アーンだって、こんな状況におちいると知っていたら、止めはするまい——そんなことはしないはずだ」

ゴードンは一歩踏み出して、王女の手をとった。「リアンナ、真実をすっかり話そう。ザース・アーンはきみを愛してはいない――でもぼくはきみを愛してる!」

あわててつづけた。「ぼくはザース・アーンじゃないんだ。ザース・アーンの身体を借りている、まったく別の人間なんだ。信じてもらえない話なのはわかっているけど――」

彼の声が途切れた。リアンナの顔にすぐさま浮かんだ、不信と軽侮《けいぶ》の色を読みとったからだ。

「ザース、ふたりのあいだに、少なくともこれ以上の嘘はないようにしましょう」彼女は怒っていた。

「だからいってるんだ、本当のことなんだ!」彼はくりかえした。「そうだ、これはザース・アーンの身体だ。でも、中身は別の人間なんだ」

彼女の顔色から、この試みは失敗したのだと悟った。彼女は信じていなかったし、これからも信じないだろう。

どうすれば、彼女に信じてもらえると期待できるだろう? 立場が逆だとして、自分はこんな突飛《とっぴ》な話を信じるだろうか? いや、信じないだろう。

ヴェル・クェンが死んでいては、この全宇宙に、その話を保証してくれる人間はだれもいない。ザース・アーンの夢のような実験を知っているのは、ヴェル・クェンだけだったのだ。

リアンナが彼を見つめていた。その目はすっかり落ちついて冷たくなって、彼女の顔にも感情の痕跡はなかった。

「あなたの行動をいいわけするのに、二重人格などという突飛な話を持ち出す必要はありません。ザース、わたしにははっきりわかります。あなたは帝国へのつとめと信じることを果たしただけなのです。いよいよというときに、わたしが結婚を断るかもしれないと心配して、わたしとフォーマルハウト王国からの支持を確保するため、わたしを愛しているふりをしたのです」

「リアンナ、そうではないと誓う！」ゴードンは唸るようにいった。「でも、ぼくが本当のことを話しても信じてくれないなら――」

彼女はその言葉を無視した。「そんなことをする必要はなかったんです、ザース。わたしには結婚を断るつもりはありませんでした。わが国の支持が帝国にとってどれほど重大か、わたしにはわかっていましたから。

でも、これ以上の小細工は必要ありません。わたしは約束を守りますし、わが国も約束を守ります。わたしはあなたと結婚します。でも、最初のとり決めどおり、政治上の、形だけの結婚にしましょう」

ジョン・ゴードンはいい返そうとしたが、あきらめた。結局、彼女のいうとおりの道しか、彼に選ぶことはできなかった。

本物のザース・アーンが帰ってきたときには、彼とリアンナの結婚は、政治上の見せかけ以上のものではありえないからだ。

「わかったよ、リアンナ」ゴードンは重苦しくいった。「くりかえすけれど、二度ときみに嘘はつかない。でも、いずれにせよ、たいして違わないことになってしまった」

そういいながら、彼は舷窓に向かって手をふった。突き進む巡航艦の正面の、輝く星々の虚空《こくう》に、暗黒星雲の怪物じみた染みは、ますます大きく迫っていた。

リアンナは静かにうなずいた。「ショール・カンの手を逃れる機会はなさそうです。ですが、もしチャンスが到来したら、わたしはあなたの味方をします。帝国に警告を持ち帰るという切迫した必要にくらべれば、おたがいの個人的な感情などささやかなものですから」

それからの数時間、ゴードンには、そのチャンスは減じるいっぽうに思われた。いまやマーカブ号は、最大加速で暗黒星雲に近づいていたからだ。

艦内の明かりが落ちたその〝夜〟、ゴードンは寝棚に横になって、歴史上のすべての男のなかでも、自分以上に皮肉な運命のいたずらにもてあそばれた者はいないだろうと、苦々《にがにが》しく考えていた。

室内の向こう端の娘は、彼を愛しているし、彼も彼女を愛している。だが、信じがたいほどの空間と時間の深淵が、もうすぐふたりを引き離し、彼女はこれから先、彼を不実な男だと信じつづけるのだ。

12　宇宙の雲のなかで

次の〝朝〟、ふたりが目をさますと、暗黒星雲はいまや前方で巨大なかたまりとなって迫っていた。その広大な染みは天空の半分を占め、薄闇をかき乱し、怒りに満ちた荒々しい影の腕がいくつも伸びている。まるで巨大な蛸《たこ》が、何本もの黒い触手で銀河全体をつかもうとするかのようだった。

マーカブ号は、四隻の巨大な黒い戦艦に随伴《ずいはん》されていた。いずれも艦首に暗雲星雲同盟の紋章である黒い円盤をつけている。至近距離で、まったく同じ速度をたもっていて、はっきり姿が見えた。

「ショール・カンが護衛艦隊を出すことぐらい、わかっていてもよかったはずね」リアンナがつぶやいて、ゴードンにちらりと目を向けた。「向こうは、あなたをとらえた以上、ディスラプターの秘密は手にはいったも同然と思っているわ」

「リアンナ、ひとつだけ安心してほしいことがある。その秘密は、ぼくからは絶対に聞き出せないんだ」

「あなたが帝国を裏切らないことはわかっています」彼女は沈んだ声でいった。「でも、同盟の科学者はみんな、特殊な拷問の名手だといわれているわ。無理やり聞き出してしまうかもしれない」

ゴードンは短く笑った。「できないよ。ショール・カンは、ひとつだけひどい計算ちがいをしたことに気がつくだろう」

五隻の戦闘艦は暗黒星雲に近づいてゆく。行く手の宇宙は、いまでは黒く渦巻く闇だった。密集隊形のまま、小艦隊は暗黒星雲に突入した。

戦闘艦のまわりを闇が流れた。完全な暗闇ではないが、明るく星の輝く宇宙をあとにすると、陰鬱《いんうつ》な、ぼやけた霞《かすみ》につつまれたかのようだ。

暗黒星雲を構成している宇宙塵《じん》は、思っていたほど濃密ではないのだと、ゴードンは気づいた。あまりにも広範にひろがっているので、外からの光を通さない闇のように見えるのだ。なかにはいってみると、広大な、途切れることのない霧のなかを進んでいるようだった。

ここにも、恒星はいくつもあった。数パーセクしか光がとどかない星々だ。霧のなかで青白く光り、さながら、くすぶる篝火《かがりび》か、魔女の住む無気味な星のようだ。

マーカブ号と護衛艦は、こうした恒星系のいくつかの近傍《きんぼう》を通りすぎた。煙った星々が放つ、頼りない光の周囲をまわる惑星、永遠のたそがれに包まれた世界を、ゴードンはいくつも垣間《かいま》見た。

秘密のレーダー・ビームに誘導されて、小艦隊は暗黒星雲のなかを突き進んだ。やっと滅速がはじまったのは翌日になってからだった。

「かなり近づいたらしい」ゴードンは、むっつりといった。

リアンナはうなずいて、舷窓《げんそう》から前方を指さした。はるか行く手の暗い霧のなかに、にぶく赤い太陽が、くすぶるように燃えている。

「サラーナよ。同盟の首府で、ショール・カンの本拠地」

それから数時間、急激な減速がつづいて目的地に接近するまで、ゴードンは神経を張りつめさせていた。

無数の小隕石が霰《あられ》のように音を立てて戦闘艦にふりそそいだ。艦はたえず方角とコースを変えた。衝突警報が数分ごとにけたたましい音を立て、角《かく》ばった巨岩がいくつも襲いかかってくるたび、艦が自動的に放つ原子力エネルギーの排除砲撃で消滅させられた。

こうした嵐をもたらす濃密な領域の周辺は、かつてネブリウム（ガス状星雲に存在すると考えられていた架空の元素）と呼ばれた荒々しい緑の光を放っている。そして、霧の希薄な宙域に出るたびに、サラーナの陰鬱な赤い太陽は、ますます行く手に大きさと光を増すのだった。

「サラーナ星系は、意味もなく首都に選ばれたわけではないのよ」リアンナはいった。「侵入者は、ああした危険な小隕石の嵐の迷路を抜けなくてはならないの」

艦隊が赤い太陽に向きを変えたとき、ゴードンは不吉な様相を感じとった。

歳をかさね、どんよりした深紅《しんく》色にいぶる太陽は、この広大で陰鬱な暗黒星雲の心臓部で、こちらを見つめる邪眼《じやがん》のように光っていた。

しかも、その太陽をめぐるただひとつの惑星、サラーナも同じように陰鬱だった。異様に白い平原と、菌《きん》のようにはびこる白い森が大部分を覆っている。墨《すみ》のような海が黒檀《こくたん》色の波を打ち寄せ、赤い太陽がそそぐ血の色の光を無気味に照り返していた。

巡航艦は大気圏に突入し、都市に向かった。それはまっ黒な超巨大都市だった。四角い大建造物が、荒涼とした幾何学《きかがく》模様をなして建ちならんでいる。

リアンナが叫び声をあげて、都市の外側にならぶ、何列もの大型ドックを指さした。ゴードンは自分の目をうたがった。そこには巨大な蜂の巣のような活気があった。何千隻もの恐ろしげな戦闘艦が、長い列をなしてドック入りして、クレーンやコンベアや兵士たちがせわしなく立ち働いている。

「ショール・カンの艦隊は、本当に戦争の準備をしていたのね！　それに、ここは彼らの宇宙基地のひとつにすぎないのよ。暗黒星雲同盟は、わたしたちが想像していた以上に強大になっている」

ゴードンはぞっとするような不安と戦った。「ジャル・アーンも帝国の全戦力を呼集するだろう。それに、彼にはディスラプターがある。コルビュロのいま以上の反逆を止められれば！」

小艦隊は分かれていった。マーカブ号が巨大な黒い立方体の建造物に向かって下降していくあいだ、四隻の護衛艦は上空にとどまっていた。

巡航艦は巨大な広場に接地した。兵士たちが駆け寄ってくるのが見える——黒い制服に青白い顔の男たち、暗黒星雲人だ。

数分して、ふたりの船室のドアが開いた。サーン・エルドレッドが、同盟の監視兵ふたりをしたがえて立っていた。

「到着しましたよ。ショール・カンが、すぐにおふたりに会いたいとのことです」反逆者のシリウス人はゴードンにいった。「抵抗はご無用に願いたいですな。まったく無駄な、馬鹿げた行為ですからね」

パラライザーで二度も痛い目にあったゴードンは、身にしみていた。彼はリアンナの手をとって立ち上がり、短くうなずいた。

「よろしい。こういうことは、早く片づけば早いほどいい」

一行は艦を出た。重力平衡器*のおかげで、重力差は感じずにすんだ。

*重力平衡器は、恒星間旅行時代に全員が小さなベルト・ケースにいれて身につける驚異的な超小型プロジェクターである。訪問先の惑星の磁力的・重力的負荷にどれほど大小の差があっても、自動的に負荷を増減して体重を同じに保つ。Ed.

空気は凍《い》てつくようで、赤い太陽が沈むにつれて、陰鬱な影が濃くなり、ますます気分を滅入《めい》らせるようだった。

冷たく陰気で、永遠の霧が覆う、暗黒星雲の中心であるこの世界は、ゴードンにも、銀河の収奪をくわだてている本拠地にぴったりだと思えた。

「こちらはデュルク・ウンディス。暗黒星雲同盟の高官です」シリウス人がいった。「デュルク、ザース・アーン皇子とリアンナ王女です」

同盟の士官、デュルク・ウンディスは若い男だった。決して醜男《ぶおとこ》ではないが、青白い顔とくぼんだ目は、狂信者の色をたたえている。

彼はゴードンと王女に一礼して、身ぶりで戸口を示した。

「総司令官がお待ちしております」彼はきびきびといった。

ゴードンは、その目に勝利の色が浮かんでいるのを見てとった。通りすがりに見た、同盟の直立不動の兵士たちの表情も同じだった。

こうして帝国皇室のひとりを捕え、強大な皇帝アーン・アッバスを暗殺したいま、彼らは勝利に酔いしれているのだ。

「こちらの傾斜路をお進みください」建物にはいると、デュルク・ウンディスがいった。彼はゴードンに向かって、得意げにつけ加えずにいられないようだった。「われわれの首府をご覧になって、きっと驚かれたでしょう。ここには無益な贅沢はなにひとつありません」

巨大な建物の薄暗い広間は、どれも厳格なまでに簡素で、禁欲的なまでに飾りつけがなかった。ここには、スルーンの大宮殿にあった豪奢《ごうしゃ》さはいっさいなく、すべてが画一《かくいつ》的だった。

ここは軍国主義国家の中枢部なのだ。

一行は、原子銃をたずさえた、軍服姿の屈強な同盟兵士の隊列が守備している大扉の前に来た。兵士たちが両脇にさがり、扉がひらいた。

ゴードンとリアンナは、デュルク・ウンディスとシリウス人に両側からはさまれるようにして、敵意に満ちたその部屋に歩を進めた。

そこは、ほかよりもいっそう簡素だった。デスクがひとつあり、それに何列ものテレヴァイザーとスクリーンがついている。詰めもののない堅い椅子と、サラーナの黒い巨大な都市を見はらす窓がひとつ――それだけだった。

デスクの奥の男が腰を上げた。背が高く、肩幅が広く、年は四十ぐらいだろうか。黒髪を短く刈りこみ、たくましい青い顔を厳しくひきしめている。黒い瞳は無情なほど鋭い。

「暗黒星雲同盟総司令官、ショール・カン」デュルク・ウンディスが狂信者らしい熱意をこめて、調子をつけていう。「こちらが件《くだん》の囚人ふたりです」

ショール・カンがきびしい目でゴードンをじっと見つめ、つぎにちらりとリアンナを見た。きびきびした口調で、シリウス人に告げる。「よくやった、サーン・エルドレッド。きみとチャン・コルビュロは暗黒星雲同盟への忠誠を示した。報酬は期待していたまえ」

彼は話をつづけた。「疑いを招かぬよう、きみの巡航艦はすぐに帝国に帰還し、もとの艦隊に戻ったほうがいい」

サーン・エルドレッドはすぐにうなずいた。「それがなによりも賢明と存じます。コルビユロを通じて陛下が命令されることでしたら、なんなりと遂行する覚悟でおります」

ショール・カンが語を継いだ。「デュルク、さがってよろしい。いまから、この心ならずもわれらの客人となったふたりに、たずねたいことがある」

デュルク・ウンディスは心配そうな顔をした。「閣下おひとりを、このふたりと残しておくのですか？　ふたりとも、たしかに武器は持ってはおりませんが――」

若い狂信者に、ショール・カンはきびしい顔を向けた。「わたしがこのひよわな帝国の皇子に危害を加えられると思うのか？　たとえ危険があるとしても、大義のために必要な危険から、わたしが尻ごみするとでも思っているのか？」

彼の声は深みを増した。「そのために何百万という兵士が、すぐにでも命を投げ出そうとしているのだぞ、しかも進んでだ！　われわれの計画したすべてが、たゆまぬ献身にかかっているというのに、いかなる危険にだろうと、われわれのうちに尻ごみする者がひとりでもあってよいと思うのか？

われわれは、かならずや成功するのだ！」声が大きく鳴りひびいた。「この星雲世界にわれわれを永久に追放しておこうとする強欲な帝国から、銀河でのわれわれの正当な権利を力ずくで手にいれるのだ！　われらが共通のこの大事業を前に、わたしがささいな危険など意に介すると思うのか？」

デュルク・ウンディスは神前にぬかずくように一礼し、シリウス人もそれをまねた。ふたりは部屋を出ていった。

ゴードンはショール・カンの雷鳴のような雄弁に驚いていた。そして彼はすぐに、さらに驚かされることになった。

ドアが閉まると、ショール・カンの厳《いかめ》しい顔とそびえ立つような姿が、くつろぎを見せた。同盟の総司令官は、椅子にゆっくりもたれかかると、黒い顔をにやりとさせてゴードンとリアンナを見上げた。

「わたしのちょっとした演説はどうだった、ザース・アーン？　ひどく馬鹿げて聞こえたのはわかってるんだが、やつらはああいうたわごとを好むんだ」

ゴードンはショール・カンがふいに人柄を豹変させたのに仰天して、まじまじと見つめるしかなかった。

「では、いまの話は、自分ではまったく信じていないのか？」

ショール・カンは笑った。「わたしが本物の馬鹿に見えるかね？　あんなことを鵜呑《うの》みにするのは狂信者だけだ。だが、こういう大仕事の原動力になるのも狂信者だし、やつらを相手にするときは、自分も最大の狂信者になって見せなければならないんだ」

彼は椅子に手をふって指し示した。「かけたまえ。一杯すすめたいところだが、そういうものをここに置くわけにもいかないのでね。そんなものを見つけられたら、ショール・カンのすてきな伝説がぶちこわしになってしまうからな。質素な生活、つとめへの奉仕、同盟の人民のための不断の努力」

彼は鋭い黒い瞳に静かな皮肉の色を浮かべてふたりを見た。

「きみのことはかなり知っているよ、ザース・アーン。調査ということをかならずするようにしているのでね。きみが実務的というより、科学に熱中している、かなり頭のいい男だということも知っている。きみの婚約者のリアンナ姫が馬鹿ではないことも。だから、ずっと話がしやすくなる。知性的な人間相手に話せるんだからね。情に支配されている愚か者に対しては、運命とか義務とか聖なる使命とか、上っ調子なたわごとをちりばめなければならないんだよ」

最初の驚きの衝撃が去って、ゴードンにも、その名が銀河全域に暗い影を落とす、この統治者のことがわかりかけてきた。

あくまでも知性的で、そのくせあくまでも皮肉屋で無慈悲、そして剣《つるぎ》の刃《やいば》のように鋭く冷酷な男――それこそがショール・カンなのだ。

ゴードンはこの第一級の謀略家の胆力《たんりょく》と抜けめなさに対して、奇妙な劣等感を覚えた。そしてその劣等感が、彼の憎悪をさらにかき立てるのだった。

「銀河全域を相手に、わたしに親殺しの烙印《らくいん》を押したばかりか、力ずくでこんなところに連れてきて、おだやかに話しあえると思っているのか?」

ショール・カンは肩をすくめた。「きみにとって不愉快なことは、わたしも認める。だが、きみをここに連れてこないわけにいかなかった。地球の研究所に派遣したやつらが失敗さえしなければ、きみはもうとっくに、ここへ来ているはずだった」

彼は黒髪の頭を残念そうにふった。「あれこそ、どんなにぬかりのない計画も、偶然にくつがえされうるという一例だった。きみを地球から連れ出すのは雑作もなかったはずだ。コルビュロから、あの一帯の巡視計画を知らされていたから、あんな事態は避けられるはずだったんだ。それをあのむなくその悪いアンタルス人艦長めが、太陽系《ソル》に行くなんて予定にない行動をとりおって」

同盟の盟主はつづけた。「おかげで、ほかの手できみを連れてこなければならなくなったんだ、ザース皇子。いちばんいいのは、きみの立場を悪くさせる、反逆のしるしとなる思考スプールを送ることだった。もちろんコルビュロには、わたしの使者を〝発見〟するよう命じてあったし、そのあとアーン・アッバス殺しの罪がきみにかかるよう、きみがスルーンを脱出するのを手助けすることになっていた」

ゴードンはその説明のうちのひとつの点を問いただした。「では、チャン・コルビュロがきみの手先だというのは、本当なのか？」

ショール・カンは、にやりとした。「きみにとってはひどくショックだったろうな。そうだろう？　コルビュロはなかなかずる賢いやつでね。権勢欲に目がくらんでいる。自分が統治する星間王国《スター・キングダム》を欲しくてしようがないんだ。だがあいつは、いつも無骨で誠実な宇宙の男を気どってその野望を隠し、ずっと帝国全域の尊敬を集めていたんだよ」

彼はつけ加えた。「きみの幻滅をやわらげるために教えてあげよう。帝国内の反逆者はコルビュロと二十人ほどの官吏《かんり》と士官だけだ。もっとも、そいつらだけでも、いざとなったら帝国艦隊に勝ちめをなくさせるには充分だ」

ゴードンは神経を張りつめさせて、身を乗り出した。「そのいざというときは、いつ訪れるんだ？」

13　暗黒星雲の支配者

ショール・カンは椅子に背をもたせかけて答えた。「ザース・アーン、それはどの程度、きみが進んで協力してくれるかによる」

リアンナが軽蔑するようにいった。「協力というのは、帝国を裏切れということね」

暗黒星雲同盟の支配者は平然としていた。「そうともいえる。わたしとしては、ただ現実的になれというういいかたをしたい」

身を前に乗り出して話をつづけるにつれて、意志の強い、だが表情をたびたび変える顔に熱意がこもってくる。

「こちらは手の内をさらすよ、ザース。暗黒星雲同盟は秘密裏に、帝国よりも強大な艦隊を建造した。そちらが持っている軍事兵器は、われわれもすべて所有しているし、いざとなれば、きみたちの艦隊を崩壊させる新造兵器もある」

「どんな新造兵器だ？　はったりとしか聞こえないが」ゴードンはいった。

ショール・カンは、にやりとした。「情報をさぐり出そうとしても無駄だよ。もっとも、敵の戦闘艦を内部から破壊できる兵器だ、ということぐらいは話しておいてやろう」

彼は話をつづけた。「この新造兵器と、強力なわが艦隊、そしてなによりも、秘かにわれわれの配下となっているコルビュロ司令長官がいれば、われわれの攻撃の前には、帝国艦隊も勝ちめはあるまい。ただし、あることさえなければ、われわれはとっくに攻撃にかかっていたのだ。ディスラプターさえなければな。

コルビュロも、ディスラプターのことは知らなかった。帝国皇室だけにしか知ることが許されなかったからだ。そして、その恐るべき威力にまつわる伝説は、誇張されているかもしれないが、根拠のないことではないのは承知している。二千年前に、きみの祖先、ブレン・バーが使用したときには、ディスラプターは銀河系に侵入してきたマゼラン星雲の敵を、完《かん》膚《ぷ》なきまでに殲滅《せんめつ》したのだからね」

ショール・カンの表情がけわしくなった。「きみはその謎めいた兵器なり力なりの秘密を知っている。ザース、教えてくれないか」

ジョン・ゴードンもそれくらいのことは覚悟していた。しかし、はぐらかしつづけることにして、皮肉っぽい答を返した。「ディスラプターの秘密を教えたら、わたしに星間王国《スター・キングダム》のひとつもくれようというんだろう」

「そんなものではない」ショール・カンは平然と答えた。「全銀河の統治権をさしだそう」

ゴードンはこの男のずうずうしさにあきれかえった。この男には人の度胆《どぎも》をぬくようなところがある。

「おたがいに理性的に話そうということだった。わたしがそんな話を信じるほど愚かだと思うのか？　そちらが帝国を征服して全銀河に覇《は》をとなえたうえで、それをそっくりくれるなんて」

ショール・カンは笑顔になった。「きみに権力を与えるとはいっていない。きみに統治させるといったんだ。これは別のことだよ」

彼は急いで説明した。「ディスラプターの秘密がわかれば、帝国を破って銀河系を支配できる。だが、銀河系の半分は、わたしを異邦からの簒奪《さんだつ》者として憎むだろう。そのままでは、際限なく反乱と社会不安がつづく。

だから、すべてを手にいれたら、わたしは故アーン・アッバスの息子であるザース・アーン皇子を新しい銀河の主権者として押し出すんだ。そして、わたしショール・カンは、きみの信任厚い相談役となる。そして、全銀河が平和裡《り》に連邦をつくるのだと公表するんだ」

彼はまた、にやりとした。「そのほうが、わたしにとっても、ずっと簡単だろう？　正統な皇帝なら、反乱も社会不安も起こらない。きみとリアンナは主権者になり、あらゆる贅沢をしながら、尊敬されて暮らすんだ。わたしは虚飾にも、権力を見せびらかすことにも興味はない。玉座の陰から本当の権力をふるうことで、すっかり満足できるんだから」

「もしわたしが名目上の君主の地位を行使して、あなたを倒そうとしたら？」ゴードンは奇妙に思ってたずねてみた。

ショール・カンは笑った。「きみはそんなことはしないよ、ザース。軍の中枢はすべて、わたしが信頼する暗黒星雲人になるだろうからね」彼は立ち上がった。「どうだね？　いまはっきりいっておくが、きみは帝国の逃亡者で、父親殺しとして追われている身だ。すべての疑惑をはらし、きみは無実の証《あかし》をたてられ、史上最大の君主として生きることができるのだ。そうするのが理性的というものではないかね？」

ゴードンは肩をすくめた。「あなたの提案はたしかにぬかりがない。でも、それは時間の無駄じゃないかな。わたしからディスラプターの秘密を手にいれるなんて、状況がどうあろうとかなえられないような、精神的な障害ができているんだから」

彼は同盟の支配者が怒りを爆発させるかと思っていた。しかしショール・カンは失望を見せただけだった。

「きみはもう少し頭の切れる男だと思っていたよ。愛国心とか忠誠心なんてたわごとにはとりあわず、少しは分別があるかと思った」

リアンナが、かっとなっていった。「もちろんあなたには、忠誠心や名誉なんて理解できないでしょうね。そういうものはぜんぜん持っていないんだから」

ショール・カンは眉をひそめて彼女を見返したが、怒りの色も見せずにうなずいた。

「ああ、そんなものはないな。結局、忠誠心とか名誉とか愛国心、そういった賞賛されるべき特質とはなんなんだ？　人がたまたま賞賛すべきだと考え、そのためには死をもいとわないとしても、ただの観念じゃないか。わたしは現実主義者だ。たかが観念に、自《みずか》らを損なうのは御免《ごめん》こうむる」

彼はまたゴードンに向きなおった。「いまはもう、話はよそう。きみは疲れているし、神経が張りつめて、なにか決断をくだせる状態ではない。ひと晩ぐっすり休んで、明日また考えてみてくれ――頭を使うんだよ、感情ではなく。きっとわたしのいうことが正しいとわかるだろう」

彼はさらにゆっくりとつけ加えた。「きみが強情に協力をこばめば、ひどく不快なことが待っているとだけはいっておく。きみを脅《おど》したくはないんだ、ザース。きみには自主的に味方になってほしいんだ。わたしや同盟への愛情からでなくていい。自分にとってなにが利益になるのか、きみは悟れるぐらい利口なはずだからね」

ゴードンはショール・カンの黒い目の光に、ヴェルベットの手袋ごしのような扱いにひそんだ鉄の神経を、はじめて見てとった。

同盟の指導者は、話し終える前に合図のボタンを押した。扉が開き、デュルク・ウンディスがはいってきた。

「ザース皇子とその婚約者さまに、できるだけ居心地のいい部屋を用意してさしあげろ」ショール・カンは若い同盟士官にいった。「厳重に警戒する必要はあるが、衛兵は出しゃばらないようにさせろ。無礼を働いた者は厳罰だ」

デュルク・ウンディスは一礼して待った。ゴードンはリアンナの腕をとり、なにもいわずに部屋を出た。

陰鬱《いんうつ》なその建物の廊下や傾斜路を進むあいだ、ゴードンはずっと落ちつかない気分だった。抜けめなさもずる賢さも自分よりはるかに上手《うわて》で、自分を小犬同然に扱うであろう男と出会ったのだ。

暗黒星雲同盟の巨大な本拠地は、夜になるとわびしい場所だった。廊下に間をおいて灯《とも》る明かりも、この世界をつつむ油断ならない靄《もや》を追い払うことはできない。

ふたりが案内された部屋も、とうてい贅沢といえるものではなかった。四角い白壁の部屋は備品もデザインも実用一点ばりで、壁の一部が透明になっていて、重苦しいサラーナの都《みやこ》を見おろしている。

デュルク・ウンディスは、ふたりにぎこちなく一礼した。「栄養液供給器もそのほかの必要な設備もそろっています。念のためにいっておきますが、この部屋を抜け出そうとなどなさらないように。出口は厳重に警備されています」

同盟士官が出ていくと、ジョン・ゴードンは窓ぎわに立っているリアンナをふりかえった。勇気をふるって胸を張る彼女の姿に、彼はいじらしさで喉がつまりそうだった。ゴードンは彼女に歩み寄った。

「リアンナ、もしぼくがディスラプターの秘密を渡して、きみの安全が保証されるのなら、そうしてしまいたい」彼はかすれ声で告げた。

リアンナはすぐにふりかえった。「あきらめてはだめ。ショール・カンは、あれなしに行動に移るのをためらっているのよ。そうしているうちに、コルビュロの反逆が見つかる可能性もあるわ」

「どうも、ぼくらにコルビュロの正体をあばいてやる見込みはなさそうだな。ここを逃げ出すのは不可能だ」

リアンナのほっそりした肩が心もち下がった。「ええ、それはわかっています」とつぶやく。「なにかの奇跡が起こって、この建物を逃れて、宇宙船を手にいれられたとしても、暗黒星雲の迷路を抜け出る方策がないでしょう」

暗黒星雲！　ここの空は、暗く、重く、脅《おびや》かすようで、星ひとつ見えない。黒檀《こくたん》色の闇が何重もの帳《とばり》となって、陰鬱な都市をつつんでいる。

何兆キロもの暗闇が彼を包みこみ、その外側にある銀河の星々の輝く宇宙から遮断しているのだと考えると、まっ暗な空はゴードンに閉所恐怖をもたらした。

だが、サラーナは眠ってはいなかった。外を走る長い直線の街路には大型車が流れるように走っている。飛行艇が群れをなして往来している。遠雷のような反響が、低くかすかにとどく。遠いドックで、巨大戦艦の編隊がたえまなく発着しているのだ。

ゴードンは、質素な居間の長椅子に横になった。眠れるとは思っていなかったが、疲れきっていて、すぐに眠りに引きいれられた。

夜明けに目をさました——生気のない暗い夜明けで、室内の輪郭が見えてくるのも徐々にだった。リアンナが同じ長椅子の端に腰かけて、好奇の目で彼を見おろしていた。

彼女は少し顔を赤らめた。「目を覚ましてるんじゃないかと思ったの。朝食のしたくができています。合成栄養液だけど、悪くないわ。まあ、そのうち飽きがくるでしょうけど」

「飽きがくるほど、ここに長くいられるかな」ゴードンはむっつりといった。

リアンナはいった。「ショール・カンは今日も、あなたにディスラプターの秘密をよこせといってくると思う?」

「だろうな。その秘密のおかげで、彼が攻撃を手びかえているなら、一刻も早く知りたいだろう」

赤い恒星が薄暗い空をゆっくり動いてゆくなか、ふたりは何時間もショール・カンの呼び出しを待っていた。

デュルク・ウンディスが武装した兵士四人をともなって部屋にやってきたのは、夜になってからだった。

若く狂信的な同盟士官は、今回もぎこちなく一礼した。「総司令官閣下がお会いになるそうです。ザース皇子おひとりと」リアンナがゴードンとならんで歩み出たので、あわててつけ加えた。

リアンナが目を光らせる。「わたしはザースの行くところなら、どこにでもいっしょに行きます！」

「残念ですが、わたしは命令を守らなければなりません」デュルク・ウンディスは冷ややかにいった。「ザース皇子、いらしていただけますね？」

リアンナはそれ以上抵抗しても望みはないと悟ったようだった。彼女はあとに残った。

ゴードンは躊躇《ちゅうちょ》したが、衝動にかられて大股に彼女のそばに戻った。両手で彼女の顔をはさみ、口づけした。

「心配しなくていいよ、リアンナ」そういって向きなおった。

廊下をデュルク・ウンディスについていきながら、ゴードンの動悸は痛いほど高鳴っていた。あれがリアンナとの最後の別れになると思ったのだ。

このほうがいいのかもしれない、と思った。自分の世界に戻って、どうしようもなく破れ去った恋の記憶に悩まされるより、死んで忘れてしまったほうがいいのかもしれない。

そのすてばちな思いは、衛兵たちについて部屋にはいると途切れてしまった。昨日案内された、質素な執務室ではなかった。

そこは研究室だった。寝台があって、その一端を覆うように金属製の大きな円錐形の物体が吊り下げられていた。その物体からは複数のケーブルが伸び、その先の複雑な装置には何列もの真空管がならび、何本ものテープがまわっていた。室内には、やせた、神経質そうな暗黒星雲人がふたりと、そしてショール・カンがいた。

ショール・カンは、デュルク・ウンディスと衛兵をさがらせ、ゴードンに声をかけた。

「よく眠れたかね？　けっこう。さて、きみの決心を聞こう」

ゴードンは肩をすくめた。「決心なんかしてない。ディスラプターの秘密を渡すことはできない」

ショール・カンが、いかつい顔の表情をわずかに変え、一拍おいてからいった。

「なるほど。その返事は予想していてもよかったな。古い思考習慣や古い伝統には、ときとして知性も打ち勝てない」

両目を少し細める。「では、ザース、聞きたまえ。昨日、きみが断れば不快なことになるといっておいた。きみが進んで協力してくれると思っていたから、詳細は話さなかった。

だがきみのせいで、その詳細を説明しなければならなくなった。だから、まずはっきりいわせてもらう。きみが進んで協力しようとしまいと、ディスラプターの秘密は手にいれる」

「拷問か？」ゴードンは鼻で笑った。「そんなことだろうと思った」

ショール・カンはうんざりしたように手をふった。「馬鹿な。拷問などしない。そんなものは不完全で頼りにならない。だれもあてにしていないよ。考えているのは別の方法だ」

彼はそばにひかえる神経質そうなふたりのうち、年長者のほうを手で示した。「彼はランド・アラー。われらの最優秀の精神科学者だ。数年前に、彼はある装置をつくりだした。それ以来、やむをえないときに何回も使っている。

脳透視器だよ。神経細胞を透視して結節《けっせつ》をたどり、そこから浮かび上がったものを翻訳するんだ。その脳にたくわえられた知識、記憶、情報を。これを使えば今夜のうちにも、ディスラプターの秘密を、きみの脳から直接うけとることができる」

「そいつは、こけおどしにしても気がきいてないな」ジョン・ゴードンは落ちついて答えた。

ショール・カンは黒髪の頭をふった。「こけおどしではない。よかったら、証明して見せよう。きみの脳内のすべてを透視器が読みとるのだと、言葉どおり信じるんだ」

彼はつづけた。「だが、この機械には欠点もあってね。何時間も脳に透視線を与えると、透視した箇所の神経結節が破壊されてしまうんだ。この処置をほどこした相手は、なにもわからぬ魯鈍《ろどん》になってしまう。これを使うと、きみもそういうことになるんだ」

ゴードンの首筋の毛が逆立った。ショール・カンの言葉は真実だと、彼はいまでは疑わなかった。それ以上に、ふたりの科学者の青白い、病的な顔が証明している。

身の毛のよだつ、途方もない、悪夢じみた恐怖に襲われた――この時代の科学にはどんなことも可能なのだ。機械的に人の心を読みとり、それによって相手の心を破壊してしまう装置。

「きみにこんなものを使いたくはない」ショール・カンは真剣な顔でいった。「前にもいったが、きみはわたしにとって、途方もない価値がある。銀河を征覇《せいは》したあと、傀儡《かいらい》皇帝になってほしいんだ。だが、どうしても秘密を明かさないと強情をはるなら、ほかに方法はない」

ジョン・ゴードンは狂ったように笑いだしたくなった。これはあまりにも皮肉だ。

「あなたはなにもかも、みごとに計算しているようだ」彼はショール・カンにいった。「だが、もういちどいうが、ちょっとしためぐりあわせのおかげで、あなたは敗北するだろう」

「なにをいいたいんだ?」同盟の支配者は、すごみを感じさせるほどおだやかにたずねた。

「ぼくはディスラプターの秘密を知らない。だから教えられないんだ」

ショール・カンはしびれを切らしたようだった。「ずいぶん子供じみたはぐらかしだ。皇帝の息子のきみがディスラプターのことをすべて聞いているのは、だれでも知っている」

ゴードンはうなずいた。「たしかにそのとおり。でも、あいにく、ぼくは皇帝の息子ではない。まったく別の人間なんだ」

ショール・カンは肩をすくめた。「こんな話をしていてもどうにもならん。はじめろ」

最後の言葉はふたりの科学者に向けられたものだった。その瞬間、ゴードンはショール・カンの喉もとめがけて飛びかかった。

それは果たせなかった。科学者のひとりが持っていたガラスのパラライザーを、すばやく彼の首筋に突き出したのだ。

ゴードンは膝を折り、衝撃に息をつまらせた。彼らにかつぎあげられて金属製の寝台に乗せられるのを、ぼんやりと感じるばかりだった。薄れていく視野のなかで、ショール・カンの厳《いかめ》しい顔と冷たい黒い目が見おろしていた。

「最後のチャンスだぞ、ザース！　合図するだけでいい、きみはまだ身の破滅から逃れられるんだ」

ゴードンはこみ上げる怒りに同盟の盟主をにらみつけながら、すっかり絶望していた。

またパラライザーがふれた。実際に殴りつけられたかのような衝撃だった。ふたりの科学者に、大きな金属製の円錐をかぶせられるのを感じ、彼は暗黒に呑みこまれてしまった。

14　暗黒世界の脅威

ゴードンはゆっくりと意識をとり戻した。頭がうずいていた。いくつもの悪魔のハンマーが頭のなかをガンガンたたいているようで、ひどい吐き気がした。

冷たいグラスが唇に当てられ、耳もとで声が何度もしている。

「これを飲むんだ」

ゴードンは刺激のある液体をどうにか飲みくだした。吐き気はすぐに薄れ、頭痛もすこしはおさまった。

しばらく横になっていたが、思いきって目をあけてみた。まだ寝台に横たわったままだが、金属の円錐も、複雑な装置も見あたらない。

彼の上に、さきほどの科学者のひとりの顔があり、心配そうにのぞきこんでいた。やがて、ショール・カンのいかつい顔と輝く黒い目が、視野にはいってきた。

「起き上がれるか？」科学者がたずねる。「そうしたほうが回復が早いんだが」

科学者の腕に抱えられるようにゴードンは弱々しく寝台をすべりおり、椅子にすわった。

ショール・カンが目の前に立ち、彼を見おろした。奇妙な驚きと関心が顔に浮かんでいる。

「気分はどうだね、ジョン・ゴードン?」

彼はびくっとした。総司令官をじっと見つめ返した。

「わかってしまったのか?」彼はしゃがれ声でたずねた。

「でなければ、どうして脳透視を中止したと思うんだ?」ショール・カンがいい返す。「さもなければ、きみはいまごろ、完全な魯鈍《ろどん》になっていたはずだ」

ショール・カンは驚いたように首をふった。「まったく信じがたい。だが、脳透視器は嘘をつけない。きみがザース・アーンの身体《からだ》にはいったジョン・ゴードンだと解読され、きみがディスラプターの秘密を知らないとわかった瞬間に、透視をやめた」

そして残念そうにつけ加えた。「その秘密を、やっとこの手につかんだと思った瞬間にだぞ。ザース・アーンを網《あみ》にかけるためについやした苦労が、すべて水の泡だ。しかし、こんなことになっていたなんて、だれに想像がつく? ザースの身体に遠い古代の人間がはいっているなんて?」

ショール・カンに知られてしまった! ジョン・ゴードンはぼんやりした思考をとりまとめながら、この新しい状況にどう対処しようかと考えていた。

この未来世界で、彼がやってきた途方もない入れ替わりが、はじめて気づかれたのだ。これは、どういうことになるのだろう?

ショール・カンは大股に行きつ戻りつしていた。「古代地球の、二十万年前の時代のジョン・ゴードンが、中央銀河帝国の第二皇子の身体にはいりこんでいるとは。まだ信じられないよ」

ゴードンは弱々しく答えた。「どうしてこうなったか、透視器ではわからなかったのか?」

同盟の指導者はうなずいた。「いや。きみ自身がにせものだという意識は、心のいちばん表層に浮かんでいた。数分でおおまかなことはわかった」

彼は呪わしげにつづけた。「馬鹿な青二才のザース・アーンめ。時をこえて別の人間と身体を交換するなんて。自分の帝国が危急存亡のときだというのに、過去の時代への、馬鹿げた科学的好奇心のままに、そんな遠い時代に行ってしまうとは」

彼はまたゴードンに視線をさだめた。「いったい、なぜそれを話してくれなかった?」

「話そうとした。でも、聞こうともしなかったじゃないか」ゴードンはいった。

ショール・カンはうなずいた。「そうだ。たしかに話そうとしていたな。そして、わたしは信じなかった。透視器が証明しなかったら、いったいだれが信じるというんだ?」

彼は唇を噛《か》んで、うろうろと歩きまわる。「ゴードン、きみはわたしの周到な計画をだいなしにしてしまった。きみさえ手にいれればディスラプターの秘密をつかめるはずだった」

徐々に体力をとり戻して、ジョン・ゴードンはすばやく頭を働かせた。正体が露見《ろけん》したいま、情況はすっかり変わってしまったのだ。

かすかながらも、逃走のチャンスがつかめるかもしれない。リアンナとともに逃げ出して、コルビュロの反逆と目前に迫る危機を、帝国に警告できるかもしれない。漠然とながら、その道を見いだしたと思った。

彼はふてくされたように、ショール・カンに告げた。「ぼくの正体を知ったのは、あなたがはじめてだ。ぼくはみんなを――アーン・アッバスもジャル・アーンもリアンナもだましてきた。みんな、こんなことになってるとは夢にも思わなかった」

ショール・カンが、わずかに目を細めた。「ゴードン、まるで帝国の皇子としてすごしたのが気にいっているみたいじゃないか」

ゴードンはおもしろくもなさそうに笑った。「だれだって、そうじゃないか？　ぼくの時代に戻れば、ぼくは無名の、貧乏な復員兵だ。それが、ザース・アーンと時代をこえて身体を交換をして、気がついたら、自分は宇宙最大の銀河帝国の皇族だったんだ。だれだって、この入れ替わりを大歓迎しないか」

「しかし、透視器で解読したところでは、きみは地球に戻ってザース・アーンと身体を再交換する約束をしたんだろう」ショール・カンは痛いところをついた。「きみは、いまのその栄華を捨て去ることになるんじゃないかね」

ゴードンは、皮肉な表情になっていればと思いながら彼を見つめ返した。

「冗談じゃない」彼は挑戦的に答えた。「ぼくが本当にその約束を守ると思っているのか？」

同盟の指導者は興味深そうに彼を見ていた。「本物のザース・アーンを裏切って、彼の身体と身分でそのまま暮らすつもりか？」

「ぼくに正義がどうこうなんて説教はしないでもらいたい！」ゴードンは語気を強めた。「あなただって、ぼくの立場だったらそうするだろうし、自分でもわかっているはずだ。いまぼくは、銀河で最大の権力者のひとりとしての人生を歩きはじめ、見たこともないほどの美女を妻に迎えようとしている。だれにも正体を疑われなかった。ぼくはザース・アーンとの約束を忘れるだけでよかったんだ。あなただったらどうした？」

ショール・カンは大声で笑いだした。「ジョン・ゴードン、きみはわたしとそっくりの冒険家だ。驚いたぞ、地球の大昔に、それほどまでに大胆な男が生まれていたとは！」

彼はゴードンの肩を叩き、いくらか機嫌をなおしたようだった。

「わたしが真相を知ったからといって、気を落とすことはないぞ、ゴードン。ほかにはだれも知らないし、この科学者ふたりもしゃべったりしない。きみはまだ、ザース・アーン皇子として生きていけるだろう」

ゴードンは、この意見に飛びついたふりをした。「では——ぼくを見かぎらないと？」

「そのとおりだ。ここはおたがいに協力しあえるはずだ」ショール・カンはうなずいた。

その鋭い黒い瞳の奥で、強大な頭脳が高速で回転しているのを、ゴードンは感じとった。これほどまでに知性的で残忍な謀略家の裏をかくことは、経験したことのない難事だとわかっていた。そして、ここでしくじったら、リアンナの命と帝国の安全は失われてしまう。

ショール・カンが手を差しのべて、彼を立ち上がらせた。「いっしょに来たまえ、相談しよう。もう歩けそうか?」

実験室を出ると、デュルク・ウンディスが、まるで歩きだした死体を見るかのようにゴードンを見つめた。

この若い狂信者は、ゴードンが生きて、それも正気をたもったまま部屋を出てくるとは思ってもいなかったのだ。

ショール・カンがにやりとした。「大丈夫だ、デュルク。ザース皇子はわれわれに協力してくれる。わたしの部屋に行くぞ」

「では、もうディスラプターの秘密をお手に?」若者は熱のこもった声をあげた。

ショール・カンが苦い顔を返して、その口を封じた。「わたしに質問をする気か?」嚙みつくような口調だった。

歩きながらもジョン・ゴードンは、ここまでのやりとりについて、忙しく頭を働かせていた。このままなら、彼の漠然とした計画も、うまくいくかもしれない。

とはいえ、慎重にやらなければ。慎重に。ショール・カンは全宇宙でもっともだましにくい相手だ。ゴードンは自分が、深淵に渡された剣《つるぎ》の刃《やいば》の上を歩いているように思えて、冷や汗が出てきた。

ショール・カンの私室は、ゴードンが最初に面会した、あのなにもない執務室と同様に質素なものだった。硬い椅子が数脚、床は敷物もなく、隣の部屋には寝心地の悪そうな簡易ベッドがあるだけだ。

デュルク・ウンディスは扉の外に残った。ゴードンが見まわしていると、ショール・カンがまた、人を食ったような微笑を浮かべた。

「暗黒星雲の主《あるじ》の住みかとしては惨《みじ》めな穴蔵《あなぐら》だろう？　だが、これもすべて、わたしの信者たちを感心させるのに役立つんだ。わかるか。帝国を攻撃するのは、われらが世界の貧しさの重荷と、生活の苦しさゆえだといって焚《た》きつけてきたんだ。わたしが安楽な生活をするわけにはいかない」

彼はゴードンに椅子をすすめ、自分も腰をおろして、じっと彼を見た。

「まだ、やはり信じられん」彼は打ちあけた。「はるか過去の人間と、こうして話しているとはな。どんな感じだったんだ、人間たちがまだ、ちっぽけな地球を出てもいなかったころの、きみたちの時代は？」

ゴードンは肩をすくめた。「根本的には、たいしてちがいはありません。戦争も対立もくりかえされていました。人間なんてものは、たいして変わらないものです」

同盟の指導者は力をこめてうなずいた。「大衆というものは、いつまでたっても愚かなままだ。きみの古い惑星で数百万ほどの人間が戦いあったのも、この宇宙で何万もの恒星世界がぶつかりあうのも、根本的には同じことだ」

彼はすぐにつづけた。「ゴードン、きみが気にいった。きみには知性があるし、勇気もある。そして大胆だ。知性的なきみはわかるだろうが、わたしはその場で思いついたような好き嫌いで、きみをどうこうしようというのではない。わたしの決定を大いに左右するのは、わたし自身の利害だ。おたがいに協力できると思う」

彼は身を乗り出した。「きみはザース・アーンではない。だが、全世界でわたし以外は、だれもそのことを知らない。だから、全銀河にとって、きみはザース・アーンなんだ。だから、わたしは本物のザースをそうしようと思っていたとおりにきみを利用できる。同盟が銀河系を征服したら、きみに傀儡《かいらい》皇帝の役をつとめてもらう」

ジョン・ゴードンも同じことを願っていた。だが彼は、驚いたふりをしてみせた。

「ということは、ぼくは銀河の名目上の支配者になるのですか？」

「いけないか？　きみはザース・アーンとなって、帝国皇室の血筋を引く者として、帝国が征服されたあとの反乱を鎮《しず》めるのに役立ってもらう。前にもいったとおり、わたしが本当の権力を握るがね」

彼は率直につけ加えた。「考えようによっては、きみは本物のザース・アーンよりも、わたしの目的には都合がいい。本物には良心の呵責《かしゃく》もあるだろうし、手を焼かせるかもしれない。だが、きみはこの世界になんの忠誠心も持っていないし、純粋に自己利益だけのために、わたしについていればいいんだ。であれば、わたしは安心していられる」

ゴードンはその瞬間、勝利したと感じた。それはまさに、彼がショール・カンに思ってほしかったことだった――つまり彼、ジョン・ゴードンは、過去からやってきた単なる野心家であり、節操《せっそう》のない冒険屋なのだと。

「きみが望むものは、なんでも手にはいる！」ショール・カンは話しつづけた。「表向き、きみは全銀河系の支配者だ。リアンナ姫はきみの妻になり、夢にも思わなかったような権力と富と贅沢が手にはいる」

ゴードンはその展望に、息がとまるほどの喜びに満ちた驚きを感じたふりをした。「ぼくが全銀河系の皇帝に？　このジョン・ゴードンが？」

しかしここで突然、前ぶれもなく、彼がそれまで考えていた計画が心のなかからかき消えた。耳もとに誘惑の声がささやきかける。

その気になりさえすれば、やれるんだぞ。何百万もの強大な恒星とその惑星世界のすべてを擁する銀河全体の最高権力者に、たとえ名目上だけでもなれるのだ。ニューヨークに住むジョン・ゴードンは、リアンナをはべらせて、宇宙を支配できるのだ！

彼はただ、ショール・カンと、彼が忠誠を捧げる暗黒星雲同盟にしたがっていればいいのだ。それを選択しない理由がどこにある？　彼自身と帝国との絆《きずな》はなんだ？　なぜ自分自身のために、やってみないんだ？　人類史のすべてを通じて、だれも手にいれようと夢想しなかった権力と栄光が手にはいるのに！

15　銀河の謎

ジョン・ゴードンは、予期していなかっただけに、この強い誘惑と懸命に戦った。自分が、心の底ではこの前代未聞のチャンスを求めていることに気づいて、恐ろしくなった。

彼を魅了したのは、銀河を支配する虚飾や権力ではなかった。彼は一度として権力に野心を抱いたことなどなかったし、いずれにせよ実際に力を握るのはショール・カンなのだ。彼を迷わせたのは、リアンナだった。彼がショール・カンに協力すれば、彼はずっと彼女とすごし、彼女とともに人生を――

偽《いつわ》りの人生を送るのだ！　別人になりすまし、自分がいかにしてザース・アーンの信頼を裏切って帝国を破滅させたかという記憶にとりつかれて、余生を送るのだ。そんなことはできなかった。人間には、だれしも生きるための掟《おきて》というものがあり、ゴードンは自分が誓いを破れない人間だと知っていた。

ショール・カンが鋭い目で見つめていた。「先のことを考えて、言葉が出なくなったようだな、ゴードン。きみにとって大きなチャンスだ。それはわかっている」

ゴードンは知恵をしぼった。「やっかいなことが山ほどあると考えていたのです。たとえば、ディスラプターの謎が残されています」

ショール・カンは分別臭くうなずいた。「それが最大の難題だ。ザース・アーンを手にいれさえすれば解決すると思っていたのに」

彼は肩をすくめた。「まあ、それは仕方がない。ディスラプター対策なしで帝国を攻撃しなければならない。ジャル・アーンにディスラプターを使わせないよう、コルビュロに手を打ってもらわなければ」

「つまり――ジャル・アーンも、アーン・アッバスと同じように暗殺するのですか？」

ショール・カンはうなずいた。「いずれにせよ、攻撃の前夜にコルビュロがやることになっている。彼がジャルの子の摂政《せっしょう》のひとりに選ばれるだろう。そうなれば、彼はますます、帝国防衛に破壊工作をしかけやすくなる」

ショール・カンがディスラプターの秘密を手にいれそこねても、同盟のさしせまった侵略が止まるわけではないのだ、とゴードンは悟った。

「それは、ぼくの知ったことではありません」ゴードンは無愛想にいった。「ぼくが考えていたのは、自分の将来のことです。銀河を征服すれば、あなたはぼくを傀儡《かいらい》皇帝にする。ですが、そのディスラプターの秘密が手にはいらないと、同盟側勢力は、ぼくを受けいれないかもしれない」

ショール・カンは眉をひそめた。「そんなことで、きみを認めない理由はなんだ？」

「ほかのみんなと同じように、彼らはぼくをザース・アーンだと信じて、ディスラプターの秘密を知っていると思っているのですよ。彼らは〝ザース・アーンはわれわれの味方になったのに、なぜ秘密をよこさないんだ？〟と考えるでしょう」

ショール・カンは舌打ちした。「そこまでは考えていなかった。ディスラプターめ、ことあるごとに悩ませてくれる」

「実際のところ、ディスラプターというのはなんなのです？」ゴードンはたずねた。「いままで知っているふりをしてきましたが、その正体は、ぼくには見当もつかない」

「だれも知らないんだ。だが、この二千年間、銀河系に伝わる恐ろしい伝説になっている。二千年前に、マゼラン星雲の異星種族、非人間型生物が銀河系を侵略した。恒星系をいくつか占領し、さらに領地を広げようとした。しかし、帝国の偉大なる科学者王のひとり、ブレン・バーが、なにか恐るべき兵器だか力だかで、彼らを殲滅《せんめつ》したのだ。伝説によると、彼はマゼラン星雲種族だけでなく、彼らが侵略した恒星系さえ、いくつか破壊し、きわどいところで銀河系自体まで破壊するところだったという。

ブレン・バーがいったいなにを使ったのか、いまではだれも知らない。〝ディスラプター〟と呼ばれてきたが、その名前だけでは、なにもわからない。帝国の皇統《こうとう》しか知らないその秘密兵器は、以来使われたことがないのだ。ただその記憶は銀河につきまとって、ながらく帝国の威信をたもっている」

「帝国を攻撃する前に、それをあなたが手にいれようとしたのも不思議はありませんね。ですが、まだその秘密を手にいれる方法はありますか」

ショール・カンは目を丸くした。「どうやって？　それを知っている人間はジャル・アーンが残っているだけだし、彼を捕えられる見込みはないぞ」

「もうひとり、秘密を知っている人間がいます」ゴードンはいった。「本物のザース・アーンです」

「しかし、本物のザースの心は遠い過去の時代のきみの身体《からだ》に――」ショール・カンは言葉を切って、じっとゴードンを見つめた。「考えがあるらしいな。なんだ？」

ゴードンは神経をはりつめさせ、まだ漠然としているが、自分が逃亡できるかもしれない計画を話しはじめた。

「時をこえて、本物のザースに秘密を話してもらえたら？」思いきって彼はいった。「地球のザースの研究所には、時間をこえて彼と話ができる装置があります。ヴェル・クェンから方法を教わったので、彼には連絡できます。

ぼくが彼にこういったら――〝ショール・カンの部下たちに捕えられて、ディスラプターの秘密をしゃべらなければ放してもらえないが、その秘密をはぼくは知らない。秘密を教えないかぎり、身体の再交換はやらせてもらえない〟と。

本物のザースにそういったら、どうすると思います？　彼だって、ぼくの身体のなかで、ぼくの時代に閉じこめられて余生を送りたくないでしょう。ここが彼の世界なんだし、彼には心から愛する貴賤相婚《きせんそうこん》の妻がいるんだから、ここに帰るためならなんだって犠牲にします。時をこえて、彼はその秘密を話してくれますよ」

ショール・カンは驚嘆して彼を見た。「驚いたぞ、ゴードン、そいつはきっとうまくいく。そうすれば、ディスラプターの秘密が手にはいる」

彼は言葉を切り、だしぬけにたずねた。「ザースから無理に秘密を聞き出したあと、きみは彼と身体を再交換するのか?」

ゴードンは笑った。「ぼくがそこまで馬鹿に見えますか?　そんなことはしません。そこで連絡を断《た》って、ザース・アーンにはぼくの身体とぼくの時代で余生を過ごしてもらい、こっちは彼の役を演じつづけます」

ショール・カンは天を仰いで大笑いした。「ゴードン、くりかえすが、きみはわたしとそっくりだ!」

彼はまたうろうろと歩きまわった。急いで考えごとをするときの癖らしい。

「難題は、本物のザースと連絡をとるために、きみを地球に送ることだ」彼ははっきりいった。「帝国の巡視艦隊は辺境宙域に厚く配備されているし、艦隊の主力はプレアデスの近隣に展開している。いかにコルビュロでも、疑いを招かずにあの一帯全域をあけさせる命令は出せないだろうな」

ショール・カンはひと息ついてから話をつづけた。「その警戒網を抜けて地球にたどりつく望みを託せるのは、ファントム巡航艦だけだ。ファントム艦であれば、戦闘艦隊にも突破できない堅固《けんご》な巡視網をすりぬけられる」

ゴードンにはそれがどんな戦闘艦かまるでわからず、困惑するばかりだった。「亡霊《ファントム》？どういうものですか？」

「きみがこの時代に不案内だということを忘れていたよ。ファントム艦というのは、とても強力な原子砲を搭載した小型巡航艦だ。宇宙で、その姿を完全に隠すことができる」

彼はさらに説明した。「艦の周囲に力場を発生させ、どんな光線もレーダー波も、完全に散らしてしまうんだ。だから、どんな巡視艦にも探知されない。ただ、この姿を消す力場を保つには、恐ろしい量のエネルギーが必要だから、ファントム艦も〝闇〟状態で航行できるのは二、三十時間だけだ」

ジョン・ゴードンは理解したというようにうなずいた。「わかりました。地球へ行くにはそれがいちばん見込みがありそうです」

「デュルク・ウンディスが信頼できる乗組員をそろえて、いっしょに行く」ショール・カンはつづけた。

これは、ゴードンにとってはいやな話だった。あの若き狂信者は彼を憎んでいるのだ。

「ですが、もしデュルク・ウンディスが、ぼくが本物のザース・アーンではないと知ったら

――」ゴードンは文句をつけはじめた。

「知るはずはない」ショール・カンがさえぎった。「あいつには、きみを地球の研究所に連れていって、無事に連れ戻せとだけいっておく」

ゴードンはショール・カンを見た。「どうも、あいつが見張りみたいに思えます。ぼくを完全に信用しているのではないんですね？」

「いったい、わたしがどうすると思ったんだ？」ショール・カンは陽気そうに言葉を返した。「わたしはだれも、完全に信用したりしない。自《みずか》らの利益のために動く人間は信用する。きみが信用できると思ったのもそのためだ。念のために、デュルク・ウンディスと選《え》りぬきの乗員を同行させるだけだ」

またしてもゴードンは、ぞっとする思いがした。自分はいま、恐ろしく抜けめがなく、謀略に長《た》け、自分の計画などとても歯の立ちそうにない相手に、絶望的なゲームを挑んでいるのだ。

しかし彼は、冷ややかにうなずいた。「当然でしょう。ですがぼくのほうも、ショール・カン、あなたを完全に信用できるとはいえないのです。だからぼくは、この使命にはリアンナを連れてでなければ出かけません」

ショール・カンは一瞬、本当にびっくりしたような顔をした。「あのフォーマルハウト娘か？　きみの婚約者の？」

そして、目にちらりと皮肉な笑いをが浮かべた。「つまりゴードン、きみの弱点はそこか——あの娘なのだな？」

「ぼくは彼女を愛しています。ここに残しておいたら、あなたが誘惑するかもしれない。だから、ここには置いていかない」ゴードンはきつい口調でいった。

ショール・カンは鼻で笑った。「もっとわたしのことを知れば、わたしにはどんな女も関心がないとわかるだろうに。わたしがかわいい顔にほだされて、計画を危険にさらすと思うか？　しかし、きみが嫉妬深いのなら、連れていけばいい」

彼はつけ加えた。「ところで、ここまでのことを、彼女にどう説明するつもりだね？　われわれの取り引きについて、本当のことを話してはまずいだろう」

ゴードンはすでに考えていた。ゆっくりいう。「地球の研究所から、ある貴重な科学的秘密を持ってきたら、ぼくたちは解放してもらえるという話をでっちあげます」

ショール・カンは、承知したというようにうなずいた。「いちばんうまい口実だろうな」

彼は急いでつけ加えた。「最高のファントム巡航艦をすぐ用意するように命じる。明日の夜には出発できるようにしておくのだ」

ゴードンは立ち上がった。「いくらか休めるのは、ありがたいですよ。大波に翻弄《ほんろう》された気分でした」

ショール・カンは笑った。「おいおい、それぐらいは、透視器にもう何分かかけられていたことを思えばなんでもなかろう。なんという運命のいたずらだ。なにもわからぬ魯鈍《ろどん》になる代わりに、名目だけでも銀河帝国の皇帝になれるんだぞ」

ほんの一瞬だが、彼は鉄のような厳《いかめ》しい表情でつけ加えた。「だが、忘れるなよ。きみの権力は名目だけで、命令をくだすのはわたしだ」

彼のさぐるような目を、ゴードンはじっと見返した。「そうして得をするなら、忘れていいかもしれない。でも、そんなことがありえないのは、はっきりしています。ぼくが支配者になったら、あなたとは一蓮托生《いちれんたくしょう》だ。あなたが倒れればぼくも倒れるのは明らかです。だから、ぼくのことは信用してください——あるいは、ぼくの利己心を」

ショール・カンはおもしろがったようだ。「そのとおりだ。わたしは、頭のいい人間と取り引きするのが好きだといっただろう？　おたがいにうまくやっていける」

彼はボタンを押した。デュルク・ウンディスがすぐにはいってくる。

「ザース皇子を部屋に帰したら戻ってこい。命令がある」

廊下を戻っていくあいだも、ゴードンは熱に浮かされたように考えつづけていた。替え玉で押しとおすという、とてつもない緊張からようやく解放されて、身体が震えている。

これまでのところ、彼の危なっかしい脱出計画はうまくいっている。彼は、ショール・カンの無情で皮肉な性格ゆえに一定の反応を引き出せるだろうと考え、賭けに勝ったのだ。

もっとも、この成功がまだ序の口にすぎないことも、よくわかっていた。行く手にそびえ立つ、はるかに大きな難題については、まだ解決の糸口さえつかめていないのだ。たとえ危険が多い自殺じみた計画でも、前に進めなければならない。ほかに道はないのだ。

陰鬱《いんうつ》な部屋にはいると、リアンナが椅子から飛び上がって駆け寄ってきた。彼の腕にしがみつく。

「ザース、大丈夫だった？」灰色の瞳を輝かせた。「もしや――」

彼女はいまも彼を愛してくれていたのだ。ゴードンは表情からそれを察して、またも奔放《ほんぽう》な、望みのない夢につつまれた。

彼女を抱きしめたくなったが、ゴードンはその衝動と戦った。彼の思いが顔にあらわれたらしく、リアンナは顔を紅潮させて少しあとずさった。

「リアンナ、ちょっと震えが残っているけど、ぼくは大丈夫だ」ゴードンは椅子に腰かけた。「暗黒星雲の科学を見せられた。感じのいいものではなかったよ」

「拷問されたの？　ディスラプターの秘密をしゃべらされた？」

彼は首をふった。「秘密はしゃべらなかった。これからも、しゃべるつもりはない。ショール・カンに、ぼくから聞き出すことはできないと納得させたよ」

できるだけ本当のことを織りまぜながら話をつづけた。「彼のために、その秘密をとりに地球のわたしの研究室に行かなければならないと信じさせた。きみもいっしょに行くんだ。明日の夜、ファントム巡航艦で出発する」

リアンナは目を輝かせた。「彼の裏をかくのね？　なにか計画があるの？」

「あればいいんだがね」ゴードンはうなった。「ぼくの計画はそこまでなんだ。暗黒星雲からは出られる、それだけだ。そこから先は、ぼくしだいだな。なんとかして、その巡航艦から脱出して、ジャル・アーンにコルビュロの裏切りを警告する方法を見つけなければ」

彼は力なくつけ加えた。「ぼくに考えられる唯一の手は、ファントム巡航艦が帝国の戦闘艦につかまるように、なんとか妨害工作をすることぐらいだ。でも、どうすればそんなことができるのか、いまはまったく考えつかない。あの若い狂信者のデュルク・ウンディスが、選りぬきの乗員を連れて同行するんだ。きっと簡単にはいかないだろう」

リアンナの目に信頼と勇気がきらめいた。「きっと手立ては見つかるわ、ザース。あなたならきっと」

彼女の信頼も、この向こう見ずな計画がほぼ不可能に近いという冷ややかな思いを消してはくれなかった。

なんらかの行動に出れば、自分もリアンナも死ぬことになるかもしれない。だが、本物のザース・アーンと帝国とを裏切らない道を選んだのだから、遠からずふたりは死ぬ運命にあるのだ。裏切ればいいのだという一瞬の誘惑が浮かんだが、それはゴードンの脳裏から永遠に消えていった。

彼は翌朝までぐっすり眠った。夕方になって、ショール・カンとデュルク・ウンディスがようやく姿を現わした。

「デュルク・ウンディスにすべて命じておいた。ファントム艦の準備もととのっている」シヨール・カンがゴードンにいった。「きみは五日で地球に着く。十一日でここに帰ってくる」

ショール・カンは目を輝かせた。「そののちわたしは全銀河に対して、ディスラプターの秘密を手にいれたことと、ザース・アーンがわが陣営についたことを発表する。そしてコルビュロに秘密信号を送り、同盟は攻撃をはじめるのだ」

二時間後、ゴードンとリアンナを乗せた、ほっそりと輝くファントム巡航艦は、巨大なスルーン宇宙港のドックを離床《りしょう》し、まっしぐらに暗黒星雲を飛びぬけていった。

16　宇宙での破壊工作

ゴードンとリアンナは、任務のために用意されたファントム巡航艦デンドラ号に乗りこむと、デュルク・ウンディスに中甲板《ちゅうかんぱん》の通路へ案内された。

この若い狂信者の暗黒星雲人は、ぎこちなくふたりに一礼したあと、ふた部屋つづきの小さな船室のドアを、手で示した。

「こちらがあなたがたのお部屋です。地球に着くまで、ここからお出にならないように」

「こんなところにこもってなどいられない！」ゴードンが怒っていった。「リアンナ姫は、この星に来るまでも監禁状態におかれて、苦しんでおられるんだ。さらに何日も、こんなせまい部屋に閉じこめられたくない」

デュルク・ウンディスは細面《ほそおもて》をこわばらせた。「総司令官閣下からは、あなたがたを厳重に警護《けいご》せよと命じられております」

「ショール・カンが、われわれをずっと小部屋に閉じこめておけといったのか？」ゴードンはたずねた。デュルク・ウンディスが、かすかに自信のない表情を浮かべたので、彼はさらに押した。「少し身体《からだ》を動かす程度の機会ももらえないなら、この計画はすべて断る」

暗黒星雲の士官は躊躇《ちゅうちょ》した。彼は上司のもとに戻って、こんなささいないさかいで計画は中止になったとは報告したくないだろうと、ゴードンは推察していたのだ。

とうとうデュルク・ウンディスは、しぶしぶいった。「いいでしょう、一日に二回、この通路を歩くことを認めましょう。ただし、それ以外のときと、〝闇〟航行中はだめです」

この譲歩はゴードンが望んでいたほどではなかったが、勝ちとれるのはせいぜいそのくらいだろうと思っていた。それで、まだ怒りがおさまらないふりをしながら、リアンナにつづいて船室にはいった。外で鍵のかかる音がした。

デンドラ号が首都惑星サラーナを発《た》ち、暗黒星雲の陰鬱《いんうつ》な靄《もや》をついて矢のように高速で飛びはじめたころ、リアンナはたずねるようにゴードンを見た。

「閉じこめられるのは、わたしは気にしてないわ、ザース。なにか計画があるの？」

「前にいったとおりだよ。なんとかこの艦を、帝国の巡視艦に気づかせて、特定させ、捕獲させるんだ」

意を決して、彼はつけ加えた。「やりかたはまだわからないが、なにかできるはずだ」

リアンナは心細げだ。「このファントム艦は、超高感度レーダーを備えているの。普通の巡視艦に見つかるよりもずっと先に、相手を見つけてしまう。敵のそばを通るときは闇航行にはいるのよ」

巨大な駆動力発生機が放つ単調な唸りが増していき、それからの数時間は、少しのゆるぎもない背景音となった。

デンドラ号は小隕石や宇宙塵《じん》が流れるなかを、荒々しく上下左右に揺られながら突き進んだ。暗黒星雲を抜け出る航路をたどって、小刻みに方向を転換する。

翌日の昼になって、巡航艦はようやく陰鬱な靄《もや》を抜けて、星々の輝く開けた見晴らしのよい宇宙へ出た。すぐさまファントム艦はさらに速度を上げた。

ゴードンとリアンナは、窓から行く手に輝く銀河の威容をながめていた。驚いたことに、左手に遠く輝きつづけていたカノープスは姿を消している。デンドラ号の進行方向に輝いているのは、堂々と燃えさかるオリオン星雲の、見なれない星々が散らばる天空だった。

「帝国領にまっすぐ向かうんじゃないみたいね」リアンナがいった。「警戒がもっとも厳重な帝国の最前線を避けて、オリオン星雲の西をまわり、辺境星域を抜けて、太陽系《ソル》にまわりこむつもりなんでしょう」

「はるばる遠まわりして、帝国へ秘かに忍びこむのか！」ゴードンはつぶやいた。「ぼくを地球からさらおうとして同盟艦がやってきたのも、同じコースだったんだろう」

彼のわずかな希望もくじけた。「帝国の巡視艦があまり行かないところを通るのでは、見つかる見込みも小さいわけだ」

リアンナはうなずいた。「出くわすとしてもほんの数隻でしょうし、デュルク・ウンディスは闇航行でくぐりぬけるわ」

ゴードンは意気消沈して、星々の輝きをじっと見つめた。彼は、カノープスがあるはずの方角に目を向けた。

リアンナはその視線をたどって、たずねるように彼を見た。「マーンのことを考えているの？」

これにはゴードンも驚いた。本物のザース・アーンが愛していた、色の黒い美しい娘のことを、彼は忘れかけていたのだった。

「マーン？　ちがう。ぼくはあの腹黒い反逆者、コルビュロのことを考えていたんだ。あいつはいまもスルーンで謀略を練《ね》り、ジャル・アーンを暗殺して帝国防衛をつぶそうと機会をうかがっているはずだ」

「それが最大の危険ね」リアンナも冷静に相槌《あいづち》を打った。「コルビュロの反逆さえ知らせられたら、暗黒星雲の攻撃計画を阻止できるのでしょうけど」

「でも、警告してやれるのはぼくらだけだ」ゴードンはつぶやいた。

それから三日後、どうやってもそれは実行不可能だと、彼は認めざるをえなくなった。デンドラ号はすでに帝国の境界内に奥深くはいりこみ、大きく輝くオリオン星雲のすぐ西に向かう針路をとっていた。

この大星雲を過ぎたあと、ほとんど往来のない辺境星域のへりにそって北西へ飛んだ。前人未踏の恒星系がつづく未開の辺境に接するこの宙域には、帝国の戦闘艦もほとんどいない。しかも、太陽《ソル》とその惑星地球は、ここからすぐだ。

この三日間のうちに二度、警報音がデンドラ号内に鳴りひびいた。レーダー担当士官が近くに帝国艦を見つけたのだ。船室にいるゴードンとリアンナは、そのたびに窓の外の宇宙全体が急にまっ黒になるのを目にしたのだった。

最初のときは、ゴードンはびっくりした。「どうしたんだ?　宇宙がまっ暗だぞ」

リアンナが驚き顔で彼を見た。「この艦が闇航行にはいったのよ。ファントム艦が闇航行になると、艦内からは外界が見えなくなることぐらい、覚えているでしょう?」

「ああ、もちろんだ」彼はあわてていった。「こういう戦闘艦に乗ったのは、ずいぶん昔のことだったから、忘れていたんだ」

彼はいまなにが起こっているのか理解した。艦全体に耳慣れない大きな唸りが満ちているのは、闇航行のエネルギー発生機が周囲に強大な力場を作り出しているからだ。

その力場が、向けられるあらゆる光線やレーダーを乱反射させて、巡航艦を目視も探知もさせなくする。外部からの光をすべて偏向させるので、巡航艦は完全な闇のなかを進むことになるのだった。

ゴードンには下甲板《げかんぱん》にある発生機の唸りが一時間近くつづくのが聞こえていた。これには艦の動力のすべてが必要らしく、駆動機関は軽い音をたてているだけだ。戦闘艦はほとんど慣性だけで進んでいた。

翌朝、ふたたび同じ事態が訪れた。デンドラ号はオリオン星雲の西に近づいていて、何十億キロにもわたって輝く巨体が眼前に広がっていた。

星雲のなかには、たくさんの高温星があった。そうした恒星の放つ電子が、靄のような宇宙塵に当たって励起《れいき》させ、星雲全体を輝かせているのだと、ゴードンは思い出した。

その〝晩〟、彼とリアンナが武装した暗黒星雲人に厳重に監視されて、長い通路を歩いていると、艦内に鋭い警報音が鳴りひびいた。

監視兵はすぐに前をふさいだ。「闇管制警報です。すぐに部屋に戻ってください」

ゴードンはこの機会を待っていたのだった。そして、これを逃すまいと決心した。こんなことは二度とないかもしれない。

闇航行の、おなじみの唸りが聞こえてくるなか、彼とリアンナは自分たちの部屋に向かう。彼はリアンナにささやいた。

「部屋にはいったとたん、気を失ったふりをして倒れるんだ！」

リアンナは聞こえたようなそぶりも見せなかったが、彼の手をつかんで、その指にすばやく力をこめた。

暗黒星雲同盟の士官は、ふたりの数歩うしろで、片手を原子ピストルの握りにかけている。リアンナは部屋のドアの前で力が抜けたようによろめき、心臓のあたりをおさえた。

「ザース、気分が悪いわ」かすれ声でつぶやき、床にくずおれかかった。

ゴードンが抱きとめた。「気を失ってる。こんなところに閉じこめられて、体調をくずしたんだ」

彼は困惑している士官に、怒りをこめてふりかえった。「部屋のなかへ運ぶのを手伝ってくれ」ゴードンは高飛車にいった。

士官は、ふたりを一刻も通路に残しておきたくないようだった。闇航行にはいりしだい、ふたりを部屋に閉じこめろというのが、彼の受けていた命令だったからだ。

命令を遵守しようという熱意が彼に禍《わざわ》いした。彼は歩み出てしゃがみこみ、リアンナをなかへ運ぶために抱えあげようとした。

そのときゴードンは行動に出た。彼は冷淡にも、倒れたリアンナをほったらかして、暗黒星雲人の原子銃の握りに手を伸ばした。

その動きはあまりにも早く、銃をケースから抜きとってしまうまで、相手は気がつかなかった。男が身体を起こして、警戒の叫びをあげようとした。

ゴードンはずっしりした原子ピストルの台尻を、男のヘルメットから覗くこめかみにたたきつけた。男の顔がうつろになり、身体はぼろ袋のようにくずれおちた。

「早く、リアンナ！　こいつを部屋のなかへ」

リアンナはもう立ち上がっていた。ふたりはあっというまに、ぐったりした男を小部屋に引きずりこみ、ドアを閉めた。

ゴードンは男の上にかがみこむ。頭蓋骨が割れているようだ。

「死んだ。リアンナ、いまがチャンスだ」

彼は死人のジャケットをはがしはじめた。彼女もしゃがみこむ。「ザース、どうするの？」

「少なくとも帝国の巡視艦が近くにいるはずだ。デンドラ号の闇航行機構を妨害できれば、巡視艦はこっちを見つけて捕まえてくれる」

「それより、粉々に吹きとばされてしまうかも」リアンナがいった。

彼はリアンナの目を見つめた。「わかっている。だが、きみさえよければ、これに賭けるつもりだ」

彼女の灰色の目が光った。「いいわよ、ザース。銀河の将来が、この賭けにかかっているんだもの」

「きみはここにいてくれ」ゴードンは命じた。「ぼくがこいつの制服とヘルメットをつけていけば、少しは可能性も増すかもしれない」

すぐにゴードンは死人の黒い制服を着こみ終えた。ヘルメットをかぶると、原子ピストルをケースに差し、そっと通路に出る。

闇航行はまだつづいていて、デンドラ号は自《みずか》らつくりだした闇のなかを、手さぐりで慎重に進んでいる。ゴードンは艦尾へ向かった。

この数日で、彼は闇航行中の発生機の音が、下甲板の艦尾のほうからすることに気づいていた。彼は唸りが大きくなる方向に急いだ。

通路には人影はなかった。闇航行中は、士官も兵士も全員が戦闘配置についているのだ。通路のつきあたりから、急いでせまい昇降用はしごをおりる。下の甲板では通路のドアはあいていて、大きな駆動エネルギー発生室を覗くことができた。士官たちが航路パネルの前に立ち、大きな音をたてるいくつものエネルギー発生機の計器を兵士たちが見守っていた。

ゴードンがさっさとはいっていくと、士官のひとりが驚いたように顔を上げた。だが、彼のヘルメットと制服を見て、相手は安心したようだった。

さっき殺した見張りの士官が、われわれを閉じこめたあと、持ち場に帰るところだと思っているんだ、とゴードンは考えた。

そして彼は、闇航行用エネルギー発生機に近づいていた。その奥が主駆動力室となっていて、そちら側のドアもあいていた。

ゴードンは原子ピストルを抜いて、踏みいった。大きな部屋のなかで、ずらりとならんだエネルギー発生機が大きな唸りを上げている。奥の壁のそばに、白光を点滅させる巨大な真空管の列がならんでいた。

室内には士官ふたりと兵士が四人いた。真空管の列の奥にある操作盤に向かっていた士官が、兵士になにかいおうとふりかえり、入口にいるゴードンの緊張した顔をちらりと見た。

「ザース・アーンだ！」士官は叫んで、銃に手を伸ばした。「気をつけろ」

ゴードンはピストルの引金を引いた。こういう武器を使うのははじめてで勝手がわからず、うまく扱えなかった。

彼は部屋の奥の真空管を狙ったのだが、手のなかの銃が反動ではねあがった。爆発性の弾は天井にあたった。彼はすぐにうずくまり、部屋を横切って飛んできた相手の弾丸は、頭上のフレームにあたり、火花を散らした。

「非常警報を！」士官は叫んだ。「つかまえ――」

その瞬間、ゴードンがまた引金を引いた。こんどは銃が上向かないように気をつけた。彼の放った原子弾は、真空管の棚の中央で炸裂《さくれつ》した。

闇航行操作室に、電力火災の炎があがった。兵士ふたりと士官ひとりが、猛《たけ》り狂う紫の火に包まれて悲鳴を上げた。

　銃を手にした士官が度を失ってふりかえる。ゴードンはすかさず撃った。さらに、もっとも近い大型のエネルギー発生機を撃つ。

　弾は金属のカバーを傷つけただけだった。だが、真空管は破裂しつづけていて、部屋のなかは地獄さながらだ。残るふたりの兵士も、紫の炎のなかで悲鳴をあげて倒れていった。

　ゴードンは通路に戻った。窓の外の闇が突然、輝く星空に変わったのを見て、彼は勝ち誇った声をあげた。

「闇航行が破れたぞ！」上甲板から叫び声がした。

　警報音が狂ったように鳴った。上甲板から闇航行操作室に向かってどやどやと降りてくる暗黒星雲人たちの足音が聞こえた。

17　星雲での遭難

　ゴードンの目に、十人ほどの同盟兵士が、同じ下甲板《げかんぱん》の通路の向こう端にかけ出してくるのがうつった。すでに勝負がついていることはわかっていたが、彼は向きなおって、その連中に荒々しく原子ピストルを放った。

弾はきれいに通路を抜けていって爆発した。小さな火球が、暗黒星雲人の半数を吹き飛ばした。だが、残る半数は獰猛《どうもう》な唸り声を上げて迫ってきた。ゴードンの手にあるピストルはもう使えない。弾をすべて撃ちつくしてしまったのだ。

そのときだった！　デンドラ号全体が激しく揺れ、鋼板《こうはん》や梁《はり》が引き裂かれる音がした。戦闘艦の外の宇宙全体が、華やかな炎に彩《いろど》られたようだった。

「帝国の巡航艦に見つかった。砲撃されたぞ！」狂ったような叫び声。「やられてる！」

支柱や鋼板が破壊される音に、かん高い、空気のもれる音が加わっている。やがて、ガシャンガシャンと自動隔壁の閉まる音が聞こえた。

ゴードンが立っていた通路も突然、自動隔壁で仕切られた。彼は通路の向こうの兵士たちと分断された。

「緊急戦闘配備！　総員宇宙服着用！」デュルク・ウンディスが鋭い声で、艦全体に通告した。「艦は航行不能になった。帝国巡航艦との戦闘を開始する！」

警報音が鳴りわたった。つづいて艦体が揺れた。強力な原子砲を発射した反動だ。宇宙空間遠く、かなたに広がる漆黒《しっこく》のなかに、光の点がふいに燃え上がっては消えるのが見えた。

これが宇宙戦か！　彼が突然、闇航行装置を破壊したために、デンドラ号が避けつづけてきた帝国の巡視艦に姿をさらしてしまったのだ。そして向こうは、すぐさま砲火を開いた。

「リアンナは！」ゴードンは狂おしく考えた。「もし彼女の身に――」

向きなおって、急いで中甲板へのはしごを昇った。リアンナが通路を、彼に向かって駆け寄ってくるところだった。顔面蒼白だが、怯《おび》えてはいなかった。

「ここのロッカーに宇宙服があります！」彼女はいった。「早くして、ザース。この艦は、いつまた攻撃を受けるかわからないわ」

リアンナは、艦内の要所にある宇宙服用ロッカーを見つけ出すぐらい、落ちつきを保っていたのだ。

船室に戻って、彼女とゴードンは急いで宇宙服を着こんだ。強化された金属繊維製で、球形のグラサイト製ヘルメットをかぶると、自動的に酸素発生器が起動した。

リアンナが口を開くと、その声は個々の宇宙服に組みこまれた短距離間通信器を通じて、彼にもふつうに聞こえた。

彼女が叫んだ。「帝国の巡視艦は、こちらが闇航行できなくなったいま、粉々になるまで砲弾を浴びせてくるはずよ」

ゴードンは外の不思議な光景に目を奪われていた。デンドラ号は高速で移動して相手のレーダーから逃れながら、つづけざまに強力な原子砲*を放った。

＊星間戦で使用される大型原子砲の砲弾は、サブスペクトル線を放射して自律推進し、光速の数倍の速度で投射される。Ed.

遠い宇宙空間で、小さな光点が現われてはすぐに消えた。いま行なわれている戦闘は、あまりにも距離があるので、爆発する原子砲弾の巨大な炎は、こんなにも小さく見えるのだ。

目の前の宇宙がまた、目がくらむような光に包まれた。帝国のパトロール艦の砲弾が近くで炸裂《さくれつ》したのだ。音のない激しい爆発にとらえられ、デンドラ号全体が大きく横揺れした。

ゴードンとリアンナは衝撃で荒々しくフロアにたたきつけられた。駆動エネルギー発生機の唸りが途切れ途切れの低い音になっているのに気がつく。またもや自動隔壁が閉まる音がした。

「機関室が半分やられた！」宇宙服の通信器から叫びが聞こえた。「一基しか動いてない」

「動かしつづけろ！」デュルク・ウンディスの命令がひびきわたる。「すぐにこっちの新兵器で、あいつらに手出しできなくしてやる」

新兵器だと？　ゴードンはすぐに、同盟はどんな敵艦も撃破できる新しい強力な兵器をもっていると、ショール・カンが自信たっぷりにいっていたのを思い出した。

「リアンナ、いまやつらは手いっぱいで、ぼくらにかまっていられない！」ゴードンは叫んだ。「逃げ出すチャンスだ。救命艇を出せば、帝国艦に行けるぞ」

リアンナはためらわなかった。「やってみましょう、ザース」

「来るんだ！」

デンドラ号はまだ激しく揺れていて、彼はリアンナに手を貸し、通路を急いだ。

通りかかった砲撃管制室では、宇宙服姿の兵士たちは戦闘に必死で、ふたりに目もくれない。

ふたりは船腹に格納された救命艇に通じるハッチにたどり着いた。ゴードンは死にものぐるいでハンドルと格闘した。

「リアンナ、あけかたがわからない。きみはできるか？」

彼女はすぐに掛け金をつかんで引っぱった。だが、びくともしない。

「ザース、自動錠《じょう》がかかってるわ。つまり、ここの救命艇は壊れて使えないということよ」

ゴードンは絶望に屈しなかった。「救命艇はほかにもあるはずだ。反対側へ——」

デンドラ号は激しい横ゆれをつづけ、折れた梁がギシギシと悲鳴を上げる。砲弾も炸裂しつづけ、外を目もくらむ光で満たしている。

その瞬間、ふたりはデュルク・ウンディスの狂喜した叫び声を聞いた。

「われらが新兵器が、やつらを動けなくしたぞ。さあ、一斉射撃だ」

相前後して、かすかな歓声がとどいた。「やったぞ！」

ハッチ脇の舷窓《げんそう》から、ゴードンは新星爆発のような、突然の閃光《せんこう》がはるか虚空《こくう》に上がるのを垣間《かいま》見た。

今度のは小さな光ではなく、燃えさかる太陽だった。急速に燃えあがり、そして消えてしまった。

「やつら、帝国艦を破壊してしまったわ！」リアンナが叫んだ。

ゴードンは意気消沈した。「だが、もうひとつの救命艇を手にいれれば、まだ逃げられる」

ふたりは来た道を戻った。途中の交差路に、砲火で汚れた同盟士官がふたり飛び出してきた。

「つかまえろ！」ひとりが叫んだ。ふたりは宇宙服のホルスターから原子ピストルを抜きかけた。

ゴードンは死にものぐるいで飛びかかった。艦がふらついて傾斜し、その勢いを使ってふたりに体当たりした。彼は士官たちといっしょにフロアをころがり、相手の武器を奪おうと激しく争った。

そのとき周囲に、さらに大勢の声がひびいた。多くの手につかまれ、格闘相手から引き離された。ゴードンは荒く息をつきながら引き起こされ、五人ほどの暗黒星雲人が自分とリアンナをとらえているのに気がついた。

いちばん手前の男のグラサイト製ヘルメットのなかに、顔をまっ赤にしたデュルク・ウンディスのけわしい表情が見わけられた。

「裏切り者め！」彼は吐き出すようにゴードンにいった。「だからショール・カンに、帝国のやつなどあてにできないといったんだ」

「ふたりとも殺してしまいましょう！」怒った暗黒星雲人のひとりがけしかける。「ザース・アーンは闇航行装置を破壊して、われわれをこんな危険な目にあわせたんですよ」

「いや、まだ殺しはせん」デュルク・ウンディスがいった。「暗黒星雲に戻ったら、ショール・カンが処分を決めるだろう」

「暗黒星雲に戻れたらですがね」別の士官が苦々《にがにが》しくいった。「デンドラ号は半身不随です。エネルギー発生機の残り二基がなんとか動くだけだし、救命艇はどちらも壊れています。帰路の半分も行けませんよ」

デュルク・ウンディスは顔をこわばらせた。「では、ショール・カンが代わりの艦をよこしてくれるまで、隠れていなければならんな。秘密通信を送って事態を報告するんだ」

「隠れるって、どこに？　ここは帝国領ですよ！　いまの巡視艦は、仕止められる前に緊急報告をしているのはまちがいありません。二十四時間以内に、この宙域は帝国艦隊の捜索を受けるでしょう」

デュルク・ウンディスは歯をむきだした。「わかっている。なんとしてもここから脱出しなければならん。そして、行き先はひとつしかない」

彼は舷窓に覗く、赤銅《しやくどう》色の星を指さした。巨大なオリオン星雲の明るい靄を少しはいったところで熱く輝きを放っている。

「あの赤銅色の太陽には惑星がひとつある。宇宙図によると人間はいない。あそこで助けを待とう。こちらがやられたかのように破片を放出しておけば、帝国のやつらも、いつまでも捜索はつづけまい」

「ですが、宇宙図では、あの太陽と惑星は宇宙塵《じん》の渦のまっただなかにあります。そんなところへはたどり着けません」士官は反対した。

「渦がわれわれを引きいれてくれる。強力な戦闘艦であれば、そこにはいってきてわれわれを救出することが可能だ」デュルク・ウンディスは主張した。「残った動力で出せるだけの速度でそこに向かえ。サラーナに連絡するエネルギーも割《さ》くな。連絡は無事にその惑星に着いてからでいい」

彼はゴードンとリアンナを指さした。「リン・カイル、このふたりを縛《しば》りあげ、銃をかまえて一瞬も目を離すな」

ゴードンとリアンナは金属製の部屋に放りこまれた。どの壁も戦闘のおかげでひどくふくらんでいる。ふたりは回転する台にのった緩衝《かんしょう》椅子にすわらされた。

プラスチックの枷《かせ》が、ふたりの両手両足を椅子の枠に留《と》めつけた。リン・カイルと呼ばれた士官は、大柄な暗黒星雲人に原子ピストルを抜いてかまえさせ、見張りに残して出ていった。

ゴードンは身体を揺さぶって椅子をまわし、リアンナと向きあった。

「リアンナ、見込みがあると思ったんだが、かえってまずいことにしてしまった」彼はかすれ声でいった。

彼女はグラサイト製のヘルメットごしに彼に笑顔を見せた。怯えてはいなかった。

「やってみるしかなかったのよ、ザース。それに、あなたは少なくとも、ショール・カンの計画を阻止したわ」

ゴードンにはよくわかっていた。デンドラ号を帝国艦に捕えさせる作戦は完全な失敗に終わったのだ。気の滅入《めい》る思いだった。

暗黒星雲同盟の使った強力な新兵器がなんだったにしろ、帝国の巡視艦には太刀《たち》打ちできないものだった。同盟のやつらとショール・カンに、自分は敵だと証明してみせただけだ。

彼にはもうスルーンに戻って、コルビュロの裏切りと待ち受ける攻撃の危機を知らせるチャンスはない。彼とリアンナは暗黒星雲に連れ戻され、ショール・カンの冷酷な報復を受けることになるだろう。

「ちくしょう、そうはさせないぞ！」ゴードンは自分に誓った。「リアンナを連れ戻されるくらいなら、その前にやつらを、ふたりとも殺されるように仕向けてやる」

デンドラ号はそれから数時間、残った二基のエネルギー発生機で頼りなく飛びつづけた。やがて動力を切ってただよいだした。巨大星雲の不思議な光のなかにはいったのだ。

艦内のあちこちからときおり、きしんだり、ひびが走ったりする無気味な音がした。見張りの交替に来た衛兵が、先任者とかわす短い会話で、ゴードンは艦内には士官と兵がわずか十八人しか残っていないことを知った。

ふらふらと進む巡航艦は数時間後、強い流れにとらえられて、おし戻されたり揺れたりした。リン・カイルのいっていた星雲の宇宙塵の大渦にはいったにちがいない、とゴードンは悟った。

揺れがますます激しくなり、デンドラ号はいまにも分解しそうだった。やがて大きな衝突音がして、鳴き声のような音がしばらくつづいた。

「空気がすっかり洩れてしまったんだわ」リアンナがつぶやいた。「宇宙服がなかったら、みんな死んでいたでしょうね」

なんにせよ、死はジョン・ゴードンの間近に迫っているようだ。航行不能の戦闘艦は、強力な宇宙塵の渦に完全にとらえられて進んでいた。行く手に待つ恒星との衝突をめざして。数時間がたった。デンドラ号は、二基のエネルギー発生機にわずかに残った力をふたたび使って、近づいてくる赤銅色の太陽を避けようとしていた。

ゴードンとリアンナは、自分たちの行く手をときどき舷窓から垣間《かいま》見るだけだった。赤銅色の太陽のまわりをまわる惑星の姿があった――黄色い、飴《あめ》色の世界だ。

デュルク・ウンディスの声が、最後の命令をひびかせた。「不時着に備えて、安全ベルトをしめろ」

ゴードンとリアンナを見張っていた男も、となりの緩衝椅子におさまってベルトをしめた。壊れた船体に、悲鳴のような音を立てて大気が流れこんできた。

ゴードンには、無気味な黄色い森が盛りあがるように迫ってくるのが見えた。エネルギー発生機は、減速しようと短い大きな唸りを上げた。やがて衝撃が訪れ、ゴードンはつかのまの暗闇に呑みこまれた。

18 怪物人間

ゴードンは、ぼうっとしてふるえながら意識をとり戻した。リアンナの心配そうな声で起こされたのだと気づいた。

彼女は縛《しば》りつけられた椅子から、彼のほうへ身を乗り出していた。気がかりな顔をしている。

「ザース、大怪我《けが》をしたかと思った。あなたの緩衝《かんしょう》椅子、ばらばらになりかけてるわよ」

「大丈夫だ」ゴードンはなんとか返事をした。あたりの光景に頭《こうべ》をめぐらす。「ちゃんと着陸できたようだな」

デンドラ号は、もはや航宙艦ではなくなっていた。宇宙の旅に永遠に別れを告げた、ねじれて破壊された金属のかたまりにすぎなかった。

不時着の衝撃で、内壁は紙のように波打ち、金属の梁《はり》や支柱は厚紙細工のようにちぎれていた。熱い赤銅色《しゃくどう》の太陽光が、部屋に大きく口をあけた裂け目から差しこんでいる。ゴードンはその割れ目から、外の光景を見ることができた。

艦の残骸は、奇妙な黄色い木がそそり立つジャングルに横たわっていた。木の葉が、なめらかな黄色い幹《みき》からじかに突き出している。木々や藪《やぶ》、黄色と黒の花がつくる奇妙な茂みが、残骸に押しつぶされている。金属めいた日光のなかに、金色の胞子が塵《ちり》のように舞い、黄土《おうど》色の原始林のなかを、蜘蛛《くも》の巣のような羽根をもつ、鳥か獣《けもの》かわからないものが飛びかっていた。

残骸のなかにいるふたりのすぐそばで、原子力タービンとエネルギー発生機の立てる耳ざわりな音が聞こえていた。

「デュルク・ウンディスの部下たちが、二基の発生機の修理にかかっているわ」リアンナがいった。「それほどひどくは壊れてないみたい」

「では、暗黒星雲に連絡するんだな」ゴードンはつぶやいた。「ショール・カンが別の戦闘艦をよこすだろう」

リン・カイルがふたりの部屋に現われた。もう宇宙服は脱いでいる。

「囚人たちの宇宙服を脱がせていいぞ」リン・カイルは見張りにいった。「だが、椅子には縛りつけたままにしておけ」

ゴードンは椅子から解放され、重い宇宙服とヘルメットを脱がされた。空気は呼吸できないことはないが、妙に刺激臭が強かった。

この監禁室から通路をへだてたところに立体通信室があり、そこの通信器がかん高い唸りを上げはじめるのが聞こえた。やがてデュルク・ウンディスの緊張した声が聞こえてきた。

「サラーナの司令部、どうぞ！　こちらデンドラ号」

リアンナがたずねた。「あの通信で気づかれないかしら？　帝国の巡視艦に聞かれたら、きっと――」

ゴードンはそれに希望はかけていなかった。「いや、デュルク・ウンディスは秘密の波長を使うといっていた。そうすれば傍受されずにサラーナに連絡がつくんだ」

しばらく呼び出しがつづいた。やがてデュルク・ウンディスが送信を止めるよう命じた。

「あとでまたやってみよう。司令部に連絡がつくまで、つづけなければならない」

ゴードンは目立たない程度に身体《からだ》をふって、緩衝椅子を動かした。めちゃくちゃになった通路ごしに、ドアがフレームにぶら下がっている通信室を覗くことができた。

二時間後、デュルク・ウンディスと通信士が、ふたたびサラーナと交信をはじめた。艦の後部にあるエネルギー発生機が唸りだし、通信士は通信器のスイッチをいれて、パネルのダイヤルをいくつも入念にまわした。

「正確にその波長を保つように気をつけろ」デュルク・ウンディスが注意する。「帝国のやつらがこの送信を少しでも聞きつけたら方向探知するだろうし、すぐにここへ追ってくる」

やがてまた、一連の呼び出し。しかし今度は、デュルク・ウンディスは応答を得た。

「こちらデンドラ号、デュルク・ウンディス艦長です」彼は送信器に向かって大声をあげた。

「出力が足りないので、安定した立体送信はできませんが、身分証明はこれです」

彼は一連の番号を口にした。どうやら前もって決めてあった身許確認の暗号のようだ。そして彼は早口で、自分がいまいる星雲内の惑星の座標を伝え、戦闘とその顚末《てんまつ》を報告した。

ショール・カンのよくひびく声が、受信器から聞こえてきた。

「では、ザース・アーンは使命をだいなしにしようとしたんだな？　そこまで馬鹿だとは思わなかった。すぐに別のファントム巡航艦を送ってやる。帝国の宙域にいるのをやつらの艦隊に気《け》どられないよう、迎えが到着するまで交信はするな」

「地球行きの任務は続行しなくていいのでしょうか？」デュルク・ウンディスがたずねた。

「当然だ！」ショール・カンがぴしゃりといった。「ザース・アーンと娘を暗黒星雲へ連れて帰れ。なにがあろうと、やつらにスルーンへ知らせをもたらすような真似をさせてはならん」

その言葉に、ゴードンは胸に冷たいものを覚えた。リアンナは無言で彼を見守っている。デュルク・ウンディスと暗黒星雲人たちが歓声を上げた。ゴードンはこの狂信者の艦長が命令をくだすのを聞いていた。

「艦の残骸のまわりに歩哨《ほしょう》を立てる。このジャングルにどんな生物がいるかもわからないからな。リン・カイル、きみが最初の見張りを指揮しろ」

赤銅色の太陽が沈み、黄土色のジャングルに夜が訪れた。森の湿った息吹《いぶき》が強くなった。夜空に光る星雲が、この薄気味のわるい森と艦の残骸に奇妙な輝きをそそいで、その夜は不思議なほど明るい月夜のようだった。

星雲が照らすジャングルから、遠い叫びがこだまとなって聞こえてきた。獣《けもの》のうなり声のようだったが、その調子にはぞっとするほど人間臭いところがあった。

ゴードンの耳に、デュルク・ウンディスの鋭い声が聞こえた。「かなり大きい獣だぞ。油断するな」

リアンナが少し身ぶるいした。「この星雲には人間に見離された世界がいくつもあって、いろいろと奇妙な話が伝わっているわ。宇宙塵《じん》の渦に、あえてやってきた宇宙船はほとんどないのよ」

「やつらはここへやってくる」ゴードンはつぶやいた。「でもぼくらは、暗黒星雲には戻らない」

彼はかすかな希望を見いだしていた。彼が縛りつけられた緩衝椅子は、航宙艦のほかの部分と同様に、不時着の衝撃をこうむっていた。椅子の金属枠の、手首をとめられている箇所に、少しひびがはいっていたのだ。

ひびは小さくて、椅子の強度が変わるほどではなかった。だが、へりがギザギザになって出っぱっていた。そのへりに、ゴードンはこっそり、プラスチックの手枷《てかせ》をこすりつけはじめた。

こんな小さな摩擦ではプラスチックは切れそうもないことはわかっていた。だが、可能性があることにはちがいない。彼は筋肉が痛くなるまで、その動作をくりかえしつづけた。

夜明け近く、彼らは遠くの森から届く、くりかえし無気味に呼びかわすしゃがれ声に、浅い眠りを破られた。翌日もその翌日も、暗黒星雲人たちは味方の到着を待ちつづけた。しかし三日目の夜、恐怖が襲った。

その晩、日が沈んですぐ、暗黒星雲人の歩哨のひとりが叫び声を上げ、つづいて原子ピストルの発射音がした。

「どうした？」デュルク・ウンディスが叫んだ。

「人間みたいな獣です——でも、撃ったら溶けてしまいました」別の声が答えた。「魔法みたいに消えてしまった！」

「ほかにもいるぞ。たくさんいる！」別の暗黒星雲人がいった。「見ろ」

発射音がひびき、夜空をゆるがして原子弾が炸裂《さくれつ》する。デュルク・ウンディスが命令をくだした。

リアンナは台の上の椅子をまわして、舷窓のほうを向いた。彼女が叫ぶ。

「ザース、見て！」

ゴードンもやっと椅子をそちらにまわすことができた。彼は窓の外の信じられない光景を見つめた。

外では、人間に似た何十という生き物が、ぞくぞくとジャングルから艦に向かってくる。背の高い、ゴムでできた人間のようだった。威嚇《いかく》する目が光っていた。

デュルク・ウンディスと部下たちは原子ピストルを放った。目もくらむ原子弾が炸裂する。そのせいで、あたりを照らす、やわらかい星雲の輝きが暗くなったかのようだった。

だが、その弾が不思議な侵入者をいくら倒しても、ゴム人間は消えてしまうだけだった。そいつらの身体は、どろどろしたゼリー状のものになって、地面に広がり、ゆっくりと後退していく。

「反対側からも来るぞ！」リン・カイルが警告の叫びを上げた。

デュルク・ウンディスの断固たる命令がひびきわたった。「ピストルでは長くは持ちこたえられないぞ！　リン、ふたり連れていって、エネルギー発生機を起動させろ。そいつにジェット・ケーブルをつなげば、やつらに圧力線を浴びせてやれる」

リアンナは恐怖に目を大きく見開いた。ゴム人間の群れが、暗黒星雲人のふたりをとらえて、ジャングルに運びこむところを目にしたのだった。

「ザース、あれは怪物よ。人間でもないし、獣でもない――」

ゴードンは形勢不利なのを見てとった。ゴム人間の群れは、デュルク・ウンディスの部下たちを艦のすぐそばまで押し戻していた。

気味のわるい攻撃者たちを傷つける手段はないようだった。撃たれても、ゼリー状になって流れ去ってしまうだけだからだ。

艦内で、エネルギー発生機が大きく唸りを上げはじめた。リン・カイルとふたりの部下が、重いケーブルを引っぱって外に出てきた。彼らはその先端に、急いで圧力線ジェット放射器をとりつける。通常は航宙艦の発進時に使う装置だ。

「早くやっつけろ！」デュルク・ウンディスが叫んだ。「こいつら、とても手に負えん」

「全員後退！」リン・カイルが叫んだ。

彼はかかえていた重い圧力線放射器のスイッチをいれた。目もくらむ力線がほとばしり、ゴム人間の群れを切り裂いてゆく。地面はすぐに波立ちながら流れるゼリーの恐ろしい川となった。

怪物どもは陰気に後退していった。しかも、ねばねばした液も地面を這《は》って、ジャングルの奥に後退していく。

やがて黄土色の森で、人間のものではない、しゃがれ声のコーラスが起こった。

「早くしろ、ほかのジェット放射器もつなげ！」デュルク・ウンディスが命じた。「やつらを止められるのは、それだけだ。艦の両サイドにひとつずつ必要だぞ」

「いったい、あの怪物はなんなんです？」リン・カイルがたずねた。声が恐怖に震えている。

「そんなことを考えている暇はない！」艦長はどなりつけた。「放射器を用意したか？」

三十分後、ゴードンとリアンナは二度目の攻撃を目の当《ま》たりにした。だが、今度は四台の圧力線ジェット放射器が、ゴム人間の群れを迎え撃った。怪物の攻撃はやんだ。

「行っちまった！」ひとりの兵士がいった。「でも、味方をふたりさらっていったぞ」

エネルギー発生機が止まると、ゴードンの耳には遠くからの別の音がとどいた。

「リアンナ、あれが聞こえるか？」

それは遠くで太鼓《たいこ》を叩いているような、脈動となってひびいてくる、深みのある音だった。星雲に照らされたジャングルの西のほうから聞こえてくる。

やがて太鼓の音がやみ、かすかに苦悶《くもん》する、人間の悲鳴がひとしきりつづいた。しゃがれ声の勝ち誇ったコーラスが、どっと盛り上がり、あとは静まりかえった。

「つかまったふたりの暗黒星雲人だ」ゴードンは気分が悪そうにいった。「あんなところで、いったいどんな目にあわされたんだろう」

リアンナは青ざめていた。「ザース、ここは恐ろしい世界よ。帝国が植民せずにおいたのも不思議はないわ」

ふたりへの脅威が倍になったように、ゴードンには思われた。この惑星の悪夢そのものの恐怖からリアンナを安全に守れるなら、進んで暗黒星雲に帰ってもいいとさえ思った。

だが、彼の決意がふたたび戻ってきた。なんとしてもここから逃げるんだ。そして、できることなら、ショール・カンのもとではないところへ！

椅子のギザギザの金属の裂け目にプラスチックの手枷をこすりつける動作を、彼はゆっくりつづけた。やがて疲れきって眠ってしまい、目がさめたときは夜明けから何時間もたっていた。

赤銅色の陽光のもと、黄土色のジャングルは嘘のようにのどかだった。だが、ふたりとも、そしてふたりを捕えている者たちも、その黄金色のジャングルが、いかに無気味な恐怖をはらんでいるか、いまではよく承知していた。

ゴードンは長い一日のあいだ、手枷にかかる摩擦を強めようと、身体をよじりつづけていた。見張りの目が向けられたとき以外、その努力はやめなかった。

リアンナが希望を浮かべてささやいた。「それ、はずせると思う？」

「夜までになんとかしないと」

「で、それからは？　はずしたあとどうするの？　ジャングルには逃げられないわ」

「いや、助けを呼ぶことはできる。方法を考えたんだ」

夜が来て、デュルク・ウンディスは部下に鋭く命令した。「放射器にふたりずつつけ。やつらが来たら、すぐに追い払えるよう待機しろ！　エネルギー発生機を動かしつづけろ」

これはゴードンにとって歓迎すべき事態だった。そのほうが、彼の考えた危なっかしい計画にとりかかれる見込みが増す。

彼はいま、丈夫なプラスチックの手枷も半分は切れているにちがいないと考えていた。だが、まだ引きちぎるには強すぎる感じだ。

エネルギー発生機が唸りはじめた。そして、警戒をつづけていた暗黒星雲人たちは、恐れていた攻撃をそう長く待つことはなかった。またしても、夜空の星雲にぼんやり照らされたジャングルから、無気味にしゃがれた叫び声が鳴りひびいた。

「すぐ現われるぞ、用意しろ！」デュルク・ウンディスが叫んだ。

しゃがれ声のコーラスとともにゴム人間の群れが、ジャングルから怒濤《どとう》のように押し寄せてきた。すぐに放射器が強力な圧力線を浴びせかける。

「押し戻しているぞ。つづけろ！」デュルク・ウンディスが叫んだ。

「でも、こいつらは死にません！」部下が叫んだ。「溶けて逃げていくだけです」

ゴードンは、いまがチャンスだと悟った。暗黒星雲人は全員、艦の残骸を守るので手がふさがっているし、エネルギー発生機は動いている。

彼は手枷を切ろうと、筋肉に力をこめた。だが、彼はその頑丈《がんじょう》さを誤算していた。しぶといことに、プラスチックの手枷は切れない。

もういちど、しゃにむに力を入れてみる。今度はプツンと切れた。急いで彼はほかの枷をほどいた。

立ち上がって、すぐにリアンナを自由にする。そして通路をこえて、真向かいの立体通信室に急いだ。

「暗黒星雲人がだれかここに戻ってこないか、見張っていて教えてくれ！」彼はリアンナにいった。「送信してみる」

「でも、助けを呼べるほど、その機械のことがわかってるの？」

「いや、でも発信さえできれば、どんなでたらめな波長でも、すぐにこの惑星に注意を引きつけられる」ゴードンが急いで説明した。

薄暗い部屋でスイッチをさぐる。通信手が通信をはじめるのに使う手順を憶えていたのだ。スイッチをいれたが、送信器はなんの反応も示さない。ブーンという音も出さないし、大きな真空管が明るくなったりもしない。計画が失敗したと悟って、彼の胸のうちには挫折感がふくらむばかりだった。

19　恐怖の世界

艦の外で激しい闘争がくりひろげられるなか、ゴードンは懸命に冷静を保とうとした。通信士が送信器を起動するときに使っていたスイッチを、あらためていれてまわる。

ひとつ見落としていた。そのスイッチをいれると、立体通信室の動力機が大きく音をあげて、大きな真空管が次々に輝きはじめた。

「エネルギー発生機が故障したらしい。ジェット放射器が弱まってる！」戦闘艦の残骸の外から、暗黒星雲人の叫びが聞こえてきた。

「ザース、立体発信機が二基の発生機からエネルギーを奪って、圧力線ジェット放射器が使えなくなってるのよ」リアンナがいった。「確認しに、ここに見にこられるわ」

「もう少しなんだ！」ゴードンは補助調整ダイヤルの列にかがみこみ、汗だくになっていた。

まとまった通信を送ろうとしても不可能だということはわかっていた。未来の科学がもたらした複雑な装置のことを、彼はほとんどなにも知らないのだ。

だが、なにかでたらめな信号でも出すことができれば、無人のはずの惑星から発信があったという事実だけで、探査中の帝国の巡視艦に懸念《けねん》をいだかせられる。

ゴードンは手あたりしだいにダイヤルをまわした。機械はなにもわからない者の操作で、パチパチ、ブンブン、ボソボソと音を立てた。

「突破されるぞ！」デュルク・ウンディスの叫び声。「リン、なかに戻ってエネルギー発生機のようすを確認しろ」

戦闘はますます近接して激化している。リアンナが警告の叫びを上げた。

ゴードンはくるりとふりかえった。リン・カイルが興奮に髪をふり乱して、通信室の入口に立っていた。

彼は悪態《あくたい》をついて原子ピストルをとりだした。「ちくしょう、こうと知ったら生かしては……」

ゴードンは飛びかかり、相手をかかえてフロアに倒れこんだ。激しい格闘がつづいた。混乱を増すばかりの騒音をついて、リアンナの恐怖の悲鳴が聞こえた。そして、怯《おび》えるリアンナを、艦尾からなだれこんできた無気味な人影が捕えるのを目にした。

ゴム人間が侵入してきたのだ！　狂った星雲の落とし子たちが、デュルク・ウンディスの防衛線を破ったのだ。

「リアンナ！」ゴードンはかすれ声で叫んだ。彼女が大勢の手につかまえられ、すばやくかつぎ上げられたのだ。

リン・カイルをふり払って立ち上がろうとしたとき、ゴムの怪物の、気味の悪い目だけがついた顔が目の前に迫っていた。

だが、立ち上がれなかった。ゴムの身体《からだ》がいくつも、彼とリン・カイルの上に折り重なってのしかかってきた。からみついてきた触手のような感触の腕が、ふたりともかかえ上げる。リン・カイルがやみくもに放った弾が一体にあたり、そいつは溶けてフロアを這《は》うゼリーになったが、今度は別のやつらが暗黒星雲人をとらえてしまった。

艦の残骸の通路に、原子ピストルの音がとどろいた。デュルク・ウンディスのかん高い声が、野性の唸りを圧してひびきわたった。

「やつらを艦の外に追い出すんだ。ジェット放射を再開できるまで、入口を守れ！」

リン・カイルの叫び声が、喉をつまらせたようになった。彼も同じようにかつぎあげられてしまったのだ。ゴム人間の群れは艦尾から退却して、ふたりとリアンナを運んでいく。

ゴードンはからみついてくるゴムの腕から身をふりほどこうとあばれたが、どうにもならなかった。ぞっとする思いがした。自分が必死の発信をしようとしたために、暗黒星雲人の防衛線を弱めてしまい、リアンナと自らとを、さらに恐ろしい破滅に直面させてしまったのだ。

「デュルク、つかまってしまった！」リン・カイルが金切り声を上げた。銃声と叫び声をぬって、別の暗黒星雲人のぎょっとしたような叫びがゴードンにも聞こえた。

だが、彼らはもう艦外に連れ出されていたし、ゴム人間にかつがれて、そそり立つジャングルに向かっていた。デュルク・ウンディスが残った部下とともに、ジェット放射器をまた使えるようにしているあいだに、ゴム人間の群れは星雲の光に照らされた森に引き上げてしまっていた。

ゴードンは感覚がおかしくなっていた。忌《い》まわしい怪物どもは、ジャングルのなかをなみはずれて身軽い猿のように駆けてゆく。リアンナとリン・カイルも軽々と運ばれていた。星雲の燃えるような光が、この世のものと思えぬ森を、銀色に輝かせている。

ジャングルをしばらく走り、奇怪な生物たちはさらに足を早めた。深い森を出て、岩山への登りにかかっていた。

無気味な群れは、深い渓谷《けいこく》にわけいっていく。そこはジャングル以上に畏怖《いふ》の念を感じさせた。岩の断崖はどれも、星雲の光を反射するのではなく、それ自体の放つ淡い光で輝いている。

「放射性物質だな、この断崖は」ゴードンは呆然として考えた。「それで、この醜い怪物どもの説明がつく——」

そんな憶測も、ぞっとするような騒ぎが起こって、吹き飛んでしまった。この谷は、ゴム人間の群れでいっぱいだったのだ。彼らは、耳もつぶれるほどのしゃがれた叫びを上げて、捕虜たちを迎えたのだった。

ゴードンは、リアンナのとなりでしっかりと抱えられていた。リアンナの顔は死人のように蒼白《そうはく》だった。

「リアンナ、怪我《けが》はないか」

「ザース、大丈夫よ！　でも、これからどうなるの？」

「そんなの、わからないよ！」しゃがれ声で答えた。「ぼくらを生けどりにしたのは、なにか理由があるはずだ」

人間もどきの一団がリン・カイルをつかまえていた。着ているものを全部はがしている。

リン・カイルは前に引き出され、地獄の観衆から、しゃがれた、喝采《かっさい》のような大声があがった。地面にすわりこんだゴム人間どもが、ドラムのリズムのように手足で大地をたたく。リン・カイルは激しく抵抗したが、すぐに渓谷に運び降ろされていった。ゴム人間たちが道をあけて一行を通したので、ゴードンにも彼が連れていかれるところが見えた。

渓谷の中央に、かすかに光る岩に囲まれた直径二十メートルほどの池があった。だが、それはただの池ではなく、生きている池だった！

脈打つようにゆっくりと流れる、生きたゼリーの巨大なかたまりだ。星雲の光を浴びて、ふくらんだりしぼんだりしている。

「あれはなに？」リアンナが叫んだ。「まるで生きているみたい！」

乱れたゴードンの心を、ついに恐怖が襲った。池のまわりのものがはっきり見えたのだ。人体のミニチュアのようなゼリー状のものが、粘液《ねんえき》生命のかたまりからいくつも湧き出した。細い紐《ひも》でかたまりとつながっているものもある。そのひとつが、すぐに糸から離れて、おぼつかなげに岸に上がってくる。

「なんてことだ」彼はつぶやいた。「この怪物どもは、生命の池からやってくるんだ。ここで生まれるんだ」

リン・カイルの悲鳴が、しゃがれ声の叫びとドラムのようなひびきを引き裂いた。彼をかついでいたゴム人間たちが、はだかの身体を粘液の池に投げこんだのだった。

リン・カイルは恐怖の悲鳴をもういちど上げた。ゴードンは目をそむけて吐いた。

ふたたび目を向けたときには、リン・カイルの身体は食らいつくようにかぶさってくる粘液ゼリーに包まれていた。しばらくするとその姿は、生命の池に吸収されてしまった。

「リアンナ、見るんじゃない！」ゴードンはかすれ声でいった。

彼は身をふりほどこうとあばれた。だが、やつらのゴムの腕にとらえられている以上、彼も赤子同然だった。

しかし、ゴードンの動きは彼らの注意を引きつけた。怪物どもは彼の服をはがしはじめた。リアンナの押し殺した叫びが聞こえた。

地面を叩く音と叫びの地獄のような騒乱のなかで、原子ピストルの銃声がとどろいた。うごめきまわる群れの中央で、弾が目もくらむ閃光《せんこう》をあげてつづけざまに炸裂《さくれつ》した。ゴム人間どもは、よろめき、倒れ、溶けてじわじわ流れるゼリーになり、すぐに池に向かって後退していく。

「デュルク・ウンディスか！」ゴードンは叫んだ。若い狂信者の細面《ほそおもて》と燃えるような瞳が見えた。部下の先頭に立って、ゴム人間の群れをかきわけてくる、

「ザース・アーンと女をとり戻せ、早く！」デュルク・ウンディスが部下に叫んだ。「とり戻して、デンドラ号に戻る」

その瞬間ゴードンは、この無慈悲な若い狂信者に、感嘆に近いものを覚えた。デュルク・ウンディスはゴードンを暗黒星雲に連れ帰れとショール・カンに命じられた。そして、その

命令を遂行できなければ死をも辞さない覚悟なのだ。

怪物の群れはおぞましい叫びをあげて渦を巻き、思いがけない襲撃に混乱していた。ゴードンは彼をとらえていた二体から身をふりほどいた。リアンナに駆け寄る。

人間もどきたちの影と原子銃弾の炸裂、デュルク・ウンディスの叫びと怪物の群れのしゃがれた叫びが入り乱れる、とてつもない混沌だった。

群れが一時的に後退し、デュルク・ウンディスとその部下たちが、リアンナとゴードンのまわりに残った最後の怪物どもを撃ち倒す。次の瞬間、ゴードンと半分気を失ったリアンナをとりかこんで、暗黒星雲人たちは渓谷からあわただしく退却した。

「追ってくるぞ！」ゴードンのとなりの兵士が叫んだ。

ゴードンも、怪物の群れが気をとりなおしたのは察していた。しゃがれた叫び声とともに、人間もどきの群集が、ジャングルに分け入って追ってきたのだ。

デンドラ号の残骸まで半分の距離に来たところで、行く手にふたたび怪物どもが群がっていた。

「囲まれた――突破しろ！」デュルク・ウンディスが叫ぶ。「強行突破だ！」

成功の見込みはなかったし、デュルク・ウンディスにもそれはわかっていた。ゴードンもわかっていた。十ばかりの原子ピストルでは、非情な怪物の群れを長くはくいとめられない。

ゴードンはリアンナを背後にかばって、倒木《とうぼく》から太い枝を折りとった。群がるゴムの敵に、棍棒《こんぼう》がわりにふるうのだ。これで、リアンナがあの気味のわるい生命の池に引いていかれる前に、少なくとも彼女を殺してやれる。

悪夢のような戦場に、燃えさかる星雲の空から、ふいに大きな黒い影が覆いかぶさった。「巡航艦だ！」暗黒星雲人が金切り声を上げた。「味方だぞ！」

船首に黒い染みのような暗黒星雲同盟の紋章をつけたファントム巡航艦が、あたり一面をクリプトン探照灯で照らしながら、轟音《ごうおん》とともに降下してきた。

ゴム人間の群れは突然恐慌にかられて退却していった。ファントム艦が近くのジャングルに着陸し、同盟の兵士が原子銃を手に、ばらばらと飛びおりた。

ゴードンはなかば気を失ったリアンナを地面から抱え起こしたところで、デュルク・ウンディスが原子ピストルをかまえて立ちはだかっているのに気がついた。援軍が近づいてくる。

「ホル・ヴォン！」先頭に立っている、髪を刈《か》り上げたずんぐりした艦長に、デュルク・ウンディスが声をかけた。「危ないところだった！」

「そうらしいな」ホル・ヴォンは、粘液状の生きたゼリーが戦場から逃げていくさまを恐ろしげに見やった。「いったい、この攻撃してきたやつらはなんなんだ？」

「この狂った惑星の生物だ」デュルク・ウンディスはまだ息をはずませていた。「かつては人間だったんだろう――放射線の影響で変異した、人類の植民者だろう。不思議な繁殖サイクルを持っている。生命の池から生まれて、傷つくとまた生まれなおすために、そこに帰るんだ」

彼は話を変えた。「その話はあとにしよう。いまは、ここを逃げ出すことだ。きっともう、帝国の艦隊がこの星雲の西方を捜索しているはずだ」

ホル・ヴォンはすばやくうなずいた。「ショール・カンが、ザース・アーンとリアンナをすぐに暗黒星雲に連れ戻せといっていた。この星雲を東に抜けたあと、外縁にそって南下するほうがいいだろう」

ゴードンはリアンナの意識をとり戻させた。彼女は不思議そうに、そそり立つ巡航艦と武装した同盟兵士を見ていた。

「ザース、どうしたの？　これはどういうこと――」

「暗黒星雲へ、ショール・カンのところへ帰るんだ」彼はかすれ声で答えた。

デュルク・ウンディスが新しい航宙艦を、短く手をふって示した。「メリック号に乗りこめ。ふたりともだ」

そのとき、ホル・ヴォンがふいに身体をこわばらせた。「聞こえる――くそっ！」

荒々しく上空を指さす彼の、角《かく》ばった顔が形相《ぎょうそう》を変えていた。

星雲の空から、四つの巨大な影が降下してくる。ファントム巡航艦ではない。艦腹に巨大な原子砲塔を備えた大型巡航艦の艦首には、中央銀河帝国の燃える彗星《すいせい》の紋章があった。

「帝国の艦隊だ！」ホル・ヴォンが荒々しく叫んだ。「罠《わな》にかかった。やつら、とっくに気づいていたんだ」

ゴードンの胸は大きな希望が湧き上がった。彼の懸命の試みが成功し、捜索中だった帝国艦隊をここへ呼び寄せたのだ！

20　プレアデス星団の果てに待つもの

帝国の巡航艦が降下してくるのを見て、デュルク・ウンディスは怒りの叫びを上げた。

「艦に乗れ。やつらのあいだをくぐり抜けて、宇宙に出るんだ」

「その望みはない！」ホル・ヴォンが叫んで、死人のような顔でファントム艦に向かって走りだした。「不意を打たれた」

デュルク・ウンディスは一瞬立ちすくんでいたが、また原子ピストルを手に取った。それをゴードンとリアンナに向ける。

若い狂信者の目は燃えさかっていた。「では、ザース・アーンとリアンナは、いまここで始末しよう。ショール・カンの命令だ——なにがあっても、ふたりをスルーンに戻してはならない！」

しゃべり終わる前に、ゴードンは彼に飛びかかった。帝国の巡航艦が姿を現わしてすぐ、絶対絶命の状況になれば、暗黒星雲人は彼とリアンナを逃がすくらいなら殺してしまうだろうとわかっていたのだ。

ゴードンはデュルク・ウンディスが武器を向ける一瞬前に、思いきり暗黒星雲人に飛びかかった。デュルク・ウンディスはあお向けにひっくり返った。

ホル・ヴォンは命令を叫びながら、ファントム艦に駆けこんだ。デュルク・ウンディスが大の字に倒れているうちに、ゴードンはリアンナの手をとり、星雲の空の光が照らすジャングルに、隠れ場所を求めて飛びこんだ。

「少しのあいだ身をひそめていられたら、助かるんだ！」彼はリアンナにいった。「あの帝国艦隊が捜索しにくる」

「ホル・ヴォンが迎撃しに向かったわ！」リアンナが空を指さして叫んだ。

駆動機関の雷鳴のような音がとどろき、ホル・ヴォンのファントム巡航艦メリック号の細長い艦体が、輝く空をついて急上昇した。

暗黒星雲同盟の連中がどんな人間にしろ、臆病者ではないようだ。罠《わな》に落ちたと知って、相手の帝国艦を撃破したとしても、それがこの帝国領で露見《ろけん》すれば、すぐさま自《みずか》らも破壊されてしまうだろう。それを知りながら、ホル・ヴォンは戦いに出ていったのだ！

メリック号は降りてくる帝国艦隊に向けて、原子砲の火蓋《ひぶた》を切った。星雲が輝く夜空は、爆発で目もくらむような明るさとなった。

ファントム巡航艦一隻が、四隻の大型巡航艦に挑むのは、華々《はなばな》しいけれど望みはない。重巡航艦の強大な砲塔が、メリック号を原子砲弾で覆いつくした。

原子の火が花と開いて、瞬時、ファントム艦を包みこんだ。やがてそれは溶けて炎に包まれた残骸となり果て、空を横切り、遠くのジャングルへ一直線に落ちていった。

「ザース、危ない！」そのときリアンナが悲鳴を上げ、ゴードンを突き飛ばした。

原子弾が彼の頭をかすめ、背後の藪《やぶ》で炸裂《さくれつ》した。

死人のような形相をしたデュルク・ウンディスが、間合いをつめて、またピストルをかまえる。リアンナがその腕に必死にしがみついた。

この若い暗黒星雲人艦長はファントム艦には乗らずに、リアンナとゴードンを殺そうとして残っていたのだ。

「ちくしょう、いま片をつけてやる！」デュルク・ウンディスが叫びながら、腕をひとふりしてリアンナを乱暴にはねのけた。

ゴードンは手を伸ばして襲いかかった。デュルク・ウンディスは、ゴードンに片腕をきつくねじあげられ、苦痛に声をあげた。

原子ピストルが彼の手から落ちた。炎のような目で、彼はゴードンの腹に膝蹴りをくらわせ、堅い拳《こぶし》を顔面にたたきつける。

激情にかられたゴードンは、打撃を意に介さなかった。前のめりになって、つかみあったまま、デュルク・ウンディスといっしょに倒れこんだ。

　デュルク・ウンディスが、そびえ立つ金色の木の幹《みき》に背中をあずけて、両手でゴードンの喉をつかんで絞めあげた。

　耳がガンガンする。ふいに目の前が暗くなった。ゴードンは手さぐりで暗黒星雲人の硬い黒髪をつかむと、その頭をはげしく木に叩きつけた。

　耳鳴りでなにも聞こえなくなっていた彼に、リアンナの声がとどいたのは、しばらくたってからだった。

「ザース、もう終わったわ。死んでるわ」

　ゴードンは空気に餓《う》えた肺に大きく息を吸いこんだ。しだいに感覚がはっきりしてくる。自分がデュルク・ウンディスの頭髪をつかんだままなのに気づく。

　暗黒星雲人の後頭部は、何度も木の幹に叩きつけられ、すっかり血まみれでぐしゃぐしゃになっていた。

　彼はよろめきながら立ち上がった。気分が悪くて、もう少しで吐きそうだった。彼が倒れかけるのを、リアンナがあわてて支えた。

「リアンナ、あいつがいることに気づかなかった。きみが声をかけてあいつに飛びかかってくれなかったら、こっちが殺されていた」

　すぐ近くで、新たな声が湧き上がった。ゴードンはふらつきながら、そちらに目をやった。

灰色の軍服姿に原子銃をかまえた帝国兵が、やわらかい光を浴びるジャングルのなかを、彼らのほうへ向かってくる。帝国巡航艦の一隻が付近に着陸していて、ほかの三隻はまだ上空にいる。

兵士は鋭い目をした若い好男子の帝国艦長で、ゴードンのぼろぼろの姿とリアンナとを不思議そうに見て声をかけてきた。

「ふたりとも暗黒星雲人らしくないな。とはいえ、やつらといっしょにいた以上――」

ふいに口をつぐみ、一歩進み出た。ゴードンの傷だらけで血まみれの顔をじっと見つめる。「ザース・アーン皇子！」彼はあっけにとられていった。つづいてその目に憎悪の炎が燃えた。「やっとつかまえたぞ。しかも、暗黒星雲人といっしょだった！　あなたはスルーンから逃亡し、やつらの仲間になったんだ」

集まってきた帝国兵全員が、激情に身をふるわせた。ゴードンは彼らの目に、殺意同然の憎悪を見てとった。

若い艦長は姿勢を正した。「わたしは帝国宇宙軍のダル・カールル艦長です。あなたを皇帝の暗殺および反逆罪で逮捕します！」

ぼうっとしていたゴードンは、ここでやっと声を出した。「アーン・アッバスを殺したのはわたしではない。それに、わたしは暗黒星雲同盟に加わってなどいない。わたしは暗黒星雲人に捕えられて、いまきみたちが来る直前に、やっと逃亡できたところだ」

彼はデュルク・ウンディスの死体を指さした。「わたしが逃げる前に、そいつはわたしを殺そうとしたんだ。それに、きみたちはなぜ、この惑星に捜索しにきた？　ここから出た、でたらめな信号を傍受したからじゃないか？」

ダル・カールルは驚いたようだった。「どうしてそれを知ってるんです？　そう、星雲の西を捜索していたとき、人のいないこの惑星から妙な通信波が出ているのを、わが艦の通信士がつきとめたのは確かですが」

「ザースがその信号を送ったのよ！」リアンナがいった。「帝国艦の注意をひくために、彼がその方法をとったんです」

ダル・カールルは少し困った顔をした。「しかし、あなたがお父上を殺したことは、みんなが知っています。コルビュロ司令長官が現場を目撃しました。あなたはスルーンから逃げ出して——」

「逃げたんじゃない、連れ出されたんだ」ゴードンはきっぱりといった。大きな声で主張する。「わたしは真実を話したい。だから、スルーンに連れていってほしい」

ダル・カールルは思いがけない事態の変化に、ますます困惑した。

「スルーンにはお連れします。しかし、裁判のためです」彼はゴードンに告げた。「こうした重大事に対処するのは、一介の艦長には重荷です。あなたを中央艦隊まで護送して、指示を仰ぎます」

「すぐ兄に、ジャル・アーンに立体通信させてくれ」ゴードンが懸命に懇願した。

ダル・カールルは顔をこわばらせた。「あなたは指名手配された逃亡者で、帝国に対するなにより重大な犯罪で告発されています。あなたに通信を許可することはできません。指示を受けるまで、お待ちください」

彼が合図し、原子銃をかまえた十人ほどの兵士が、ゴードンとリアンナを囲んだ。

「すぐに乗艦していただきます」若い艦長は素っ気なくいった。

十分後、巡航艦は恐ろしい世界から離陸した。ほかの三隻とともに、オリオン星雲の広大な光のなかを西へ急いだ。

ふたりが監視つきで閉じこめられた船室で、ゴードンは怒り狂って歩きまわっていた。

「ジャル・アーンに危機を、コルビュロの反逆を連絡させてくれれば！」彼は歯ぎしりした。

「スルーンに着くまで待っていると、手遅れになるかもしれない」

リアンナは心配そうな顔だ。「たとえスルーンに着いたとしても、ジャル・アーンにあなたの無実を信じさせるのは、容易ではないでしょう」

ゴードンの激しい怒りが、水を浴びせられたようだった。「でも、どうしても信じてもらわなければ。ぼくが真実を話したら、だれもコルビュロの嘘を信じなくなるだろう」

「そうであってほしいけど」リアンナはつぶやき、ふいに威厳を示してつけ加えた。「わたしも、あなたの証言に力を貸します。それに、わたしはいまもフォーマルハウト王国の王女です」

巡航艦がオリオン星雲をまっすぐ飛び出して、開けた宇宙を西に向かうまでの数時間は、ひどくのろのろと進むようだった。

しばらくして、疲れ果てたリアンナは眠ってしまった。だがゴードンは眠れなかった。自分が歩《ポーン》の駒《こま》のひとつとなっていた、巨大な銀河のゲームのクライマックスが迫っているのだと思うと、神経という神経が張りつめてしまったかのようだった。

自分の話が真実だということを、どうしてもジャル・アーンに信じさせなければならない。しかも、できるだけ早くそれをやらなければならないのだ。ショール・カンに、彼が逃亡して真相を伝えようとしていることを知られたら、あの暗黒星雲同盟の主《ぬし》はすぐに手を打つだろうから。

ゴードンは頭痛がしてきた。このすべては、いつ終わるのだろう？　たいへんな混乱にすっかり片がついて、本物のザース・アーンと身体《からだ》を再交換するために地球に行く、そのチャンスが本当に訪れるのだろうか？

ようやく艦が減速した。オリオン星雲は、いまでは背後の星空の、遠い輝きのひとつでしかなくなっていた。眼前には、プレアデス星団の輝く恒星群があった。星団の標識とされている有名な星々のそばに、小さな光点が広い梯形《ていけい》をなして散開している。

その光点はすべて戦闘艦だった。中央銀河帝国宇宙軍の戦艦が、プレアデス星団の周辺を巡航しているのだ。これこそは帝国辺境の監視防衛任務についた、強力無比の宇宙艦隊のひとつなのだ。

リアンナも目を覚ましていた。彼女もいっしょに、巨大戦艦や何列もの巡航艦、細身のファントム艦や駆逐艦、哨戒艇《しょうかい》がゆっくり過ぎてゆくのを見ていた。

「これは帝国の主力艦隊のひとつよ」彼女はつぶやいた。

「ひとことも警告を発することを許されず、どうしてぼくらはこんなところに閉じこめられているんだ」ゴードンはいらいらした。

巡航艦は巨大戦艦とならんで接舷し、船腹がこすれあった。軽い機械音が聞こえた。そのとき部屋のドアがあいて、若いダル・カールルがはいってきた。「あなたをいますぐ中央艦隊旗艦エスーン号に移すよう命令を受けました」

「その前に、立体通信でスルーンに、皇帝に話をさせてくれ！」ゴードンは叫んだ。「きみ、われわれの会話で、全帝国が破滅を逃れられるんだぞ」

ダル・カールルはきっぱりと首をふった。「わたしが受けた命令は、通信を許さず、ただちに移送せよというものです。エスーン号がすぐに殿下をスルーンにお送りするでしょう」

ゴードンは、失望と、希望がさき送りされたことにうんざりして立ち上がった。リアンナが腕をとった。

「あの戦艦なら、スルーンに着くのにたいして時間がかからないし、向こうに着けば話もできるわ」彼女は励《はげ》ました。

ふたりは監視兵に囲まれて、巡航艦のハッチに向かった。ハッチからは短い筒状の通路が戦艦に延びていた。

戦艦から来た兵士の監視のもと、ふたりはそこを渡った。巨大戦艦に移ると、通路ははずされ、エアロックが閉まった。

ゴードンは、部屋にいた士官と監視兵を見まわした。彼を見る一同の目には憎悪が読みとれた。彼らもゴードンを父殺しの反逆者だと思っているのだ。

「艦長にすぐ会わせてほしい」彼はいらだって、監視兵の指揮官にいった。

「いままいります」士官が冷淡に答えたとき、通路から足音が聞こえた。

ゴードンはそちらをふりかえった。スルーンに連絡させてくれという燃え立つばかりの懇願が口に出かかっていた。だが、彼はとうとうそれを口にしなかった。

そこに立っていたのは、ずんぐりした軍服姿の、白髪頭《しらが》で角ばった顔、黒い目の男――彼がよく知っている人物だった。

「コルビュロ！」彼は叫んだ。

コルビュロ司令長官の寒々《さむざむ》とした目は、ゴードンにきつい声を投げつけられても、ぴくりとも動かなかった。

「そうだよ、反逆者め、わたしだ。ふたりとも、とうとうつかまったのだな」

「きさまがぼくを反逆者と呼ぶとは！」ゴードンは言葉が喉につかえた。「自分こそ史上最大の反逆者で――」

チャン・コルビュロは冷ややかに、いっしょにはいってきた艦長のほうに向いた。背の高い、浅黒い肌のアークトゥルス人で、ずっとゴードンをにらみつけている。

「マーラン艦長、この暗殺者と共犯者を、裁判のためにスルーンへ連れていくまでもない。このふたりがアーン・アッバスを殺すところを、この目で見たのだ。帝国艦隊司令長官として、宇宙法に照らしてふたりを有罪と認定し、ただちに処刑することを命ずる」

21　虚空《こくう》での反乱

ひどいことになってしまったと悟って、ゴードンは動揺した。チャン・コルビュロの冷酷な勝ち誇った顔を、身じろぎもできずに見つめるうち、いまの事態が彼にもわかってきた。

帝国宇宙軍の司令長官として、コルビュロはゴードンとリアンナが捕えられたという報告を受けた。この大反逆者は、真相を知るゴードンをスルーンに帰らせてはならないとわかっていた。そこですぐここへ来て、捕えたふたりを自分の旗艦に運ぶよう命じ、ふたりに知っていることをしゃべらせることなく始末してしまおうとしているのだ。

ゴードンは一心不乱に周囲の士官を見まわした。「わたしを信じてくれ。わたしは反逆者ではない。父を殺し、帝国を裏切ってショール・カンに寝がえったのはコルビュロだ！」

彼は士官たちの顔に、冷たくきびしい不信と、激しい憎悪が浮かぶのを見てとった。そのとき、見覚えのある顔に気がついた。

ハル・バーレルのごつい赤ら顔だ。地球で、彼を暗黒星雲人から救ってくれたアンタレス人だ。彼はその功績により、司令長官の補佐官に昇進したと聞いていた。

「ハル・バーレル、きみはわたしを信じてくれるはずだ！」ゴードンは訴えた。「きみも、前にショール・カンがわたしを誘拐しようとしたのを知っているだろう」

大柄なアンタレス人は、苦い顔をした。「あのときはわたしもそう思いました。あなたが秘かにやつと手を結んでいるのを知らなかったし、あれも芝居だとは思わなかった」

「いいか、あれは芝居なんかじゃない！」ゴードンは叫んだ。「きみたちはみんな、コルビュロにだまされているんだ」

リアンナは白い顔に灰色の目を光らせて、あとを引きとった。「ザースのいっていることは本当です。コルビュロこそが反逆者です」

チャン・コルビュロはそっけなく手をふった。「でたらめはたくさんだ。マーラン艦長、このふたりをすぐに宇宙に放り出させろ。処刑方法としては、それがもっとも慈悲深い」

衛兵たちが進み出た。ゴードンが絶望の苦杯《くはい》を味わっていたまさにそのとき、彼はコルビュロの目に満足げな嘲笑が浮かぶのを見た。そこで、彼は最後のすてばちの行動に出た。「きみたちはみんな、コルビュロに操《あやつ》られているんだ！　なぜ彼は、われわれを裁判にかけるためにスルーンに連れていかずに、これほどすぐに処刑したがるんだ？　われわれの口を封じたいからだ。われわれが、あまりにも知りすぎているからだ」

ようやく、少しは士官たちに考えさせることができたと、ゴードンは感じた。ハル・バーレルとほかの士官が、かすかに疑惑の色を見せた。

アンタレス人の補佐官が、たずねるようにコルビュロの顔色をうかがう。「司令長官、僭《せん》越《えつ》なことを申しあげたとしたら、お許しください。このふたりは裁判のためにスルーンに送るほうが、法にかなっているようですが」

この旗艦の艦長、浅黒いアークトゥルス人のヴァル・マーランも、ハル・バーレルを支持した。「なんといっても、ザース・アーンは皇族です。それにリアンナ姫も、生来の統治者ですし」

リアンナがすばやくいった。「こんなところで処刑になったら、フォーマルハウト王国は帝国との盟約を破棄するでしょう。それを忘れないように！」

チャン・コルビュロの角《かく》ばった顔が、怒りにこわばった。彼はゴードンとリアンナが死の淵《ふち》にいると信じきっていたので、このわずかな邪魔にいらだったのだ。

そのいらだちのあまり、コルビュロは悪手を打った。無理押しするために、権柄《けんぺい》ずくで反対を抑えこもうとしたのだ。

「反逆者や暗殺者をスルーンに連れ帰る必要はない！」嚙《か》みつくように彼はいった。「すぐに処刑しろ。わたしの命令に従え」

ゴードンはこの機をのがさず、そこにいる士官たちにおおげさに訴えた。

「そら見ろ！　コルビュロは、わたしたちが知っていることをしゃべらせたくないんだ。だから、わたしたちをスルーンにやろうとしない。わたしたちを捕えたことを、彼は皇帝に報告すらしていないんじゃないか？」

ハル・バーレルは、ごつい顔に困惑の色を浮かべて、若い地球人士官を見た。

「ヴァーリン、きみは通信士官だ。ザース・アーン逮捕の報《ほう》は、皇帝に送られているか？」

コルビュロは怒りを爆発させた。「バーレル、わたしの指揮について疑問をさしはさむのか？　とんでもない話だ。おまえを解任する」

ヴァーリンという名の若い地球人士官は、怒り狂う司令長官を不安そうに見やった。やがて、おずおずとハル・バーレルの質問に答える。

「スルーンにはなにも報告しておりません。司令長官はわたしに、逮捕のことはまだ知らせるなと命令されました」

ゴードンは大声をひびきわたらせた。「これでも、おかしいと思わないのか？」彼は眉をひそめている士官たちに叫んだ。「なぜコルビュロは、わたしの逮捕を兄に伏せているんだ？　ジャル・アーンに、わたしたちを裁判のためにスルーンへ連れてこいと命令されるのがわかっていて、そうしたくなかったからだ」

ゴードンは熱をこめてつづけた。「われわれは赦免《しゃめん》を求めているのでも、寛大な処置を求めているのでもない。もしわたしが有罪なら、処刑は当然だ。わたしが求めているのは、スルーンでの裁判だ。コルビュロがどうしてもそれを許さないというのなら、彼こそわたしのいうとおりの反逆者だからだ」

何人かが表情を変えた。ゴードンは、やっと士官たちの心に深い疑惑を目覚めさせられたことがわかった。

「こんな反逆者に指揮させておいたら、帝国艦隊を敵に投げ出すも同然のことになる！」彼は調子づいてつづけた。「彼はショール・カンと手を結んでいる。わたしをスルーンに連れ帰ってそれを証明させないと、艦隊も帝国も破滅するしかない！」

ハル・バーレルは同僚士官を見まわしてから、チャン・コルビュロを見た。「司令長官、無礼を申しあげるわけではありませんが、ザース・アーンの裁判の要求は筋がとおっています。スルーンに連行するべきです」

ほかの士官からも、異口同音《いくどうおん》に低い賛成の声があがった。彼らは規律を深く身につけていたとはいえ、ゴードンが目覚めさせた帝国に対する疑念と不安はもっと深かったのだ。

コルビュロの顔は怒りでどす赤くなった。「バーレル、きさまを逮捕する。なんということだ。抗命罪《こうめい》で、このふたりといっしょに宇宙へ放り出してやる。衛兵、こいつをつかまえろ！」

長身で浅黒いヴァル・マーラン艦長が歩み出て押しとどめた。

「待て、衛兵。コルビュロ司令長官、あなたは帝国艦隊の最高司令長官ですが、エスーン号の艦長はわたしです。それに、わたしもこのふたりをすぐに処刑するべきではないというバーレルの意見に賛成です」

「マーラン、きさまはもうエスーン号の艦長ではない！」コルビュロは激昂《げっこう》していた。「たったいま、きさまを解任し、この艦はわたしが自《みずか》ら指揮をとる」

ヴァル・マーラン艦長は身をこわばらせて、反抗的な口調で答えた。

「司令長官、わたしがまちがっていたら、進んで責任をとります。とにかく、今回のことはどこからどこまで、ひどく変です。スルーンに行って、はっきりさせましょう」

ゴードンには、ほかの士官の同意のつぶやきが聞こえた。そして、チャン・コルビュロもそれを聞いていた。

白髪《しらが》の顔に、やり場のない怒りを深く刻んで、彼は悪態《あくたい》をついた。

「よろしい、では――スルーンへ行こう。スルーンで軍法会議にかけてやる。おまえたちも軍紀にしたがえばよかったと後悔するだろう。宇宙空間での抗命行為だ。待っていろ！」

コルビュロは怒って背を向けると、人垣をかき分けて部屋を出ていった。

バーレルとほかの士官は、むっつりと顔を見合わせた。やがてヴァル・マーラン艦長がむっつりとゴードンにいう。

「ザース皇子、お望みどおり、スルーンで裁判を受けていただきます。ですが、もしあなたの話が本当でなかったら、われわれも命がない」

「本当に決まっている！」ハル・バーレルが断言した。「なぜザース・アーンが実の父親を殺さなければならなかったのか、わたしにはどうしてもわからなかった。それに、コルビュロも、なにも隠すことがないなら、なぜあれほど、ふたりの処刑にこだわるんだ？」

ちょうどこのとき、艦内のいたるところにあるスピーカーから大声ががなり立てた。

「コルビュロ司令長官より、全員に告ぐ。エスーン号で反乱が発生した。ヴァル・マーラン艦長とその幕僚士官、わたしの補佐官ハル・バーレル、それにザース皇子とリアンナ姫が首謀者だ。忠誠な兵士は全員、武器をとり、反乱を起こした者を捕えろ」

ハル・バーレルの青い目が、北極光のように光った。「乗組員を煽動《せんどう》しているぞ。ヴァル、艦内放送を押さえて、みんなを鎮《しず》めるんだ。きみならみんな納得する」

士官たちは強大な艦内のさまざまな部署をめざして通路へ飛び出していった。

ゴードンが叫んだ。「リアンナ、ここで待つんだ。戦闘になるかもしれない」

ハル・バーレルたちと通路を走るうちに、ゴードンは進行方向で大きな騒ぎが起こっている音が聞こえてきた。

巨大戦艦は突然大混乱となり、警報が鳴りひびき、スピーカーからは叫び声がし、通路は喧噪《けんそう》で満ちた。

司令長官の命令で駆けつけてきた兵士たちも、幹部同士の衝突にとまどっていた。命令にしたがってヴァル・マーラン艦長と士官たちを襲おうとした者はすぐさま、艦長に忠誠を誓う同僚に反撃された。

艦内の大部分では、乗組員は武装する暇がなかった。原子ピストルの代わりに、即席の金属棒や拳《こぶし》が使われた。戦いはあっというまに、乗員室へ、通路へと広がっていった。

ゴードンとハル・バーレルは、気がつくとヴァル・マーランとともに、中甲板《ちゅうかんぱん》の中央通路で、騒然とした乱闘のただなかにいた。

「わたしは艦内放送の管制室まで行かなければ」ヴァル・マーランが叫んだ。「ここを突っきる手助けを頼む」

ゴードンと大柄なアンタレス人、若い通信士官のヴァーリンが、いっしょになって、狂ったような乱闘に突っこんでいった。

なんとか突破したが、大男のハル・バーレルは乱闘中の一団ともみあいになって、とり残されてしまった。

ヴァル・マーランが、艦内放送の制御盤に向かってどなった。「マーラン艦長より全員につぐ。ただちに戦いをやめろ！　反乱の知らせは嘘だ。謀略だった。わたしの命令にしたがえ」

ヴァーリンがゴードンの腕をつかんだ。騒ぎの向こうから遠い動力の唸りが聞こえてくる。

「立体通信器が作動する音だ」若い通信係士官はゴードンに叫んだ。「きっと、コルビュロが艦隊のほかの船に助けを求めているんです」

「そいつは止めなければ」ゴードンも叫んだ。「案内しろ」

ふたりは通路を走り、艦を横切って上甲板へと昇降用はしごを上がった。

スピーカーからひびくヴァル・マーラン艦長の命令のおかげで、艦内の騒ぎは急激に静まっていくようだった。乗組員は、だれよりも艦長の声をよく知っている。長い習慣から、彼らはその声にしたがったのだった。

ヴァーリンとゴードンは、広い雑然とした立体通信室に飛びこんだ。真空管や発電機が唸りをあげていた。困惑した顔の技術兵がふたり、監視スクリーンの前に立っている。

チャン・コルビュロが原子ピストルを手に、送信盤の前に立ち、大声で早口にしゃべっていた。

「――秩序回復のため、近くの艦はすべて、臨検《りんけん》隊をエスーン号に派遣することを命ずる。逮捕すべき対象は――」

コルビュロは目の隅に、ふたりの男が部屋に飛びこんできたのをとらえた。すばやくふりかえって、ピストルの引金を引く。

相手の弾は、ゴードンを狙ったものだった。だが前に飛び出したヴァーリンが、まともにそれを胸に受けた。

若い地球人が倒れかかってきて、ゴードンはその身体《からだ》につんのめった。ころんだおかげで、コルビュロがすばやく放った二発目は、頭のすぐ上でそれた。

倒れながらゴードンは、そのまま前に身を投げ出した。コルビュロの膝に抱きついて、彼をフロアにひっくりかえす。

技術兵がふたりとも飛び出してきて、ゴードンをコルビュロから引きはがした。だが、ゴードンをちらりと見て、彼にかけた手の力が抜ける。

「こいつは驚いた、ザース・アーン殿下じゃないか！」ひとりが叫んだ。

帝国皇室への本能的な敬意が、ふたりを混乱させた。ゴードンはふたりから身をふりほどいて、ヴァーリンのもとに戻り、彼の原子ピストルをつかんだ。

コルビュロは部屋の反対側で立ち上がっていた。彼はまた武器をかまえる。

「スルーンには行かせんぞ！」と大声でわめく。「くそったれめ――」

ゴードンはフロアに膝をついたまま銃を撃った。狙ってではなく見当で撃ったのだが、弾はコルビュロの首筋にあたって炸裂《さくれつ》した。衝撃で、コルビュロは巨人の手でなぐられたかのように、あお向けにひっくりかえった。

ヴァル・マーランとハル・バーレルが、士官たちとともに立体通信室に飛びこんできた。

艦全体がその瞬間、静まりかえったようだった。

　マーランがコルビュロの焼け焦《こ》げた死体の上にかがみこむ。死んでいた。

ハル・バーレルは、まっ赤な顔で息をはずませながら、陰鬱《いんうつ》にゴードンにいった。「司令長官を殺してしまいました。ザース皇子、あなたの話が嘘ではないことを祈ります」

「嘘ではない――それに、コルビュロはショール・カンの手先になった何十人もの反逆者のひとりにすぎない」ゴードンは戦いの反動でふるえながら、しゃがれ声でいった。「スルーンに着いたら、すべて証明してやる」

　色黒で背の高いケンタウルス人艦長が、立体通信器の受像スクリーンに突然、姿を現わした。

「シャール号より、副司令長官のロン・ギロンだ。いったいエスーン号ではなにがはじまってるんだ？　コルビュロ司令長官の命令で、いまそちらに接舷するところだ」

「だれも本艦には乗せない」ヴァル・マーラン艦長がすばやく答えた。「われわれはすぐにスルーンへ向かう」

「どういうことだ？」副司令長官が叫んだ。「コルビュロ司令長官と直接話したい」

「それはできない――彼は死んだ」ハル・バーレルが簡単にいった。「彼は暗黒星雲同盟に艦隊を売ったんだ。スルーンで、われわれはそれを証明する」

「では、反乱だな？」ロン・ギロンは叫んだ。「臨検隊に手を出すな。諸君は逮捕されたものと覚悟しろ。さもないと、砲門を開く！」

「エスーン号に砲火を浴びせたりすれば、ショール・カンの陰謀を打破する、帝国にとって唯一の機会を、あなたがぶちこわすことになるんだぞ！」ヴァル・マーランが叫んだ。「われわれは、ザース・アーン皇子の話を真実と信じ、それに命を賭けたのだ。皇子をスルーンに送る」

ジョン・ゴードンも目を怒らせている副司令長官に訴えようと、前に進み出た。

「ギロン副司令長官、彼らのいうことは本当だ。帝国を破滅から救うために、われわれにチャンスを与えてほしい」

ギロンは躊躇《ちゅうちょ》した。「まったく、途方もない話だ。コルビュロが死んで、反逆者として追われていたザース・アーンが帰ってきて――」

彼は腹を決めたようだった。「わたしの権限外のことだが、スルーンの決定にまかせよう。きみたちがまちがいなくスルーンに行けるよう、戦艦を四隻、エスーン号の護衛として同行させる。スルーン以外の場所へ行こうとしたら、吹きとばしてしまえと命じておく」

「それこそわれわれの願うところだ！」ゴードンは叫んだ。「念のため、もうひとこといっておく。暗黒星雲同盟の攻撃は、いまにもはじまるかもしれない。それがかならずはじまること、目前に迫っていることも、わたしは知っている」

ギロン副司令長官は巨体をこわばらせた。「なんということを。だが、われわれはあらゆる攻撃に対応できる配置をすませている。皇帝に連絡して、いまの話はすべて報告しよう」

映像が消えた。舷窓から、四隻の大型戦艦が近づいてきて、エスーン号の左右に位置するのが見えた。

「すぐにスルーンへ出発だ」ヴァル・マーラン艦長が早口でいった。「命令を出してくる」

艦長が急いで出ていき、スピーカーや警報が艦内のいたるところで鳴りはじめると、ゴードンはひとつ質問をした。

「わたしはまだ、囚人でいなければならないのかな？」

「馬鹿らしい。とんでもない！」ハル・バーレルが叫んだ。「殿下の話が本当なら、あなたを囚人として閉じこめる必要はありません。話が本当でなかったとしても、われわれは軍法会議にかけられて死刑になるだけです」

ゴードンは通路で、彼をさがして走ってくるリアンナに出くわした。彼は急いで、いままでのいきさつを伝えた。

「コルビュロが死んだ？　いちばんの危険はなくなったのね！」彼女は大声を上げた。「でもザース、いよいよわたしたちの命と帝国の運命は、あなたのお兄さまにこの話が本当だと証明してみせられるかどうかにかかったわね」

この瞬間、強大なエスーン号は巨大なタービンを大きく唸らせて、虚空《こくう》を堂々と動きはじめた。

数分後には、巨大戦艦と四隻の護衛艦は、星々の輝く宇宙を、まっしぐらにスルーンに向かっていた。

22　銀河系の危機

星をちりばめた宇宙空間に、巨大な白光のカノープスがまばゆく輝いていた。それに向かって、五隻の巨大戦艦は急速に速度を落としていった。

ジョン・ゴードンはいままた、戦艦の艦橋から、帝国首都の輝く太陽と美しい緑の惑星世界をながめた。はじめてこのスルーンにやってきて以来、どれだけのことがあっただろう！

「二時間でスルーン・シティに着きます」ハル・バーレルがいった。そして彼は陰鬱につけ加えた。「歓迎委員会が待ちかまえているでしょうね。兄上には、われわれが行くことは報告されていますから」

「ジャルにわたしの話を証明する機会だけ与えてもらえばいい」ゴードンはきっぱりといった。「きっと兄を納得させられる」

しかし胸のなかには、不安な思いもあった。かならずしもその自信はない。すべてはただひとりの男にかかっている。ゴードンがその男の反応を正しく判断できるかどうかにかかっているのだ。

帝国領をまっしぐらに首府惑星をめざすあいだ、来る日も来る日も、ゴードンはつきまとって離れない疑念にさいなまれていた。ほとんど眠れなかったし、食事も喉を通らず、つのるいっぽうの緊張で疲れ果てていた。

どうしてもジャル・アーンを納得させなければならない。それができて、反逆者の最後のひとりまで根だやしにできたら、帝国は暗黒星雲同盟の攻撃に立ち向かう準備ができる。彼、ジョン・ゴードンのつとめも果たされて、彼は本物のザース・アーンと身体《からだ》を再交換するために地球に戻れるのだ。そして本物のザースが、帝国防衛をささえるために帰ってくるのだ。

だがゴードンは、再交換のことを思うたびに、心のなかで深い苦しみを感じた。彼が自分の時代へ帰るその日こそ、リアンナと永遠に別れるときだったからだ。

彼がリアンナのことを考えていると、広い艦橋に彼女がはいってきた。ゴードンのそばに立ち、ともに前方を見ながら、ほっそりした指で力づけるように彼の手を握る。

「ザース、お兄さまはあなたのことを信じるわ――わたしにはわかっています」

「証拠がなければだめだ」ゴードンはつぶやいた。「それに、ぼくの話を裏づけてくれる人間は、ひとりしかいない。すべては、そいつがコルビュロの死とわたしの帰還を知って、逃走してしまったかどうかにかかっている」

五隻の宇宙戦艦がスルーンに向かって降下していくあいだも、胸中でその不確実さが大いなる不安となって彼を苦しめた。

首府は夜だった。ふたつならんで動いている月の光に、夢のようなガラスの山々と白銀の海が輝いている。きらきらと光る都市のいくつもの塔が、やわらかな月光を浴びて、レースのような光の模様となって、くっきりとそびえ立っている。

艦隊は軍用宇宙港に堂々と着陸した。ハル・バーレルやヴァル・マーラン艦長とともにエスーン号を下りたゴードンとリアンナを、ぎっしり集まった、武装した衛兵が待っていた。

ふたりの士官が歩み寄ってきた。最高顧問官のオース・ボドマーもいっしょだった。ゴードンと向かいあったボドマーは、細面《ほそおもて》に深い心配のしわを刻んでいた。

「殿下、これは悲しいご帰還で」彼は口ごもった。「無実の証拠があがりますよう祈っております」

「ジャル・アーンは、わたしたちが帰還したことと、プレアデス星団の向こうで起こったことを秘密にしておいてくれただろうか?」ゴードンは急いでたずねた。

オース・ボドマーはうなずいた。「陛下がお待ちです。チューブウェイで、すぐに宮殿に向かいます。念のために申し上げておきますが、この衛兵たちはあなたがなにか抵抗を示したら、すぐに殺せと命令されております」

彼らはすばやく武器の有無《うむ》を検査し、チューブウェイに案内した。衛兵たちがいっしょに車両に乗りこんできた。ほかには人影もなく、宇宙港全体が立入禁止で、人払いされていたのだ。

チューブウェイを高速で運ばれるあいだ、ジョン・ゴードンは夢を見ているような気がしていた。あまりにも短期間に、あまりにもいろいろなことがありすぎた。彼の頭は、それに追いついていけなかった。だがリアンナの手に温かく彼の手を握られて、ようやく現実とのつながりを思い出し、これからの試練に立ち向かう勇気が湧いてきたのだった。

スルーンの大宮殿で、一行は人払いされた廊下を抜けて、ゴードンがはじめてアーン・アッバスに謁見《えっけん》した皇帝執務室にはいった。

ジャル・アーンがいまはデスクの奥におさまっていた。ととのったその顔は仮面のようだった。ゴードンとリアンナとふたりの宇宙軍艦長を見まわすその目は、完全に冷たく無表情だった。

「ボドマー、衛兵は外にひかえさせろ」彼は単調な声で最高顧問官に命じた。

オース・ボドマーはためらった。「囚人たちは武器は持っておりません。それでも、もし——」

「いったとおりにしろ」ジャル・アーンはきびしく告げた。「わたしもここに武器を持っている。わたしが弟に殺される心配はない」

最高顧問官と衛兵たちがおずおずと出ていって、ドアは閉まった。

ゴードンは激しい怒りを覚えて、それが彼の麻痺したような非現実感を焼きはらった。

彼は大股に一歩前へ出た。「これから帝国を治めていこうというあなたの、これが裁きのやりかたですか？」彼は激昂《げっこう》してジャル・アーンにいった。「こちらのいいぶんを聞く前に、有罪と決めてかかるのですか？」

「いいぶんだと？　おい、おまえは父上を殺すところを見られているんだぞ！」ジャル・アーンが立ちあがって叫んだ。「コルビュロが見たんだ。しかも、おまえはコルビュロも殺してしまった」

「ジャル・アーン、それはちがいます！」リアンナがいった。「ザースの話を聞かなくてはいけません」

ジャル・アーンは暗い目を彼女に向けた。「リアンナ、あなたを責める気はない。あなたはザースを愛し、彼にこんなことに引きこまれてしまった。しかしこの男は、学問好きで学者肌の、かつてわたしがかわいがっていた弟は、そんな仮面に隠れて、ずっと権力のために陰謀を練《ね》り、実の父を倒して――」

「話を聞かないのか？」ゴードンは怒りのあまり叫んだ。「返事する機会も与えずに、そうやって突っ立って、非難ばかりしている」

「おまえの答はもう聞いている」ジャル・アーンも荒い口調でいった。「ギロン副司令長官が、おまえがこっちに向かっていると報告してきたとき、おまえは自分の醜《みにく》い罪を隠すため、コルビュロを反逆者と呼んだと伝えてきた」

「機会さえ与えてくれれば、それを証明できるんだ！」ゴードンはきっぱりといった。「どんな証拠が出せるというんだ？　おまえが逃亡したというひどい事実、コルビュロの証言、ショール・カンのおまえ宛ての密書――それ以上に強力な、どんな証拠がある？」

ゴードンは山場《やまば》にさしかかったことを知った。すべてがこのときにかかっている。

彼はかすれ声で話した。リアンナと彼を逃亡させたコルビュロの奸計《かんけい》、その逃亡がアーン・アッバス殺しとどれほど正確に時間をあわせて実行されたか。

「わたしが殺人をおかして逃げたと見せかけようとして、やったことなんだ」ゴードンは力をこめた。「コルビュロ自身が父上を暗殺し、あいつはわたしがやるところを見たといったんだ。わたしは連れ去られてしまっていて罪を否認しようがないことを承知のうえで」

彼は反逆者だったシリウス人艦長が、彼とリアンナをどうやって暗黒星雲に送ったかをかいつまんで話し、ショール・カンに協力するようなふりをして、地球に行かせてもらうことになったいきさつを要約して話した。彼はこの計略が、本物のザース・アーンではないという事実ゆえだったことは話せなかったし、話さなかった。それだけは話せない。

ゴードンは急いで話し終えたが、ジャル・アーンの顔にはまだ苦々《にがにが》しげな不信の黒雲がかかっているのを見てとった。

「そんな話は、あまりにも荒唐無稽《こうとうむけい》だ――しかも、おまえの言葉と、おまえを愛する娘の言葉以外に、なにも裏づけがない。おまえは自分の話を証明してみせるといったぞ」

「機会さえ与えてくれれば、証明できる」ゴードンは真剣にいった。

彼は急いで言葉をつづけた。「ジャル、帝国で高位にある反逆者は、コルビュロだけではないんだ。ショール・カン自身が、名前はいわなかったが、そういう反逆者が二十人はいるといっていた。

わたしはその反逆者のひとりを知っている。サーン・エルドレッドというシリウス人艦長が暗黒星雲にわたしたちを連れていったんだ。わたしがそいつの口を割らせたら、そいつがすべてを裏づけてくれる」

ジャル・アーンはわずかに眉をひそめてゴードンを見ていた。やがて、押しボタンにふれて、デスクのパネルに話しかけた。

「総司令部か？　皇帝だ。わが軍に、シリウス人のサーン・エルドレッドという艦長がいる。彼がスルーンにいるかどうか調べろ。もしいたら、すぐに衛兵をつけてここによこせ」

待っているうちに、ゴードンの緊張は高まっていった。あのシリウス人が宇宙に出ていたら、あるいは、どこかから事態を聞きつけて逃亡してしまっていたら――

やがてパネルから、ようやく鋭い声が聞こえた。「サーン・エルドレッドが見つかりました。彼の巡航艦がいま巡視から戻ったところです。そちらに向かわせます」

三十分後、ドアがあいてサーン・エルドレッドがはいってきた。このシリウス人は、こわもての緑がかった顔に不思議そうな表情を浮かべていた。やがて、その目がゴードンとリアンナをとらえた。

「ザース・アーン！」驚いてあとじさりながら叫ぶ。その手がベルトにふれようとしたが、武器は入口で取り上げられていた。

「わたしたちを見て驚いたようだな」ゴードンが語気を強めた。「まだわれわれは、おまえが置いてきた暗黒星雲にいると思っていたんだろう」

サーン・エルドレッドはすぐに落ちつきをとり戻した。怪訝《けげん》そうな表情をつくってゴードンを見る。

「暗黒星雲ですと。なんのことかわかりませんが」

ジャル・アーンが鋭くいった。「ザースは、おまえが彼とリアンナを、力ずくでサラーナに連れていったと主張している。おまえは帝国に対する反逆者のひとりで、ショール・カンの陰謀に操《あやつ》られているというんだ」

シリウス人は、みごとなほどに怒りの表情を装って、顔をこわばらせた。

「嘘です。わたしは、ザース・アーン皇子と王女には、月の宴《うたげ》以来お目にかかっていません」

ジャル・アーンはとがめるようにゴードンを見た。「ザース、証明してみせるといったんだぞ。いままでのところでは、この男とは水かけ論だな」

リアンナが熱意のこもった口をはさんだ。「わたしの証言はなんにもならないのでしょうか？　フォーマルハウトの王女が嘘つきだと思われているのでしょうか？」

ジャル・アーンはまた陰鬱に彼女を見た。「リアンナ、ほかのことはともかく、このザース・アーンのためなら、あなたは嘘をつくだろう」

ゴードンもこのシリウス人が白《しら》を切るのは覚悟していた。そして、この男の口から真相を引き出すために、男の人柄への自分の評価に賭けることにしたのだった。

彼は男と対決しようと進み出た。激しい怒りを抑えて、落ちついて話す。

「サーン・エルドレッド、ゲームは終わったんだ。コルビュロは死んだし、ショール・カンと手を結んだ陰謀は、すべて明るみに出ようとしている。おまえには自分の罪を隠しおおせる見込みはないんだし、明るみに出たら、おまえは死刑だ」

シリウス人が抗議しかけたが、ゴードンは急いで話をつづけた。「おまえの考えはわかっている。おまえは白を切りとおして、わたしをいい負かそうと思っているし、おまえが自分の命を救う唯一の方法は、いまのところそれしかないと思っているんだ。だがサーン・エルドレッド、そうはいかない。

その理由は、巡航艦マーカブ号がわたしたちを暗黒星雲に運んだときの乗組員が全員そろっているからだ。あの士官や兵士たちが、暗黒星雲になど行っていないと、おまえの言葉を裏づけるよう買収されているのはわかっている。彼らも、最初のうちは否定するだろう。だが、圧力をかければ、いずれは自分だけは助かろうと白状するような弱いやつが、ひとりぐらいは出てくるぞ」

ゴードンはいまはじめて、シリウス人の目に疑惑が忍びいったのを見てとった。しかし、サーン・エルドレッドは怒ったように首をふった。

「ザース皇子、あなたのおっしゃることはまったく理解できません。マーカブ号のわたしの部下に尋問なさりたいなら、どうぞやってください。彼らの証言で、あなたの話が本当ではないとわかるでしょう」

ゴードンは今度は声をはりあげて、攻撃に力をこめた。「サーン・エルドレッド、はったりでわたしをごまかすことはできないぞ。部下のだれかが口を割るだろうと、おまえにもわかっているんだ。そして、そいつが口を割ったら、おまえは死刑だ。

おまえが助かる道はひとつしかない。ほかの官吏《かんり》や士官で、おまえとともにこの陰謀に加わっていたやつの、不利な証拠を提出することだ。ショール・カンの手先になっているほかのやつらのだ。そいつらの名前を明かしたら、おまえは帝国を離れて、どこにでも自由に行くことを許される」

ジャル・アーンが大声で口をはさんだ。「そんな条件は認めないぞ。この男が反逆者なら、罰を与えてやるだけだ」

ゴードンは真剣に彼に向きなおった。「ジャル、聞いてくれ。こいつは反逆罪で、死刑に価する。でも、いちばん肝心なのは、彼を罰することなのか、それとも帝国を破滅から救うことなのか?」

この意見に、ジャル・アーンは動揺した。少しのあいだ、だまって眉をひそめていたが、やがてゆっくりと口を開いた。

「よかろう。自白して、共犯者の名前をいったら、そいつを自由にしてやることに同意しよう」

ゴードンはシリウス人に向きなおった。「最後のチャンスだぞ、サーン・エルドレッド。いまなら命が助かるかもしれない。あとではだめだ」

サーン・エルドレッドの目に迷いが見えた。ゴードンは、このシリウス人が自分以外の何者にも忠誠を捧げない、冷酷な打算屋で野心家で利己主義者だという事実にすべてを賭けたのだった。

ゴードンは賭けに勝った。発覚が目の前に迫っているという事実に直面し、あわよくば自分の命は助かるかもしれないという逃げ道を与えられて、サーン・エルドレッドのふてぶてしい否定は崩された。

彼はしゃがれ声でいった。「自由に逃げていいという皇帝のお言葉をいただきましたが、忘れないでいただけるでしょうね？」

「つまり、陰謀に加わっていたんだな？」ジャル・アーンが怒りを見せた。「だが、約束は守る。共犯者の名をあげたら、そいつらを捕えて、おまえの話が確認できしだい、自由の身にしてやる」

サーン・エルドレッドはまっ青になっていたが、笑顔をつくろうとした。「罠《わな》にかかったら、自分でもわかります。それに、ショール・カンへの忠誠で、自分が殺されるようなことになるのも馬鹿らしい。やつもそこまでは、わたしに望んでいないはずですからね」

彼はジャル・アーンに向かって話をつづけた。「ザース皇子の話は本当です。チャン・コルビュロは、帝国を暗黒星雲同盟に売る計画をたてた高官たちの小グループの指導者でした。コルビュロはアーン・アッバスを殺し、わたしにザース・アーンとリアンナを、ふたりが犯人にされるように連れ出させました。皇子の話はどこからどこまで本当です」

ゴードンは目がかすみ、肩ががっくり落ちるような気がした。その言葉は何日にもわたる耐えられないような緊張を消してくれた。ほっとするあまり身体《からだ》が震えるほどだった。

リアンナのあたたかい腕が彼の身体にまわされるのを感じ、彼女の熱のこもった声と、大男のハル・バーレルとヴァル・マーランが興奮して彼の肩をたたいているのを聞いた。

「ザース、あなたはきっと濡れ衣《ぎぬ》をはらすとわかっていましたよ」

ジャル・アーンは死人のような青い顔で、ゴードンに歩み寄った。口を開いたとき、その声はかすれていた。

「ザース、わたしを許してもらえるだろうか。まったく、わたしはなにも知らなかったんだ。わたしは、こんな自分を許せないだろう」

「ジャル、いいんです」ゴードンは口ごもった。「とても巧妙な陰謀だったのです。ほかに考えようがなかったでしょう」

「帝国全域に、すぐに真相を公表する」ジャル・アーンがいった。サーン・エルドレッドに向きなおった。「だが、まずはほかの反逆者の名だ」

サーン・エルドレッドはデスクに行き、しばらくなにか書いていた。無言でその紙をジャル・アーンに手渡し、ジャル・アーンは衛兵を呼び寄せた。

「この情報を確認するまで、おまえは拘束される」彼はシリウス人にはっきり伝えた。「そのあとは、わたしは約束を守る。自由にどこへでも行くがいい――だが、おまえの反逆の話は、どれほど遠くの星に行ってもついてまわる」

ジャル・アーンは衛兵がシリウス人を連れ出すと、人名のリストに目を向けた。彼はあっけにとられたように叫んだ。「なんということだ、見ろ！」

ゴードンは見た。名簿の最初の名は―― 〝帝国最高顧問官オース・ボドマー〟。

「ボドマーが反逆者？ そんなことはありえない！」ジャル・アーンが叫んだ。「サーン・エルドレッドが、なにか恨《うら》みがあって、彼にいいがかりをつけたのだろう」

ゴードンは眉をひそめた。「そうかもしれない。でも、コルビュロもオース・ボドマーと同じに信頼されていたのを忘れたんですか？」

ジャル・アーンは口もとをこわばらせた。彼はデスクのパネルに向かって鋭く告げた。

「ボドマー顧問官に、すぐ来るようにいえ」

返事は早かった。「顧問官はしばらく前に控え室から退出されました。どこにいらしたのかわかりません」

「さがしだして、すぐ連れてこい！」ジャル・アーンは命じた。

「サーン・エルドレッドがここに尋問に連れてこられるのを知って、逃亡したんだ！」ゴードンは叫んだ。「ジャル、あいつはシリウス人が自分の正体をばらしてしまうと知っていたんですよ」

ジャル・アーンは椅子に沈みこんだ。「ボドマーが反逆者とは。だが、そうにちがいない。ほかの名を見ろ。バーン・リディム、コーレル・ケーン、ジョン・ロロリ——みんな信任厚い高官だ」

衛兵隊長が報告した。「陛下、オース・ボドマーは宮殿内のどこにも見つかりません。宮殿から出ていないのはたしかですが、姿がありません」

「あいつを逮捕する。非常呼集しろ」ジャル・アーンは鋭くいった。名簿を衛兵隊長に渡す。「それから、この全員をただちに逮捕しろ。だが、目立たないようにやれ」

彼はげっそりしたようにゴードンとリアンナを見た。「この反逆で、帝国は激しく揺さぶられている。しかも南の星間王国群《スター・キングダム》が浮き足立っているんだ。彼らの大使が、今夜至急拝謁《はいえつ》したいといってきている。わたしは、彼らが帝国との同盟を放棄しようとしているのではないかと懸念《けねん》しているのだ」

23　帝国の秘密

リアンナのほっそりした身体《からだ》が、疲れでぐったりしていることに、ゴードンは突然気がついた。彼は思わず自責の声をあげた。

「リアンナ、こんな目にあって疲れただろう。まるで半分死にかけているみたいだぞ」

リアンナは笑顔を見せようとした。「たしかに休ませてもらってもいいと思いますわ」

「リアンナ、バーレル艦長に部屋まで送ってもらいなさい」ジャル・アーンがいった。「ザースにはここにいてもらい。星間王国《スター・キングダム》の大使たちが到着したら、われわれ皇族がまた団結したという威信を示したいのだ」

彼はハル・バーレルとヴァル・マーランにいった。「もちろんきみたちふたりと部下全員も、反乱罪の容疑は完全に晴れた。命がけでコルビュロの正体をあばき、弟を救うのに協力してくれたことを生涯感謝する」

ふたりがリアンナを送って出ていくと、ゴードンは疲れきって椅子に身体を沈めた。長くづづいた緊張のあとの反動に襲われたのだ。

「ザース、おまえも休ませてやりたいが、危機が深刻化したときに、星間王国の国々をつながりを保っておくことがどんなに大事かわかっているはずだ」ジャルはいった。「ショール・カンめ、地獄へ墜《お》ちろ」

召使いがサクアを運んできた。強い酒でゴードンはぼんやりした心がはっきりし、疲れきった身体に力が戻ってきた。

まもなく、侍従《じじゅう》が扉をあけて、深々とお辞儀をした。

「大使の皆さまがご到着です。ポラリス王国、シグナス王国、ペルセウス王国、カシオペア王国、ヘラクレス星団男爵領」

式典用正装の大使たちは、ゴードンがジャル・アーンのとなりに立っているのを見て、驚いて足を止めた。

「ザース皇子!」ヘラクレス男爵領のふとった大使が叫んだ。「しかし、殿下は……」

「弟の疑いは完全に晴れ、本物の反逆者は捕えられた」ジャルはいった。「一時間ほどで、そのことは公表されるでしょう」

彼は一同の顔を見わたした。「諸君、この会見を申しこまれた目的は?」

ふとったヘラクレス男爵領大使が、最年長の深刻そうな表情のポラリス王国大使に目をやった。「トゥ・シャル、あなたがわれわれの代表だ」

トゥ・シャルが、しわだらけの顔に深い苦悩を浮かべて、進み出て口を開いた。

「陛下、ショール・カンが秘かに、われわれの星間王国すべてに、暗黒星雲同盟と友好条約を結べといってきました。帝国との絆《きずな》にしがみついていると、われわれの命運はきわまったも同然だと宣言されております」

ヘラクレスの大使があとを補《おぎな》った。「わが男爵領にも、帝国に加担するなと警告する、同様の申し送りが届いています」

ジャル・アーンはすばやくゴードンを見た。「ではショール・カンは、いま最後通牒《つうちょう》を送っているんだな？　つまり、敵には攻撃準備がほぼできているということか」

「われわれはだれも、ショール・カンの専制政治を望んではいません」トゥ・シャルはいった。「われわれとしても、平和と協調を是《ぜ》とする帝国側に立ちたいのです。しかし、暗黒星雲同盟は強大な軍備をととのえ、革新的な新兵器を有して、戦争となればそのすべてを投入するといっています」

ジャル・アーンの目が光った。「必要とあれば、われわれはディスラプターを使う。それでも諸君は、ショール・カンが帝国に打ち勝つと考えているのか？」

「そこなのです、陛下」トゥ・シャルがいった。「ディスラプターは遠い昔にいちど使われたきりです。あまりにも危険なものとわかっているので、陛下は二度とお使いになるまいと考えられています」

大使は話をつづけた。「わたくしが恐れますのは、わたくしども星間諸王国も、陛下がそんな噂《うわさ》は嘘だと証明なさらなければ、帝国への忠誠を捨てざるをえないかもしれないということです。まちがいなくディスラプターを使うと、陛下はわれわれに示してくださらなければなりません」

ジャル・アーンは大使たちを見つめながら答えた。その厳《おごそ》かな言葉によって、どこか異様でひどく恐ろしいなにかのささやきがこの小部屋を満たしたかのように、ゴードンには聞こえた。

「トゥ・シャル、ディスラプターは恐ろしい力だ。あの力を銀河に解き放つのが危険きわまりないことは、わたしも隠すつもりはない。だが、マゼラン星雲の生物が侵略してきたとき、たしかにいちど使用されたことがある。遠い昔のことだ。

必要とあれば、われわれはふたたびこの兵器を使うだろう。父は死んだが、ザースとわたしはその力を解放することができる。ショール・カンが自由世界に暴政の魔手を伸ばしてくる前に、わたしたちはその力を解放し、銀河系を引きさいてみせよう」

トゥ・シャルはいちだんと苦悩を深めたようだった。「ですが、陛下、われわれ諸王国は、ディスラプターを信じる前に、その証拠を見せていただきたいと存じます」

ジャルの表情が暗くなった。「わたしはディスラプターが保管所から運び出されて、力をまた解放されることがないように願ってきた。だが、諸君の望みどおりにするのがいちばんよさそうだ」

そこで彼は目を輝かせた。「そうだ。ショール・カンも、われわれがいまもその力をつくり出せると知り、その威力を知れば、銀河に大戦争をもたらす前に考えを変えるかもしれない」

「では、実験して見せてくださるのですか？」ヘラクレス大使が丸顔に畏怖《いふ》を浮かべてたずねた。

「ペルセウス座アルゴルの西、五十パーセクのところに、無人の暗黒星団がある」ジャル・アーンはいった。「二日後、われわれは諸君に、そこでディスラプターの威力を解放して見せよう」

トゥ・シャルの苦悩した顔が少し明るくなった。「そうしていただければ、われわれ星間諸王国も、暗黒星雲同盟の申し出を拒絶できるでしょう」

「わたくしも、わが男爵領が帝国とともに立つと保証できます」ヘラクレス星団のふとった大使も口を添えた。

一同が退出すると、ジャル・アーンはやつれた顔をゴードンに向けた。「ザース、彼らをつなぎとめておくのに、ほかに方法がなかった。断ったら、彼らは恐怖のあまりショール・カンを受けいれてしまうだろう」

ゴードンは不思議に思ってたずねた。「彼らを納得させるために、本当にディスラプターを使うつもりですか？」

皇帝は額《ひたい》に汗を浮かべていた。「やりたくはない、本当だ。ブレン・バーの戒《いまし》めは、おまえも知っているはずだ。二千年前に彼がマゼラン星雲の生物にあれを使ったとき、もう少しでどうなってしまうところだったか知っているだろう」

彼は硬い口調でつづけた。「しかし、銀河じゅうを暗黒星雲同盟の奴隷にしてしまうような戦争を起こさせるくらいなら、その危険もおかそう」

ゴードンは心の奥底に驚きと困惑を感じた。それには冷たい不安がまざっていた。所有者であるジャル・アーンでさえ口にするだけで恐怖する、その大昔からの秘密とはいったいなんなのだろう。

ジャル・アーンは気ぜわしく話をつづけた。「ザース、いますぐディスラプターの保管室に下りよう。ふたりとも久しくあそこに行っていないし、実験のためにすべてがそろっているかどうか確認したい」

ゴードンは一瞬ひるんだ。よそものの自分が、銀河でもっとも厳重に守られた秘密を覗いてしまっていいのだろうか。

だが、たとえ自分が見たとしても、なにも変わりはないのだと、ふいに気づいた。それを理解できるほどの科学者ではない。そしていずれにしても、彼は自分の時代、自分の身体に、近いうちに帰るのだから。

一日二日のうちに、ジャル・アーンに知られず、こっそり地球に行く機会を見つけよう。自分を地球に運んでくれる船も見つけられるはずだ。

そう考えると、またしても自分がリアンナと永遠の別れをする瀬戸際にいるのだという、胸の張り裂けるような事実が思い出される。

「来るんだ、ザース！」ジャル・アーンが待ちかねたようにいった。「疲れているのはわかるが、もう時間がない」

ふたりは控えの間《ま》を通り抜けた。ついてこようと駆け寄る衛兵を、ジャル・アーンは手をふって追いかえした。

ゴードンは彼にしたがって動く傾斜路を下り、廊下を抜け、また傾斜路を下りた。スルーンの大宮殿の地下、自分が閉じこめられていた牢よりもさらに深くまで下りたようだった。

ふたりは螺旋《らせん》階段に足を踏み出した。階段を下りると、この惑星の固い岩盤にくりぬかれた広間に出た。そこには岩を削《けず》った長い通路が延びていた。通路の壁面を覆ったプレートが放つ、脈打つような白い光が照らしている。

ゴードンはジャル・アーンとともに光を放つ通路を歩きながら、隠しきれない驚きを覚えていた。銀河最大の威力を守っているのだから、大勢の衛兵や、ずっしりしたボルトを差した頑丈《がんじょう》なドアが並んでいるのだと思っていた。

ところが、警備員の姿などひとりも見あたらない。階段にも輝く通路にも、だれもいなかった。しかも、ジャル・アーンが通路の突きあたりにあったドアをあけたとき、そこには鍵すらかかっていなかったのだ。

ジャル・アーンはあけたドアごしに、ゴードンとふたりでなかを覗いた。

「あれだ。変わりはない」彼は強い畏怖のこもった声でいった。

やはり岩盤をくりぬいてつくった、せまい円形の部屋で、通路と同じように壁のプレートからの脈動する光で照らされていた。

部屋の中央に、その物体の一団があった。ジャル・アーンが畏怖《いふ》につつまれて見つめている。

ディスラプターだ！　二千年前に一度その力を解放されたのみだという、恐るべき兵器。だが、いったいなんなのだろう。ゴードンは驚きと当惑につつまれて凝視した。

十二個あった。どれも、にぶい灰色の金属製で、三メートルほどの大きな円錐形をしている。それぞれの円錐の先端に、小さな水晶がかたまってついている。円錐体の底からは、色とりどりの太いケーブルが延びていた。

この物体のなかに、想像もつかないほど複雑な、いかなる科学の成果が秘められているのかは見当もつかなかった。それぞれを載せた頑丈そうな台座のほかには、大きな四角いキャビネットがあるだけだ。その表面に、光を放つ計器と加減抵抗用らしいスイッチが六つついていた。

「こいつは恐ろしくエネルギーを食うから、戦艦に積むしかない」ジャル・アーンが思案していった。「おまえが乗ってきたエスーン号はどうだろう。あの駆動機関なら充分なパワーが出せるだろう？」

ゴードンは当惑した。「そうでしょうね。でも、すべてあなたにやってもらわなければなりません」

ジャル・アーンは驚いたようだった。「ザース、おまえはわが皇統《こうとう》の科学者だぞ。ディスラプターのことは、わたしよりよく知ってるはずだ」

ゴードンはあわてて否定した。「それがわからないのです。ほら、ずいぶん古い話なので、大半を忘れてしまって」

ジャル・アーンは信じられないという顔をした。「ディスラプターのことを忘れたと？　冗談をいうな。これだけは、われわれは忘れたりなどしない。わたしたちの身体に波動を合わせるために、はじめてここに連れてこられたとき、忘れられないように頭にたたきこまれたはずだ」

波動？　なんのことだ？　ゴードンはすっかり途方にくれてしまった。

彼は釈明しようと、あわてて進み出た。「ジャル、ショール・カンがディスラプターの秘密をさぐろうとして、わたしを透視器にかけたことは話したでしょう。でも彼は透視できなかった——わたしは透視されまいとして、忘れようと必死で努力したからです。本当に詳しいことはほとんど忘れてしまったらしい」

ジャル・アーンはこの説明で納得したようだった。「そうだったか。精神的ショックというやつだな。しかし、秘密の核心部は覚えているはずだ。だれも忘れたりできまい」

「もちろん、それは忘れてはいません」ゴードンはあわててごまかすしかなかった。

ジャルは彼をさらに引き寄せた。「さあ、これで思い出すだろう。この台座は、エネルギー円錐体を航宙艦の艦首にとりつけるためのものだ。色のついたケーブルを制御パネルの同じ色の端子《たんし》につなぐと、変圧器が駆動エネルギー発生機と直結する」

彼は並んでいる計器を指さした。「これは影響を受ける宇宙空間の正確な座標を示す。もちろん円錐体からの出力も正確に同期されなければならない。加減抵抗器がそれを――」

話を聞くうちに、ジョン・ゴードンにもこの円錐体が宇宙空間の特定宙域にエネルギーを投射するように作られていることが、ぼんやりとわかってきた。

だが、どんなエネルギーだ？　その宙域やそこにある対象にどんな作用をし、それはどれほど恐ろしいのか？　だが、その質問はするまいと思った。

ジャル・アーンは説明のしめくくりにはいった。「だから、おまえが乗った航宙艦は、目標宙域から少なくとも十パーセクは距離をとらなければならない。さもないと反動を浴びる。これでもまだ思い出さないか、ザース？」

ゴードンはあわててうなずいた。「思い出しました。しかし、やはりこれを使う決定が兄上の仕事でよかったと思います」

ジャルはさらにげっそりした顔になった。「本当にこんなことは、やりたくないんだ。何世紀もずっと使われずに、ここで眠っていたのに。それに、ブレン・バーの戒めは、いまに至るも真実なんだ」

いいながら彼は、奥の壁に刻まれた碑文《ひぶん》を指さした。ゴードンははじめてそれを読んだ。

余ブレン・バーが発明せしディスラプターの秘密を受けし余の子孫に告ぐ。余の戒めに耳を傾けよ。些細《ささい》な個人的権力のためにディスラプターを使うべからず。銀河の自由が脅《おびや》かされたときにのみこれを使え。

そなたが持てるこの力は銀河をも破壊しうるものなり。ひとたび鎖《くさり》を解かれれば、ふたたび鎖につなぐことあたわぬやもしれぬ恐ろしき悪魔なり。全人類の生命と自由が危険にさらされしときのほかは、この恐るべき危険をおかすべからず。

ジャル・アーンの厳粛《げんしゅく》な声がひびいた。「ザース、ふたりともまだ子供で、波動を合わせるために、父上にはじめてここに連れてこられたとき、ここにこれほど長く眠っていたこれを、われわれが使うようなときがこようとは、夢にも思わなかった」

声のひびきはさらに深みをおびた。「だが、ショール・カンが銀河の征服をもくろむなら、全人類の生命と自由が危険にさらされる。ほかのすべての手立てがついえたら、われわれは覚悟を決めなければならない」

ゴードンはこの言葉のふくみを知って、身ぶるいを感じた。それは、静かな部屋で重々しく語る死者の声のようだった。

ジャルは向きなおって、先に立って部屋を出た。ドアが閉まると、またしてもゴードンは不思議に思った。鍵もなく、ボルトもなく、衛兵もいない。

ふたりは長い光る通路を戻り、そこから螺旋階段の吹きぬけの、やわらかな黄色い光のなかに出た。

「明日の朝、エスーン号に積みこもう」ジャル・アーンがいった。「星間王国《スター・キングダム》の大使たちに見せたら――」

「やつらにはなにも見せることはできないぞ、ジャル・アーン」

螺旋階段の陰から、髪をふり乱した男が姿をあらわした。ゴードンとジャル・アーンに向けて原子ピストルをかまえている。

「オース・ボドマー！」ゴードンは叫んだ。「ずっと宮殿のなかにひそんでいたのか」

オース・ボドマーのやせた顔は死人のように血の気がなく、その微笑も力なく引きつっていた。

「そうだよ、ザース」彼は耳ざわりな声でいった。「サーン・エルドレッドが呼び出されたのを見て、ゲームは終わったと思った。宮殿を出ても、あとをたどられてすぐにつかまるだろうから、この最下層にひそんでいたんだ」

彼の笑顔はいまでは恐ろしげだった。「ディスラプターの部屋にあなたが下りてくるのを期待して隠れていたんだよ、ジャル・アーン。ずっと待っていたんだ」

ジャル・アーンの目が光った。「そんなことをして、いったいなんの得がある?」

「簡単だ」ボドマーは耳ざわりな声でいう。「わたしの命は、もうないも同然だ。そして、わたしを救わなければ、あなたも同じ運命をたどる」

彼は近づいてきた。ゴードンはその燃えるような目に、恐怖がもたらした狂気を見てとった。

「陛下、あなたは約束したら破らない。特赦すると約束してくれたら、あなたをいま殺すのはよそう」

この兎のように臆病な反逆者は恐慌にかられて、気のくるった解決策を持ち出したのだ。

「ジャル、いうことを聞いてやるんだ!」ゴードンは叫んだ。「こんなやつのために自分の命を賭ける値打ちはない」

ジャル・アーンの顔は怒りのあまり赤黒くなっていた。「反逆者はひとり許したが、それ以上は許さない」

つぎの瞬間、ゴードンが哀願の叫びをあげる暇《いとま》もなく、オース・ボドマーは原子ピストルを放った。

弾がジャル・アーンの肩にくいこみ、炸裂《さくれつ》した。ゴードンは狂った反逆者に飛びかかった。

「人殺しの狂人め」ゴードンは獰猛《どうもう》な叫び声をあげた。銃をもつ手首をつかんで、もみあいになった。

はじめのうちは、このやせた顧問官には人間ばなれした力があるように思われた。ふたりはぐらつき、よろめき、いっしょにころがるうちに、広間から白光が照らす長い通路にはいりこんだ。

そのとき、オース・ボドマーが悲鳴を上げた。拷問にあったかのような叫びをあげたあと、ゴードンはつかんでいた相手の身体がふいに力を失ったことに気がついた。

「波動か！」ボドマーが、脈打つ光のなかでふらつきながら金切り声を上げた。

ボドマーは悲鳴を上げつづけ、その全身と顔が恐ろしく黒ずんでしぼんでいく。そのまましわだらけのかたまりとなり、命を失って、フロアにころがった。

あまりにも無惨で謎めいた死のありさまに、ゴードンは気が遠くなった。だが、そこで突然理解した。

この通路とディスラプター保管室の脈動する光が、ジャル・アーンのいっていた波動だったのだ。それは光ではなく、恐ろしい破壊波——特定の人間の身体にだけ同調していて、ディスラプターの秘密を守るために選ばれた者以外のすべての人間を殺してしまうのだ。

ディスラプターの保安のために、鍵もボルトも衛兵も必要ないのも不思議はなかった。だれも身体を破壊されずにここへ近づくことはできないのだ、ジャル・アーンとゴードン以外は。いや、ジョン・ゴードンではなくザース・アーンだ——波動を合わせたのはザース・アーンの身体なのだから。

ゴードンは恐るべき放射線帯を抜け出し、よろめく足で広間に戻った。うつ伏せになったジャル・アーンの上にかがみこむ。

「ジャル、お願いだ——」

ジャル・アーンは肩にひどい、まっ黒な傷をつくっていた。だが、まだ息をしている。まだ生きている。

ゴードンは階段に駆け寄り、上に向かって叫んだ。「衛兵！　皇帝が負傷された！」すぐに、衛兵と士官と役人たちがどやどやと下りてきた。ジャル・アーンは力なく身体を動かした。目を開く。

「ボドマーだ——あいつがわたしを襲った」彼は一同につぶやいた。「ザースは無事か？」

「ここにいます。わたしは撃たれていないし、ボドマーはもう死にました」ゴードンはかすれ声でいった。

一時間後、ゴードンは宮殿の上層にある、皇帝の住居の控えの間《ま》で待っていた。リアンナもいて、泣きじゃくるジャル・アーン夫人をなぐさめていた。

ジャル・アーンが運びこまれた奥の部屋から、医師がひとり、あわただしく出てきた。

「皇帝はお命をとりとめました！」医師は伝えた。「ですが、ひどい傷で、回復するまで何週間もかかるでしょう」

医師は心配そうにつけ加えた。「ザース皇子を呼ぶようにいいつかりました」

ゴードンは、広い豪奢《ごうしゃ》な寝室に、おずおずとはいっていった。女性ふたりがつづいた。彼はジャル・アーンが横になっているベッドの上に身を乗り出した。

ジャル・アーンがささやき声で命じた。「立体通信装置を持ってこい。帝国全域に放送できるよう準備するように命じろ」

「ジャル、そんなことをしてはいけない」ゴードンが反対した。「わたしの疑いが晴れたことを発表するのなら、ほかにも方法がある」

「発表しなければならないのは、そのことだけではない」ジャルはまたささやいた。「ザース、ショール・カンの計画がいまにも危機をもたらすというときに、わたしが撃たれたことが、なにを意味するかわからないのか?」

立体通信装置が急いで運びこまれた。円形の送信盤がジャル・アーンのベッドとゴードン、リアンナ、ゾラをいっしょにうつすように向けられた。

ジャル・アーンが、つらそうに枕の上に頭を起こし、白い顔を送信盤に向けた。

「帝国の人民諸君!」彼はかすれ声でいった。「わが父上を暗殺した同じ反逆者どもが、わたしを殺そうとしたが失敗した。わたしはいずれまた元気になる。

チャン・コルビュロとオース・ボドマー、このふたりが反逆者グループの指導者だった。

わたしの弟ザース・アーンは完全に無実だったことが証明され、すでに皇室の地位を回復している。

そして、わたしはこうして重傷を負ったため、わたしは自分が回復するまで、わたしに代わってつとめを果たす摂政《せっしょう》に、わが弟ザース・アーンを任命する。どんな事態が襲ってこようとも、諸君はわが帝国の指導者ザース・アーンに忠誠をつくすのだ！」

24　スルーンの嵐

ゴードンは思わず、うろたえた驚きの声を洩らした。

「ジャル、だめだ。たとえ短いあいだでも、わたしには帝国を統治するなんてことはできない」

ジャル・アーンはすでに、力ない身ぶりで、技術者たちに退室を指示していた。彼らは送信が終わるとすぐに立体通信装置を切ってしまい、部屋を出ようとしている。

ゴードンの抗議に、ジャル・アーンは死人のような白い顔を向けて真剣に答えた。

「ザース、おまえが代わりをつとめてくれなくては。暗黒星雲同盟が銀河に暗い影を落としているこの危機のときに、帝国が指導者なしではいられないんだ」

彼の妻ゾラが、あとを引きとってゴードンに訴えた。「あなたは皇族の一員です。いまはあなたにしか、人々の忠誠を求めることができません」

ゴードンは混乱した。どうするべきだ？　断って、自分の正体と、心ならずも替え玉を演じてきたという、思いもよらぬ真実を彼らに打ち明けてしまおうか？

いまそんなことはできなかった。そんなことをしても、帝国は指導者を失い、その人民と盟友国すべてを混乱させ、途方に暮れさせるだけで、たちまち暗黒星雲同盟の攻撃の餌食《えじき》となってしまう。

しかし、この宇宙のことをいまだなにも知らない自分に、どうすればそんな大役が果たせるのだろう？　それに、どうすれば地球へ行って、時間をこえて本物のザース・アーンと連絡できるのだ？

「おまえはもう、帝国の摂政《せっしょう》だと宣言されたんだ。いまさら取り消しようもない」ジャル・アーンは弱々しくささやいた。

ゴードンの心は沈んだ。いまの宣言がとり消されることはない。そんなことをすれば、帝国はさらなる大混乱におちいるだけだ。

彼に道はひとつしかなかった。計画どおり秘かに地球に行けるようになるまで、摂政の地位につくのだ。精神の再交換をすませたら、本物のザースが帰ってきて摂政をつとめる。

「全力をつくします」ゴードンは口ごもりながらいった。「ですが、うまくつとまらなかったら……」

「そんなことはない」ジャルはささやいた。「すべておまえにまかせる、ザース」

彼は枕に頭を沈めた。青い顔が苦痛に痙攣《けいれん》する。ゾラが急いで医師たちを呼んだ。

医師たちは全員に部屋を出るよう指示した。「これ以上陛下にご無理をさせてはいけません。わたくしどもにも責任が持てなくなります」

立派な控えの間《ま》に出る。リアンナがかたわらにいることに気がついた。彼は動揺したままリアンナを見た。

「リアンナ、どうすればぼくに、ジャルがやっていたように、帝国を統治して、星間王国《スター・キングダム》の王たちに忠誠をつくしてもらえるんだろう?」

「できないなんてことがありますか?」彼女はほほえみを向けた。「あなたもアーン・アッバスの子、銀河帝国最大の統治者の血筋をついでいるのでしょう?」

自分はそうではない、大昔の地球の、ただのジョン・ゴードンで、そんな大変な責任を果たすにはまったく向いていないんだ。リアンナにそう叫びたかった。

そんなことはできない。彼は約束の蜘蛛《くも》の巣に捕らわれたままなのだ、あの最初のときから——それはとても遠い日々に思われた。彼は冒険を求めて、ザース・アーンと時間をこえて入れ替わったのだ。そして自分自身に戻れるまで、この役割をつらぬき通さなければならない。

リアンナは威厳を示して、彼の周囲に集まってくる侍従《じじゅう》や役人を、手をふってさがらせた。

「ザース殿下は疲れておいでです。朝までお待ちなさい」

ゴードンは疲労で酔ったような気分で、リアンナとともに、宮殿の反対側にある住居に帰る途中も足をもつれさせた。

到着すると、彼女はそこで彼と別れた。「眠ってね、ザース。明日になったら、帝国の重責がすべてかかってくるわ」

ゴードンはとても眠れると思っていなかったが、ベッドにはいるとすぐ、泥酔《でいすい》したように眠ってしまった。

翌朝、目が覚めるとハル・バーレルがかたわらにいた。この大男のアンタレス人は、少し不安そうに彼を見た。

「リアンナ姫から、あなたの補佐官をつとめてはどうかと提案されまして」

ゴードンは安堵した。だれか信頼できる人間が必要だったし、このごつい大柄な艦長にはかなり好意をいだいていたのだ。

「ハル、それはすばらしい。わたしが政治のことは、まったく訓練を受けてないのは知っているだろう。これから勉強しなければならない。知らないことが山ほどある」

アンタレス人は首をふった。「申し上げにくいのですが、殿下に決めていただくべき事案が急増しています。南部の星間諸王国の大使たちが、また拝謁《はいえつ》を申し入れてきました。ギロン副司令長官も艦隊から、この一時間で二度も、殿下とお話ししたいといってきています」

ゴードンは急いで服を着ながら、頭を動かそうとした。「ハル、ギロンは有能か？」

「最優秀のうちのひとりでしょう」アンタレス人は即答した。「規律にはやかましいですが、すぐれた戦略家です」

「では、艦隊の指揮は彼にまかせよう。すぐに彼に伝える」

新任補佐官と宮殿の廊下を進みながら、彼は試練に立ち向かう覚悟を決めた。拝謁者たちにこたえ、摂政の役割をつらぬき通すのだ。

ポラリス王国のトゥ・シャルをはじめとする星間諸王国の大使たちは、帝国政府の中枢である、小さな皇帝執務室で待っていた。

「ザース殿下、わたしたち諸王国はみな、兄上陛下への卑劣《ひれつ》な襲撃があったことを遺憾《いかん》に存じております」ポラリス大使がいった。「ですが、このことによって、陛下にお約束いただいたディスラプターの実験が中止になったりしますまいな？」

ゴードンはふいを打たれた。昨夜のたてつづけの出来事で、約束のことを忘れていたのだ。

彼は、はぐらかそうとした。「ご存じのとおり、兄は重傷を負った。兄は約束を果たすことができない」

ヘラクレス男爵領大使が急いで口をはさむ。「しかし、ザース殿下、あなたもディスラプターの使い方をご存じです。あなたが実験することはできます」

痛いところをつかれた。ゴードンは途方に暮れた。彼はディスラプターの詳細を知らないのだ。どうやって装置を動かすか、ジャル・アーンから少し聞いたとはいえ、まだその恐るべき謎の力については、まったくわかっていないのだ。

「兄が動けない以上、わたしには帝国摂政としての重要な仕事がある。実験は少しのあいだ延期しなければなるまい」

トゥ・シャルは深刻な顔になった。「殿下、それはなりません。はっきり申し上げますが、わたしどもが安心できなければ、ディスラプターは危険すぎて使えないという議論をあと押しするだけです。諸王国のうちまだ態度を決めかねている者を、帝国から離反させてしまいます」

ゴードンは進退きわまった。帝国の生命線となる盟友を離反させたりはできない。だが、どうしたらディスラプターを使えるのだろう?

ジャル・アーンからもっと聞き出せるかもしれないと、彼は必死で考えた。実験のために使ってみせられる程度には教えてもらえるだろうか?

彼はきびしい口調で、決然としていった。「実験は機会を見つけられしだい実施する。いまいえるのは、それだけだ」

心配そうな大使たちが満足しなかったのは、彼もわかっていた。彼らはこっそりと顔を見あわせている。

「男爵領に、そう報告いたします」ヘラクレス星団のふとった大使がいった。一同がお辞儀をして出ていった。

ハル・バーレルは、いま直面した新しい難題について、彼に考える暇を与えなかった。

「ギロン副司令長官が、立体通信に出ております、殿下。つなぎますか？」

まもなく、盤上に帝国艦隊副司令長官が姿を現わした。ゴードンは、この上背《うわぜい》のあるケンタウルス人がひどく狼狽しているのがわかった。

「ザース殿下、まず知りたいのですが、わたしがこのまま艦隊を指揮していいのでしょうか、それとも新しい長官が派遣されてくるのでしょうか」

「きみは正式に司令長官に任命された。それが再検討されるとしたら、兄上が政務に復帰してからのことだ」ゴードンは即答した。

ギロンは嬉しそうな顔をしなかった。「ありがとうございます、殿下。しかし、わたしが全艦隊を指揮するとしますと、現在の状況は、作戦計画の基盤となる政治情報を教えていただかなければならない段階にあります」

「どういうことだ？　きみのいう、現在の状況というのは？」ゴードンはたずねた。

「長距離レーダーが探知したところでは、暗黒星雲のなかで非常に大がかりな艦隊移動が行なわれています」明確な返事がかえってきた。「少なくとも四つの大艦隊が基地を出発して、暗黒星雲の北側辺縁のぎりぎり内側を移動しています」

ギロンはつづけた。「暗黒星雲同盟が、少なくとも二方向からわれわれを奇襲するつもりだということが強く懸念《けねん》されます。その可能性から、一刻も早く、わがほうは艦隊を準備しなければなりません」

彼は、ゴードンも見たことのある立体宇宙図を表示した。銀河系の巨大な星団や星群のうち、色のついた部分が、中央銀河帝国と星間諸王国の領域だ。

「リゲルとオリオン星雲をむすぶこの線上に、わたしは主力艦隊を三つにわけて展開させました。どの分艦隊も、戦艦、巡航艦、ファントム艦その他をそろえており、独立行動が可能です。フォーマルハウトの分遣《ぶんけん》隊は、この第一分艦隊に編入されています。

以上は以前から準備していた防衛計画ですが、これは、ヘラクレス男爵領とポラリス王国の両艦隊が、彼らの宙域への侵攻を阻止することが前提です。さらに、われわれが〝戦闘配置〟の合図をすると同時に、ライラ、シグナス、カシオペアの各艦隊が合流することも勘定《かんじょう》にはいっています。ですが、彼らはその約定《やくじょう》を守るでしょうか？　艦隊配備を決定する前に、諸王国がわれわれに味方するかどうか確認したいのです」

ゴードンは、はるか南方の虚空《こくう》でギロン司令長官が直面している事態の、とてつもない重大さを理解した。

「つまり、諸王国に〝戦闘配置〟の合図をもう発したんだな？」彼はたずねた。

「暗黒星雲内の同盟艦隊の警戒すべき動きを知って、わたしの責任で二時間前に発しました」ギロンは短く答えた。「いままでのところ、どの王国からも返事がありません」

ゴードンはきわめて難しい状況だと感じた。「二十四時間待ってくれ、司令長官」彼は必死の思いでいった。「それまでに、諸王国と男爵領から積極的な姿勢を引き出そう」

「それまでは、わがほうの形勢は不利といえます」司令長官は、うなるようにいった。「諸王国の忠誠が確認できるまで、主力艦隊をリゲルに向けて西に移動し、ヘラクレスとポラリスを抜けてくるいかなる攻撃も迎え撃てるよう備えます」

ゴードンはすぐにうなずいた。「決定はすべてきみにまかせる。いい知らせがありしだい、こちらから連絡する」

司令長官の映像が敬礼して消えると、ハル・バーレルが、にこりともせずに彼を見た。

「ザース殿下、ディスラプターが使えることを彼らに証明してみせないかぎり、諸王国が味方につくことはないでしょう」

「わかっている」ゴードンはつぶやいて、腹を決めた。「兄上が話ができるかどうか見にいってくる」

このアンタレス人のいうとおり、ディスラプターの実験をしてみせる以外に、動揺している諸王国をつなぎとめられる手がないことは、彼もわかっていた。

彼自身が、その神秘の力を使うことができるだろうか？　彼もジャル・アーンの説明を聞いて、操作のいくらかは知っていたが、それだけでは不充分だった。もっと聞き出す必要があった。

ジャル・アーンの部屋に行ったが、心配している医師たちに押しとどめられた。

「殿下、陛下は睡眠薬でやすんでいらっしゃいます。どなたともお話しできません。体力を消耗させるような――」

「会わなければならないんだ！」ゴードンはいい張った。「事態は急を要する」

やっと部屋にいれてもらえたが、医師たちが釘《くぎ》をさした。「許可できるのは数分だけです。それ以上だと、どんなことになっても責任を負いかねます」

ゴードンがベッドの上に身を乗り出すと、ジャル・アーンは薬で朦朧《もうろう》とした目をあけた。しばらくして、ようやくゴードンが話しかけているとわかったようだった。

「ジャル、わたしのいうことを理解して答えてくれ！」ゴードンは訴えた。「ディスラプターの操作のことをもっと教えてほしい。ショール・カンの脳透視でわたしが忘れてしまったのは知っているはずだ」

ジャル・アーンは眠そうにつぶやいた。「変だぞ、そんなことまで忘れるなんて。だれも、それだけは忘れるはずがないと思っていた。子供のころ、こまかいことまで、あれほどたたきこまれたのに」

ささやき声は、弱々しく、眠そうにつづいた。「いざとなったら、ぜんぶ思い出すよ、ザース。エネルギー円錐体は、艦首に十五メートルの円になるようにとりつけて、変圧器のケーブルを同じ色の端子《たんし》につなぎ、エネルギー出力コードは発生機に——」

つぶやきがあまりにもかすかになり、ゴードンは顔をそばに寄せた。

「正確なレーダー計測で、目標の中心を正確に設定する。円錐体の投射方向を計器の目盛《めもり》で調節する。六つの投射方向のつりあいがとれたら、発射スイッチを押す——」

声がだんだん途切れ、しだいに弱まって、ついに聞こえなくなった。ゴードンは必死で彼を目覚めさせようとした。

「ジャル、眠っちゃいけない。もっと教えてほしいんだ」

だが、ジャル・アーンは睡眠薬の眠りに沈んでいき、それきり目を覚まさなかった。

ゴードンはいまの話を心のなかで復習した。これでも、前より少しは知ることができた。ディスラプターの操作の手順ははっきりした。だが、まだ充分ではない。彼自身の時代の未開人に拳銃を与え、引金の引きかたを教えただけなのと変わらない。未開人は銃口を自分の顔に向けて発砲するかもしれないのだ。

「少なくとも実験をやってみせるふりはしなければ」ゴードンは切羽《せっぱ》つまって考えた。「そうすれば、ジャル・アーンからもっと教えてもらうまで、星間王国の大使たちをつなぎとめておけるかもしれない」

彼はハル・バーレルとともに、ディスラプター保管室のある宮殿の最下層に下りていった。アンタレス人のほうは、通路まではいらなかった。ジャル・アーン以外のすべての生物を殺すよう調整された恐ろしい場所だ。ゴードンはひとりで奥へ進み、エネルギー円錐体を台座に載せたまま運び出した。

ふたりで運び上げるあいだも、ハル・バーレルは兵器を載せているだけの台座にさえ、畏《い》怖《ふ》の目を向けていた。

彼はハル・バーレルとともにチューブウェイを抜け、スルーン外縁の宇宙港へ急いだ。ヴァル・マーラン艦長と部下たちが、エスーン号の恐ろしげな巨体のふもとで待っていた。

ゴードンが台座を引きわたした。「これをエスーンの艦首に、きっかり直径十五メートルの円になるように、とりつけてくれ。それから、主駆動エネルギー発生機をふといい動力ケーブルとつなぐ準備もしてほしい」

ヴァル・マーランは浅黒い顔をこわばらせた。「ディスラプターをエスーン号から発射するのですか、殿下？」興奮したように叫んだ。

ゴードンはうなずいた。「技術兵に、すぐこの台座のとりつけにかからせろ」

彼は戦艦の立体通信装置で、ポラリス王国のトゥ・シャル大使とつないだ。

「ご覧のとおり、トゥ・シャル、われわれはディスラプターの実験準備をしている。できるだけ早く実験にかかる」ゴードンは自信ありげに装って、大使にいった。

トゥ・シャルの困惑の表情は晴れなかった。「早くやらなければなりません、殿下。銀河諸王国の首府が、同盟艦隊出動の噂《うわさ》に、ひどく動揺しています」

宮殿に急いで戻るあいだも、ゴードンは絶望したような気分だった。こんなことで、いつまでも引き延ばしていられない。だが、ジャル・アーンは昏睡状態にあって、これ以上ディスラプターのことを教われないのだ。

日が落ちると、海から電気嵐が近づいてきて、スルーンの大宮殿上空で雷がとどろいた。疲れきってゴードンが部屋に戻ると、窓の外に紫色の稲光が走り、そそり立つガラスの山々を無気味に照らし出した。

リアンナが待っていた。彼を心配そうに迎える。

「ザース、暗黒星雲同盟の攻撃が迫っているという恐ろしい噂が、宮殿じゅうでささやかれているわ。戦争になるの？」

「ショール・カンの脅《おど》しにすぎないかもしれない」彼はむっつりと答えた。「もう少しこのまま持ちこたえて、本物の――」

もう少しで話してしまうところだった。本物のザースにこの恐ろしい責務を代わってもらえるように、地球へ精神交換しに戻れたら、と。

「本物の皇帝が回復されるまで？」リアンナは誤解した。表情がやわらぐ。「ザース、すべての責任があなたにかかっているの。あなただってアーン・アッバスの息子なのだと証明するのよ！」

彼はリアンナを抱きしめて、頬に顔を押しつけたかった。その気持ちが顔に出たらしく、リアンナが少しだけ目を輝かせた。

「ザース！」熱っぽい女の声がした。

彼とリアンナは、はっとしてふりかえった。部屋にはいってきたのは、美しい黒髪の娘だった。

「マーン！」彼は叫んだ。

彼はこの本物のザース・アーンの秘密の妻、本物のザースが愛していた女のことを忘れかけていたのだ。

リアンナを見るなり、マーンの顔に驚きと、信じられないという表情が浮かんだ。「リアンナ姫がここに！　そんなことだとは――」

リアンナは静かにいった。「わたしたち三人のなかでは、よけいなお芝居は必要ないわ。マーン、ザース・アーンがあなたを愛していることは、わたしもよく知っています」

マーンは顔を赤くした。不安そうにいう。「こんなことだと知っていたら、わたしもお邪魔するつもりは――」

「あなたのほうが、わたしよりもここにいる権利があるわ」リアンナが静かにいった。「わたしが出ていきます」

ゴードンは引きとめようとしかけたが、彼女は部屋を出てしまっていた。

マーンがそばにやってきて、やさしい黒い瞳で、心配そうに彼を見上げた。

「ザース、スルーンをお発《た》ちになる前に、あなたが帰ってきたときにはすっかり変わっていて、わたしたちの仲はもとどおりになるとおっしゃいました」

「マーン、もう少し待ってほしいんだ。そうしたら約束どおり、全部もとどおりになる」

「わたしにはまだわかりません」彼女は困ったようにつぶやいた。「でも、あなたの恐ろしい罪が無実とわかって、ここにまた戻ってきてくださって、わたしはしあわせです」

彼女はまた、内気そうな目で彼を見て、部屋を出ていった。マーンは、彼にどこかおかしいところがあると、いまも感じているのだ。

ゴードンはベッドに横になった。心のなかでリアンナとマーン、ジャル・アーンとディスラプターがすべて混ざりあって混沌となっていくうち、いつのまにか眠りに落ちていた。

眠りは二時間とつづかなかった。彼は、勢いこんだ声に目を覚まされた。嵐はスルーンの上空で最高潮に達していて、目もくらむ稲光がたてつづけにシティ上空に躍り、雷鳴が耳をつんざいて鳴りひびいていた。

ハル・バーレルが彼の身体を揺さぶっていた。アンタレス人はごつい顔を、興奮で赤黒くこわばらせている。

「大変です、殿下！　暗黒星雲同盟の艦隊が出撃し、わがほうの前線を突破しました。すでにリゲルの先で、巡航艦同士の激しい交戦がはじまり、わが軍は何十隻とやられています。ギロン長官の報告では、同盟の二個艦隊がヘラクレスへ向かっているとのことです」

25　星間王国《スター・キングダム》の決定

銀河大戦。銀河系が極度に恐れていた戦争、長いあいだ危惧《きぐ》されていた、帝国と同盟との死闘がはじまったのだ！

しかもそれは、もっともまずいときにはじまった。古代地球の彼、ジョン・ゴードンが、帝国防衛を指揮する重責を負わされたさなかに勃発したのだ。

ゴードンはベッドから飛び出した。「同盟の艦隊がヘラクレス星団に向かっているだと？男爵領は抗戦の用意をしているのか？」

「まったく抵抗しないかもしれません！」ハル・バーレルは叫んだ。「ショール・カンが立体通信を男爵領と全星間王国《スター・キングダム》に流し、帝国は倒れるのだから抵抗は無駄だと警告したんです。やつは、ジャル・アーンは死にかかっていてディスラプターを操作できない、あなたはその秘密を知らないから使えないといってます」

まるで、その言葉が深淵を照らし出したように、ゴードンは突然、なぜいまショール・カンが攻撃に踏み切ったかを理解した。

ショール・カンは彼、ジョン・ゴードンが、ザース・アーンの肉体を借りただけの虚構の人間だと知っていた。ゴードンが本物のザースとちがって、ディスラプターの秘密を知らないことを承知している。

だから、ジャル・アーンが撃たれたと聞きおよんだとたんに、ショール・カンは同盟が時間をかけて練《ね》り上げていた攻撃計画を実行に移した。いま自分に対してディスラプターを行使する人間はひとりもいないと確信したのだ。ゴードンも、ショール・カンがこのくらいのことはやりそうだと気がついていてしかるべきだった。

ゴードンが半狂乱で服を着るあいだも、ハル・バーレルは叫びつづけた。「あの悪魔は、いまも立体通信で、星間王国《スター・キングダム》の王たちに語りかけています。なんとしても諸王国を、帝国に引きとめなければなりません」

すでに役人、士官、興奮した伝令が部屋じゅうに詰めかけて、ゴードンの注意を引こうと激しくわめきたてていた。

ハル・バーレルが彼らを手荒くかきわけた。彼とゴードンは急いで部屋を出て、宮殿のなかを走り、中央銀河帝国の中枢たる皇帝執務室をめざした。

宮殿じゅうが、スルーン全体が、この運命の夜に目を覚ましていた。叫び声があがり、照明が点滅し、巨大戦艦が宇宙に飛び立つ轟音《ごうおん》が、雷鳴のひびきわたる空をつんざいている。

皇帝執務室にはいったゴードンは、呆然とした。たくさんの立体通信器がついていて、映像が浮かんでいる。そのうちふたつは、前線の戦闘のただなかにある巡航艦の艦橋からのもので、発砲の振動で震え、原子弾の炎に彩《いろど》られた宇宙を突き進んでいた。

さらに、ゴードンの目は、ショール・カンの映像をとらえた。色黒の堂々たる姿で立ってしゃべっている。黒髪の頭は無帽で、目を自信ありげに光らせ、この暗黒星雲人は放送を流していた。

「――ゆえに、くりかえしていおう。男爵諸君、ならびに星間諸王国の統治者諸君、暗黒星雲同盟の戦いは諸君に向けられたものではない。われらの敵は、帝国だけだ。彼らは平和のためという美名に隠れて、あまりにも長いあいだ銀河全域を支配しようとしてきた。われら暗黒星雲同盟は、その利己的な思い上がりに対して、ついに立ち上がったのだ。

同盟は、諸王国には友好関係を申し入れる。諸君がこの戦いに加わって、帝国とともに破滅に巻きこまれる必要はない。われらの望みは、わが艦隊に抵抗することなく、諸君の宙域を通過させてほしいということだけだ。諸君は、勝利の暁《あかつき》には、われわれが設立する真《しん》の民主的銀河連邦の正当な、かつ平等な一員となるだろう。

われらは勝利する。帝国は滅亡する。帝国艦隊はわがほうの強大な新造艦隊と新造兵器に対抗できない。さらに、彼らが長らく誇ってきたディスラプターも、彼らを救うことはできない。なぜか？　それを使う者がだれもいないからだ。秘密を知るジャル・アーンはすでに倒された――そして、ザース・アーンはその使い方を知らないのだ！」

ショール・カンはこの最後のひとことを強調して、最大の自信をこめて声を大きくひびかせた。

「ザース・アーンがその秘密を知らないのは、彼が本物のザース・アーンではないからだ――ザース・アーンに化けた、にせものなのだ！　それについては絶対的な証拠がある。そうでなくて、われらがディスラプターの脅威に対抗するだろうか？　帝国はその秘密兵器を使えない。ゆえに帝国の運命は決したのだ。星間諸王国の支配者ならびに男爵諸君、運命の定まった者に殉《じゅん》じて、自《みずか》らの国を破滅させてはならない！」

ショール・カンの映像は、最後の言葉をひびきわたらせて、立体通信機から消えた。

「あきれたな。やつは頭がおかしくなったにちがいない！」ハル・バーレルが息を呑んでゴードンにいった。「殿下が、本当の殿下じゃないなんて」

「ザース殿下！」部屋の向こう端から、興奮した士官の声がひびいた。「ギロン司令長官からです――緊急連絡です」

星間諸王国に中立を守らせようという、ふてぶてしいショール・カンの放送に呆然《ぼうぜん》としたまま、ゴードンは急いで別の立体通信器に目をやった。

そこには、戦艦の艦橋に立つロン・ギロン司令長官と幕僚たちが、レーダー・スクリーンをかこんで身を乗り出すようすが映っていた。背のひときわ高い古参兵《こさんへい》のケンタウルス人がゴードンに向きなおった。

「殿下、星間諸王国の去就《きょしゅう》はどうなりましたか?」ざらついた声でたずねる。「レーダー探知では、同盟の二個大艦隊が暗黒星雲を出て、いま高速でヘラクレスとポラリスに向かって西進しています。男爵領と諸王国は、やつらに降伏するのでしょうか、抵抗するのでしょうか? それをどうしても知らなければなりません」

「諸王国の大使たちと、すぐに連絡をとる。すぐにはっきりするだろう」ゴードンは必死の思いでいった。「そちらの情況は?」

ギロンが短く手をふった。「これまでのところ、衝突したのは巡航艦の防衛線だけです。同盟のファントム艦が何隻か防衛線を突破して、ここリゲルに展開した主力艦隊を狙い撃ちしようとしていますが、まだ深刻な状況ではありません。

問題は、もし同盟軍がヘラクレス男爵領を通って、わが主力艦隊の側面をつくことになれば、主力艦隊をこの南方の前線に出せなくなるということです。男爵領と王国群がわがほうに加わらないなら、側面攻撃に備えてカノープスを守るため、ずっと西へ後退しなければなりません」

ゴードンは恐ろしい責務に一瞬うち負かされそうになったが、混乱した考えをなんとかまとめようとした。

「主力艦隊の出撃はできるだけ避けるんだ、ギロン。わたしはまだ、諸王国を引きとめられる希望をもっている」

「彼らが離反したら、われわれは身動きがとれなくなります」ギロンは暗然としていった。

「同盟は、予想していた倍の艦船を出しています。簡単にカノープスを制圧するでしょう」

ゴードンは、ハル・バーレルをふりかえった。

「すぐに諸王国の大使を呼べ。ここに連れてくるんだ」

バーレルが部屋を飛び出していった。だが、すぐに帰ってきた。

「大使たちは、すでに集合しています。いま到着したところです」

トゥ・シャルをはじめとする大使たちが、すぐに執務室をいっぱいにした。蒼白な顔、興奮した顔、こわばった顔。

ゴードンは外交儀礼をいっさいはぶいた。「諸君も、ショール・カンが二個艦隊をヘラクレスとポラリスに向かわせたことはご承知だろう」

昼まで血の気《け》をなくしたトゥ・シャルが、うなずいた。「その報《ほう》は、すぐにわれわれに届きました。ショール・カンの放送も聞いて――」

ゴードンは荒々しくさえぎった。「男爵領は彼の侵略に抵抗するのか、それともあっさり通してしまうのか、返答を聞きたい。さらに、諸王国が帝国との協定を守るのか、それともショール・カンの脅《おど》しに屈するのか、返事を聞きたい」

ライラ王国の大使が、死人のように蒼白《そうはく》な顔で答えた。「帝国が約定《やくじょう》を守ってくださるなら、われわれ諸王国は、協定を守りましょう。われわれが結んだ約定では、必要があれば、帝国はわれわれを守るためにディスラプターを使うことになっています」

「ディスラプターを使うと約束しなかったかな？」ゴードンは気色《けしき》ばんだ。

「約束はしていただきましたが、殿下はその実験を避けておられます」ポラリス大使がいった。「秘密をご存じなら、なぜ避けているんですか。もしショール・カンの言葉どおり、あなたがにせものなら――われわれは無用の戦いのために自領を投げ捨てることになります」

ハル・バーレルが怒りにかられて、どなり声をあげた。「あなたがたは、ザース殿下がにせものだというショール・カンの途方もない嘘を、少しでも信じるんですか？」

「嘘でしょうか？」トゥ・シャルが、ゴードンの顔をじっと見つめていった。「ショール・カンは、ディスラプターが使われないという確信を、なにかつかんでいるはずです。さもなければ、こんな攻撃をあえてしかけてくるはずがありません」

「馬鹿な、このかたがザース・アーンかどうか、その目で見ればいい。それができないんですか？」アンタレス人は激昂《げっこう》していった。

「科学的な詐術《さじゅつ》で、他人に変装することはできますぞ！」ヘラクレス大使がぴしゃりといった。

最後に投じられたこの恐るべき一石《いっせき》に、ゴードンは絶望しかけたが、そのときふと、ある考えが心をよぎった。

「ハル、静かにしろ！」彼は命じた。「トゥ・シャルも、みんなも、聞いてほしい。わたしが、自分がザース・アーンであって、ディスラプターを使えるし、使うつもりだと証明してみせたら、諸君の王国は帝国とともに立ってくれるだろうか？」

「わが王国は立ち上がります！」ポラリス大使がすぐに叫んだ。「証明してくだされば、すぐに首府へ報告します」

ほかの大使も同様に、すぐさま口をそろえて請《う》けあった。ヘラクレス大使がつけ加えた。

「われら星団の男爵たちは、望みがないとわかっていても、暗雲星団に抵抗したいのです。あなたの証明があれば、われわれは戦います」

「わたしは自分が本物のザース・アーンだと、五分で証明できる」ゴードンはうなるようにいった。「ついてきてください。ハル、おまえも来い」

一同は戸惑いながらも、ゴードンが部屋を飛び出し、宮殿の廊下を抜け、動く傾斜路を下っていくあとを、あわててついていった。

そして一行は、螺旋《らせん》階段をおりていった。階下の広間からは、おぞましく脈動する白光の通路が、ディスラプターの保管室まで延びている。

ゴードンは当惑している大使たちをふりかえった。「この通路がなにか、みんな知っているはずだ」

トゥ・シャルが答えた。「銀河系の人間は、みなこの話は聞いております。ディスラプターの保管室に通じています」

「信任を受けた皇統《こうとう》の一員以外に、この通路をディスラプターのもとまで行ける人間がいるだろうか?」ゴードンはさらにいった。

大使たちも、だんだんわかってきた。「いません!」ポラリス大使が叫んだ。「帝国支配の後継者だけが、この波動のなかにはいっていけることは、だれでも知っています。ほかの人間はみな殺すように調整されています」

「では、見ていろ!」ゴードンはいい放ち、光を発する通路に歩みいった。

彼は大股に、ディスラプターの保管室まで行った。彼は大きな灰色のエネルギー円錐体がひとつ、台座ごと載った車輪つきの台を押して、部屋を出て通路を戻った。

「さあ、まだわたしがにせものだと思うか?」

「とんでもありません!」トゥ・シャルが叫んだ。「本物のザース・アーンでなければ、何人《なんぴと》もこの通路にはいって生きてはいられません」

「あなたはザース・アーンで、あなたはディスラプターの使い方を知っている!」別の大使が叫んだ。

ゴードンは彼らを納得させられたと思った。彼らは彼を、ザース・アーンに化《ば》けた別人かもしれないと疑っていた。だがいま、それはありえないことを見せつけられたのだ。

彼らが夢にも思っていなかったのは、彼は身体はザース・アーンでも、心は別の人間だということだった。ショール・カンでさえ、そこまで話したら逆に信用されないと思ってだまっていたのだった。

ゴードンは、大きなエネルギー円錐体を指さした。「それがディスラプターの装置の一部だ。残りはわたしが持ち出して、すぐに戦艦エスーン号に搭載する。そしてわたしは、エスーン号とともに、ディスラプターの恐るべき力で、同盟の攻撃を打ち砕きにゆくのだ」

ゴードンはこの張りつめた数分間で、運命を決する選択をしたのだった。

彼はディスラプターを使うつもりだった。その目的と威力は、彼にとってまだ畏怖《いふ》すべき謎だとはいえ、操作はジャル・アーンの説明で知っていた。それを使うことが破滅につながるとしても、あえて危険をおかすつもりだった。

というのも、自分からいいだしたわけではないにせよ、彼がこの奇妙な替え玉をつとめたことが、帝国をこの危難の淵《ふち》に立たせてしまったからだ。ディスラプターを使うことが彼のつとめであり、本物のザース・アーンに対する義務だった。

トゥ・シャルの年老いた顔が上気《じょうき》していた。「ザース殿下、あなたが帝国の約定を守ってくださるなら、われわれも約定を守りましょう。ポラリス王国は帝国とともに、同盟と戦うでしょう」

「ライラ王国も。そして、わたしたち男爵領も！」熱のこもった、興奮した声がひびきわたった。「殿下がディスラプターとともに出撃されると、われわれの首府にそれぞれ報告いたします」

「いますぐ報告してほしい」ゴードンは全員にいった。「諸君の国の艦隊を、ギロン司令長官の指揮下に配するように」

興奮した大使たちが、通信を送ろうと急いで階段をかけ上がっていくと、ゴードンはハル・バーレルをふりかえった。

「エスーン号の技術兵を、衛兵一個中隊といっしょにここへ呼んでほしい。わたしはディスラプターの装置を運び出し、すぐにエスーン号へ運べるようにする」

ひっそりと光を放つ保管室へゴードンは急いで出入りをくりかえし、大きな謎めいた円錐体をひとつずつ運び出した。これは自分ひとりの仕事だった――彼のほかに、ここへはいれるのはジャル・アーンだけだからだ。

大きな四角い変圧器を最後に台車で運び出したときには、ハル・バーレルがヴァル・マーラン艦長と技術兵たちを連れて戻ってきていた。

作業を急ぎながらも、装置のあつかいの慎重さには、彼らの畏怖がうかがえた。技術兵たちは装置をチューブウェイの車両に積みこんだ。

三十分後、彼らは軍用宇宙港の巨大なエスーン号がつくる影の下にいた。ここに残っている主要な艦船は、エスーン号のほか二隻の戦艦だけだった。ほかの艦はみな、この世紀の一戦に向けてすでに出撃していた。

稲光と雷鳴の大雨のもと、技術兵たちはすでに戦艦の艦首の周囲に配した台座に、エネルギー円錐体をせっせととりつけていた。円錐形の尖端《せんたん》が前を向き、底から延びるケーブルは艦体を通して、艦橋のうしろに位置する航法室につながれていた。

ゴードンは、四角い変圧器を制御盤とともに、航法室に設置し終えていた。ジャル・アーンの説明どおり、色つきのケーブルを管制盤の端子《たんし》につなぐよう指示する。太い動力線が後方に伸ばされ、艦の強力な駆動エネルギー発生機に接続された。

「あと十分で、出発準備完了です」汗で顔を光らせたヴァル・マーラン艦長が報告した。

ゴードンは緊張で震えていた。「円錐体を最後にもういちど点検しよう。そのくらいの時間はある」

彼は嵐のなかに飛び出し、戦艦の巨大な、のしかかるような艦首を見上げた。そこにとりつけられると、十二個の円錐体もひどくちっぽけなものに見える。

こんな小さな装置が、みんなが期待しているほど大きな効果を示せるとは考えられなかった。

それにしても——

「離陸二分前です！」ハル・バーレルが昇降用はしごに出て、けたたましい警報音と駆けまわる兵士たちの叫びを圧するような声で叫んだ。

ゴードンは向きなおった。そのとき、この混乱のなかを彼のほうに駆け寄ってくる、ほっそりした姿に気づいた。

「リアンナ！」彼は叫んだ。「どうした、なぜこんな――」

彼女はゴードンの腕のなかに飛びこんだ。彼に向けて上げた顔は、蒼白で涙に濡れていた。

「ザース、あなたが出発する前に、来ないではいられなかったの。もし戻ってこなかったら、知っておいてほしいと思って――わたしはいまも、あなたを愛しています。いつまでもあなたを愛しています。たとえ、あなたが愛しているのがマーンだとわかっていても」

ゴードンは、その涙に濡れた顔に頰を押しつけて、彼女を抱きしめた。

「リアンナ、リアンナ！　先のことは約束できないし、将来、ぼくらのあいだはすっかり変わってしまうかもしれない。でも、ぼくが愛しているのはきみだ」

この荒れくるう嵐のなかの惜別《せきべつ》の瞬間、苦い傷心が波となって彼に押し寄せた。

これが永遠の別れになることを、ゴードンは知っていた。たとえ戦闘を生き延びたとしても、スルーンに戻ってくるのは本物のザース・アーンであって、自分ではない。そして、生き延びられなければ――

「ザース殿下！」ハル・バーレルが彼の耳もとでしゃがれ声を上げた。「時間です！」

ゴードンは身体《からだ》を引き離しながら、永遠に忘れることのないよう、リアンナの白い顔と輝く瞳を、すばやく目に焼きつけた。これが最後だ。

ハル・バーレルは彼を、身体ごと舷門まで引きずりあげた。ぎしぎしと扉が閉まって、巨大なタービンが轟音《ごうおん》をあげ、通路では警報音が鋭く鳴りわたる。

「離床《りしょう》」スピーカーがかん高く警告を発し、風切る轟音《ごうおん》とともにエスーン号は嵐の吹きすさぶ大空を急上昇した。

唸りをあげて、残る二隻の戦艦もエスーン号を追った。三隻は星をちりばめた大空を、金属の矢となって突き進んだ。

「ギロン司令長官から連絡です！」通路を走りながら、ハル・バーレルが耳もとで叫んだ。「リゲル付近で激しい戦闘が行なわれています。同盟の艦隊が東側から突破しようとしています」

ゴードンがディスラプター制御盤を設置した航法室の立体受像器には、ギロン司令長官のきびしい姿が映っていた。

艦橋にいる長官の背後の窓に、炸裂《さくれつ》する原子砲弾と爆発する戦闘艦が見えた。生きながら地獄に送られるというのは、まさにこのことだ。

ギロンは声こそ冷静だが、早口だった。「われわれは同盟の東側の二個艦隊と交戦にはいりました。重大な損失を被《こうむ》っています。敵はなにか、わがほうの艦を内部から破壊するらしき新兵器を持っています――われわれには、それがどんな兵器かわかりません」

ゴードンは、はっとした。「ショール・カンが自慢していた新兵器か。どう作用するんだ？」

「不明です！」それが答だった。「戦闘艦が次々に艦列を離れてただよいだし、呼びかけにも応答しないのです」

ギロンはさらにつづけた。「男爵領からの報告では、彼らの艦隊は星団の東に展開し、そちらに向かっている同盟の艦隊ふたつに対抗するとのことです。ライラ、ポラリスほか、味方の王国の艦隊は、わたしの指揮下にはいるため、北西からすでに全速力で接近中です」

司令長官は陰鬱《いんうつ》にしめくくった。「同盟の新兵器がどういうものにせよ、わが艦隊に大打撃を与えています。わたしは西へ退却していますが、敵の攻撃は激しく、敵のファントム艦が次々と侵入してきます。これほどの損失となると、いつまでも持ちこたえられないと報告せざるをえません」

ゴードンは答えた。「われわれがディスラプターを持っていく。それを使う。ただし、戦線に到着するまで、まだ何時間もかかるだろう」

彼は命令を下す前に、考えようとした。ジャル・アーンの言葉を思い出す。ディスラプターの目標宙域は、できるだけ限定しなければならない。

「ギロン、ディスラプターを有効に使うには、同盟の艦隊をひとつところに集めることが、どうしても必要だ。なんとか、そうできるか？」

ギロンの耳ざわりな声が答えた。「唯一の方策は、この戦闘宙域から少し南西へ退却することでしょう。男爵領の艦隊の応援に行くように思わせるんです。そうすれば、同盟の二個戦力をひとつに集められるかもしれません」

「やってくれ！」ゴードンはうながした。「南西に退却して、われわれと合流できそうな、おおよその地点を教えろ」

「殿下が到着されるころには、デネブのちょうど真西にいるでしょう」ギロンは答えた。「ですが、同盟の新兵器の攻撃がつづいたら、そのときまでにわが艦隊がどれだけ残っているものやら」

ギロン司令長官は通信を切ったが、また別の立体通信器には、はるかリゲル星域の戦線に展開されている戦闘が浮かんでいた。

いくつもの艦が、原子砲の劫火《ごうか》と秘かに忍び寄るファントム艦の奇襲でやられていく。さらに、レーダー・スクリーンには、多くの帝国巡航艦が突然行動をはずれて、ただよいだすようすが映し出されていた。

「あんなふうに、わがほうの戦艦を行動不能にさせるなんて、同盟はいったいどんな新兵器をつくり出したんだ？」ハル・バーレルが脂汗《あぶらあせ》を流している。

「いずれにしても、そいつがギロンの手足をどんどんもいでいる」ヴァル・マーラン艦長が緊張しきった声でつぶやいた。「退却が、そのまま総くずれにつながるかもしれません」

ゴードンは、受像器が映し出す、気が遠くなるほどの混乱した戦闘のようすから目をそらし、憔悴《しょうすい》して艦橋の窓から外をながめやった。

エスーン号はすでに、大変な速度で小さなアルゴ恒星群を抜け、銀河の興亡をかけた最後の戦場に向けて南下していた。

ゴードンは恐怖に押しつぶされそうで、一種のパニック状態におちいっていた。この未来世界の巨大すぎる闘争のなかに、自分の居場所はない。ディスラプターを使おうなどと、衝動的に決心してしまった自分は、頭がおかしくなっていたのだ。

この自分がディスラプターを使う？　ほとんどなにも知らないのに、どうしてそんなことができる？　その発明者が、銀河そのものを引き裂いて破壊してしまいかねないと警告しているような恐るべき力を、鎖《くさり》から解き放つような真似を、本当に自分ができるのか？

26　恒星間の戦い

強大な駆動エネルギー発生機の全出力推進が、艦全体を震わせ、脈動させ、唸りを上げさせた。エスーン号は二隻の護衛戦艦をともない、星のきらめく銀河宇宙を南へ急いだ。

刻一刻と三隻の巨大戦艦は、遠く輝くデネブのそばの運命を決する合流地点へ、帝国艦隊が退却してくる地点へ向けて最高速度で飛んでいた。

「男爵領も戦っています」目を輝かせて立体通信器を覗いていたハル・バーレルが、ゴードンをふりかえった。「星団の外の、あの戦いを見てください！」

「彼らもギロン長官の艦隊と同様、デネブに向かって後退しているはずだぞ！」ゴードンは叫んだ。

彼は立体通信器が映す光景を見て、あっけにとられた。大戦闘のただなかにいるヘラクレス星団の艦が送ってきたのは、熾烈《しれつ》な戦闘の、理解をこえた光景だった。

見たところ、その戦いには、なんの作戦も目的もないかのようだった。ヘラクレス星団の巨大な恒星群のそばの、星のちりばめられた一画《いっかく》に、小さな火がいくつもちらついていた。小さな火が、いくつもふいに輝いたあと、またふいに消える。それらの火のひとつひとつが、はるか遠い空間で放たれた、原子砲弾の爆発だった。

ゴードンはこの恐ろしい戦いを思い描くことができなかった。この遠い未来の戦争は、彼にとってあまりにも異様で、星間を舞う華《はな》やかな死の炎が意味する全体像は、彼の経験からは理解できなかった。この戦争では、恐ろしいほど遠く離れた艦同士がレーダー・ビームで手さぐりし、そして瞬時に機械計算して、強力な原子砲を発射する。これは、まったく異質な、この世のものではない戦争だ。

彼が見まもるうちに、戦いのようすは、ゆっくりと変わりはじめた。鬼火《おにび》の踊りのような炎が、ゆっくりと星団の巨大恒星の群れのほうへ後退していく。戦線はいま、恒星群の北と北西で、パチパチと火花を散らしているのだ。

「ギロン長官の命令どおり、退却しています」ハル・バーレルが叫んだ。「ちくしょう、男爵領の艦隊は、もう半分はやられてしまった」

エスーン号艦長ヴァル・マーランは、檻《おり》のなかの虎のように、並んだ立体通信器のあいだを行ったり来たりしていた。

「リゲルから退却したギロン長官の主力艦隊がどうなっているか、見てください」彼はしゃがれ声でいった。「やつらは狂ったように攻撃している。わがほうの被害は甚大《じんだい》にちがいない」

彼がにらんでいた立体通信器を、ゴードンも覗いた。リゲルから西へ退却していく、さっきと同じような、もっと大きな死の火花の渦が見えた。

この銀河系の恐るべき最後の決戦を、ほかの幹部のように現実的に思い描くことができなくてよかった、と彼は力なく思った。もしできていたら、神経をひどくやられていただろうし、彼はいま、冷静さを保っていなければならなかったのだ。

「ギロン艦隊と男爵領艦隊との合流地点まで、あとどれくらいだ？」彼はヴァル・マーラン艦長にたずねた。

「まだ十二時間はかかります」艦長は張りつめた声で答えた。「それに、男爵領の艦隊が合流地点までどれだけ生き残ってたどり着くかも、神のみぞ知るです」

「くそったれなショール・カンと狂信者どもめ」ハルが、ごつい顔を激情でまっ赤に染めて悪態をついた。「何年もかけて、この戦いに勝利しようと、戦闘艦をつくり、新兵器を考えていやがったんだ」

ゴードンは、部屋の奥にあるディスラプター装置の制御盤に戻った。スルーンを出て、もう百回目にもなるが、謎の力を解き放つ手順を練習した。

「しかし、ぼくが解き放ったとして、この力はいったいなにをするんだろう？」彼は神経を張りつめながら、またしても考えた。「殺人波の巨大なビームとなるのか、それとも一定領域の物質を壊滅させるんだろうか？」

無駄な憶測だ。そんなものではないだろう。その程度のものなら、ブレン・バーは、銀河を破壊しかねないなどと、もったいぶった警告を残すはずがない。

エスーン号の小艦隊が巨大な戦闘現場に近づいていくあいだ、何時間も恐ろしい緊張がつづいた。時間がたつにつれて、帝国軍の形勢は悪くなる一方だった。

大打撃を受けながらもまだ星団の外で戦っているヘラクレス男爵領の艦隊に合流するため、南西に退却していたギロン艦隊は、おおぐま座星雲の近くで、ライラ、ポラリス、シグナスの艦隊と合流していた。

帝国軍の司令長官は、追ってきた同盟の大艦隊に向きなおり、そこで二時間の死闘をつづけ、双方の艦隊を燃えさかる星雲のなかに引き入れるための殿《しんがり》となって奮戦した。

やがてゴードンは、ギロン長官が戦闘中止を命じる声を聞いた。帝国宇宙軍の極秘の周波数自動変換暗号で出された命令は、エスーン号の立体通信器にもはいってきた。

「ライラ艦隊のサンドレル艦長へ――星雲を出ろ！　敵が貴艦隊とシグナス艦隊のあいだに縦列で突入している」

ライラ艦隊の司令官の返答は絶望的なものだった。「わが艦隊の行く手に、敵のファントム艦が群がっています。しかしわたしは――」

通信が突然途切れ、立体通信器が暗くなった。ゴードンはギロン長官がむなしくサンドレルを呼びつづけるのを聞いていたが、応答はなかった。

「これが何度もくりかえされてるんだ！」ハル・バーレルが怒りくるった。「帝国側の艦が、近くにファントム艦がいると報告すると、そこで急に報告が途切れて、艦は沈黙したまま行動不能になって漂流しはじめる」

「ショール・カンの新兵器か！」ヴァル・マーラン艦長が歯ぎしりした。「そいつがどういう兵器なのか、手がかりでもあれば」

ゴードンはふいに、ショール・カンがサラーナで新造兵器を自慢したときの言葉を思い出した。

「――敵の戦闘艦を内部から破壊できる兵器だ」

ゴードンは一同にその言葉をくりかえし聞かせた。「わたしの頭がおかしいのかもしれないが、こう思ったんだ。敵艦を内側から破壊する唯一の方法は、その艦の立体通信ビームに、なにかの形のエネルギー・ビームを乗せることだ。やられた艦は、攻撃されたときにいつも立体通信を行なっていたはずだ」

「ハル、ありうるぞ」ヴァル・マーランがいった。「やつらが、わがほうのテレステレオ通信を傍受できれば、それをエネルギー搬送ビームに利用して、わがほうの艦にエネルギーを――」

彼は立体通信器に飛びつくと、急いでギロン長官を呼び出し、その考えを伝えた。

「暗号通信に瞬時送信を併用すれば、その新兵器を防げるかもしれない」ヴァル・マーランは最後にいった。「そうすれば、わがほうのビームを傍受する暇がないでしょう。それから、万が一それでも侵入された場合に備えて、立体通信室に緩衝器《かんしょうき》をつけるんです」

ギロン長官は、わかったというようにうなずいた。「やってみよう。全艦に、通信はごく短時間にして、録音したものを瞬時送信で送るよう通達する」

ヴァル・マーランは技術兵たちに、立体通信器のそばに、危険な放射線を遮断する電界の発生装置を緩衝器として設置するよう命じた。

すでに帝国側の艦船は、命令に従って、数秒ごとに送信する瞬時通信に変更していた。

「効《き》いている――やられる艦がぐっと少なくなった」ギロン長官が報告してきた。「だが、わがほうはすでに大打撃を受けているし、男爵領の艦隊の残存勢力もひとにぎりです。南へ退却して、星団にはいりますか？」

「だめだ！」ゴードンは叫んだ。「星団のなかでディスラプターを使うことはできない。デネブのそばでくいとめてくれ」

「やってみましょう」ギロンはむっつりと答えた。「ですが、殿下にはあと四時間で到着していただかないと、くいとめられるだけの味方がいなくなっています」

「四時間だって?」ヴァル・マーラン艦長は脂汗《あぶらあせ》を浮かべた。「まにあうかどうか。エスーン号のタービンは、いまでさえ過負荷なんです!」

エスーン号の小艦隊が、なおも白く輝くデネブに向かって南下するうち、デネブの東側の大戦闘は、恒星に近づいていっていた。

火炎の死の踊り、爆発する航宙艦の炎が、銀河宇宙を次第に西へ移動していく。南方からは、勇猛な男爵領艦隊の手負いの残存勢力が、帝国軍と諸王国軍の艦隊に最後の決戦のために合流しようと急行していた。

まさしく銀河系最後の大決戦だった! 暗黒星雲同盟の二大主力艦隊は東方で合流し、勝ち誇ったように、最後の圧倒的な攻撃をかけようと突き進んでいた。

ゴードンは立体通信とレーダー・スクリーンで、ようやくエスーン号の手が届こうとしている、この最高潮を迎えた戦いを見ていた。

「あと三十分――まにあうかもしれない。まにあうかも!」ヴァル・マーランはこわばった声でつぶやいた。

中央レーダー・スクリーンについていた士官が、ふいに大声を上げた。「左舷にファントム艦！」

ジョン・ゴードンが面くらう速さで、事態は展開した。暗黒星雲同盟のファントム巡航艦がレーダー・スクリーンに映ったとたん、左舷側の空間に大きな火の手が上がった。

「護衛の戦艦が一隻やられた！」ハル・バーレルが叫ぶ。「ちくしょう！」

どんな人間も及ばない機械計算で発射されるエスーン号の原子砲が、轟音《ごうおん》を放った。周囲の空間に、エスーン号をかすめた大型の原子砲弾が炸裂《さくれつ》し、目もくらむばかりの閃光《せんこう》につつまれた。やがて、遠くに火の手がふたつ上がり、すぐに消えた。

「二隻やったぞ！」ハルが叫んだ。「残りは闇航行に移った。二度と姿を現わす勇気はないでしょうな」

ギロン長官の声が、立体通信器から聞こえた。瞬時通信が録音器を経《へ》てひとつながりにまとめられ、通常の通信に再現された。

「ザース殿下、同盟の大艦隊が側面にまわりました。もう一時間で、こちらは寸断されてしまいます」

ゴードンは大声で答えた。「もう少しだけ持ちこたえるんだ。すぐに――」

その瞬間、受像器のギロン長官の姿が消え、代わって黒い制服の青白い男たちが現われた。太い杖《つえ》のような武器をふりかざしている。

「暗黒星雲人だ！　同盟のファントム艦が、こっちのビームを傍受して、ショール・カンの新兵器を乗せてるんだ！」バーレルが金切り声をあげる。

映像内の先頭にいる暗黒星雲人がふりかざした杖のような武器が、青い不規則な電光を放った。エネルギーの閃光はゴードンの頭上をこえ、部屋の金属壁を破った。

立体映像を通じた、艦内への攻撃だ。立体通信用ビームに乗ってはいりこんだ青い電光によって、映像が彼らを破壊するのだ。

映像は数秒だけだった。すぐに瞬時通信が切られ、暗黒星雲人とその武器は消えた。

「こういうやりかただったのか！」バーレルは叫んだ。「こちらが見当もつかないうちに、艦隊の半分以上がやられてしまったのも不思議はない」

「緩衝器を起動しろ、早く！」ヴァル・マーランが命じた。「いつまた立体通信器から、次の攻撃を受けるかもわからないぞ」

エスーン号が戦闘宙域へ接近するにつれ、ゴードンは首筋の毛が逆立つ思いがしてきた。恐ろしい瞬間が迫っているのだ。

ギロン長官は帝国と諸王国の艦を、短い防衛線に集結させていた。左側の端をデネブの白く輝く巨体にぴったりつけている。はるかに優勢な同盟艦隊はいくつもの艦列をなしてそこに押し寄せ、帝国艦を猛烈な砲火で燃え上がらせ、右側の端から押しつぶそうとしている。

いま宇宙は、死にゆく戦闘艦と、恒星のあいだで踊る炎が描く地獄図だった。エスーン号はそのなかを、戦いの最前線へ向かって突き進む。その巨大な原子砲は、食いついて離れず、くりかえし闇航行から姿を現わしては攻撃してくる同盟のファントム艦に対して、轟音を放ちつづけた。

「ギロン、着いたぞ！」ゴードンは叫んだ。「さあ、艦隊を薄く散開させて、全速力で退避しろ」

「そんなことをしたら敵艦隊は一団となって、わがほうの薄くなった戦線を、紙みたいに破ってしまいます」ギロン長官が異議をとなえた。

「それこそ、こちらが願っていることだ！　同盟の艦を、できるだけかためたい」ゴードンは答えた。「早くしろ、こっちは――」

ギロン長官を映していた立体通信器がまた、杖状の武器を手にした暗黒星雲人に変わった。武器から青い電光が――だが、電光は緩衝器の磁場で中和され、消えてしまった。やがて瞬時通信が機能して、立体通信が遮断された。

「やつらがこちらの通信を遮断するだけで、勝敗を決してしまうな！」ハル・バーレルはうめき声を上げた。

ゴードンはレーダー・スクリーン上で、急速に宇宙に展開していく艦隊の動きを、緊張して見守っていた。

ギロン艦隊はすばやく西に退却し、そこから精いっぱい散開して逃げ出していく。

「同盟艦隊が来るぞ！」ヴァル・マーラン艦長が叫んだ。

ゴードンもスクリーンでそれを見ていた。十二パーセク足らずのところに、何千という同盟艦隊が、かたまってうごめいている。

彼らは追ってはきたが、ゴードンが願っていたほど密集していない。ただ、前よりいくらか短く厚い戦列になっただけだった。

いずれにしても行動に移らなければならないと、ゴードンにはわかっていた。ジャル・アーンの警告を思い出す。ディスラプターを開放する前に、敵をこれ以上近づけられない。

「エスーン号をここに停止させ、艦首を同盟の戦列の中心に正確に向けろ」ゴードンはかすれ声で命じた。

ギロン艦隊はいまではさらに後方にさがっていて、エスーン号だけが迫りくる同盟の大艦隊に向きあっていた。

ゴードンはディスラプターの変圧機を前にしていた。制御盤にならぶ六つのスイッチをいれ、それぞれの加減抵抗器を四目盛《めもり》だけまわした。

計器の針がゆっくりと動く。この謎めいた装置が想像もつかない規模で電力を吸いこむにつれ、強大な戦艦のエネルギー発生機がますます大きくうなる。

艦首のエネルギー円錐体に、そのエネルギーが蓄《たくわ》えられているのだろうか？　ジャル・アーンはなんといっていただろう？　ゴードンは思い出そうとした。

「発射がとんでもない悲劇を起こさないようにするには、六つの指向計器の目盛が完全につりあいがとれていなければならない」

　計器はなかなかつりあいがとれなかった。彼は死にもの狂いで、次々と加減抵抗器にふれていった。針が危険を示す赤いしるしにじりじりと近づいていくが、早すぎるのがある。早すぎる！

　ゴードンは額《ひたい》に玉の汗を浮かべ、全員が見守るなかで、人間の域をこえた緊張に身体がこわばるのを感じた。こんなことはできやしない！　まったくなにも知らないのに、こんなものを発射する勇気はない。

「艦列が高速で接近しています——距離、八パーセク！」ヴァル・マーランが張りつめた声で警告した。

　三つ、やがて四つと、針は赤いしるしの上に乗った。だが、ほかの針はまだ手前だ。ゴードンは急いで、加減抵抗器のダイヤルをまわした。

　針はいま、すべて赤いしるしの上に来たが、正確には一致していない。エスーン号は酷使されつづけるタービンの轟音とともに激しく震動していた。恐ろしい緊張感で、空気に電気がかよっているかのようだった。

　針がそろった。すげてが計器の赤い範囲にある、同じ数字をさす——

「行くぞ！」ゴードンはかすれた声で叫び、主解放スイッチをいれた。

27　ディスラプター

　青白い無気味なビームが、エスーン号の艦首から何本も放射され、行く手の宇宙の、ほの暗い宙域に向かった。青白い光はゆっくりと這《は》うように進み、進むうちに広がっていく。

　ゴードンは、ハル・バーレルとヴァル・マーランとともに舷窓《げんそう》にしがみつき、凍りついたように身じろぎもせず、前方を見つめていた。だが、なにも変わったようすはない。

　そのとき、暗黒星雲同盟艦隊の前線の位置を示すレーダー・スクリーンの光点の集団が、かすかに揺れたようだった。そのあたり一帯に、ちらつきが走ったように見えた。

「なにも起こらないぞ！」バーレルがうなった。「なにも！　きっとこれは――」

　はるか前方に、黒い点が現われた。それが脈動しながらどんどん大きくなる。

　それはあっというまに、黒い染みとなって大きさを増しつづけた。ただ光がないというだけの黒ではない。人間の目がこれまで映したことのない、生きた震動する暗黒だった。

　レーダー・スクリーン上でも、同盟艦隊の前線の半分を含む一帯が闇に呑まれていた。スクリーン上にも黒い染みが現われていたのだ。その染みが、レーダー波をはねかえしている。

「なんてことだ！」ヴァル・マーランが震えながら叫ぶ。「ディスラプターは、あの一帯の空間そのものを破壊しているのか！」

ディスラプターの恐るべき力の謎に対する、想像だにしなかった恐るべき解答が、やっとゴードンの震えあがった心にもはいってきた。

その科学的手法は彼には理解できなかったし、永久に理解することもないだろう。だが、その結果はいま彼に押し寄せていた。ディスラプターの力が消し去ってしまうのは、物質などではなく、宇宙空間そのものだった。

われわれの宇宙の時空連続体は四次元であり、超次元の深淵《しんえい》のなかにただよう四次元の球体だ。ディスラプターの恐るべきビームの一撃は、その球体の一部分を宇宙から押し出すことによって消滅させてしまうのだ。

呆然《ぼうぜん》とするばかりだったゴードンの心に、一瞬のうちにそれだけのことがひらめいた。彼は急に怖くなった。ぎくしゃくと装置を切る。

次の一秒がすぎると、宇宙が狂った。

エスーン号は、巨人の手の恐ろしい力で、宇宙にたたきつけられたかのようだった。輝く星も宇宙も狂ってしまった。デネブの白熱する巨大なかたまりが虚空《こくう》で激しく揺れ、彗星《すいせい》も暗黒星も隕石《いんせき》も、狂ったような流れとなるのを垣間《かいま》見た。

ゴードンは壁にたたきつけられ、魂がおののき震えた。卑小《ひしょう》な人間ごときに、その久遠《くおん》の世界に大胆にも汚れた手をふれられて、宇宙が怒り狂って、復讐に立ち上がったかのようだった。

しばらくたって、ゴードンはぼんやりとわれに帰った。エスーン号は激しいエーテル嵐のなかをいまだにたゆたっていたが、星の輝く宇宙空間はその狂ったような痙攣《けいれん》から、ようやく回復しつつあるようだった。

ヴァル・マーラン艦長が、こめかみの大きな傷から血を流しながら支柱にしがみつき、艦内通話機で命令を叫んでいた。

彼は恐ろしく青ざめた顔でふりかえった。「タービンは持ちこたえていますし、動揺もおさまりつつあります。あの衝撃では、もう少しでデネブに投げこまれるところでした。銀河系のこのあたり一帯で星が揺れていました」

「揺りかえしだったんだ！」ゴードンは息がつまった。「そうだ――ディスラプターのあけた宇宙の穴に、まわりの空間がなだれこんだんだ」

ハル・バーレルがレーダー・スクリーンの上に身を乗り出した。

「いまの衝撃で破壊された同盟の艦船は、半分だけです」

ゴードンは身ぶるいした。「わたしには二度とディスラプターは使えない。使ってはならない」

「その必要はないでしょう」バーレルが熱っぽくいった。「敵艦隊の残ったやつは、恐慌状態になって、暗黒星雲に逃げ帰ろうとしています」

彼らが逃げ出すのも無理はない、とゴードンはうんざりして考えた。宇宙そのものが狂って、まわりから崩れていったら――彼だって、こうと知っていたら、こんな恐ろしい力を解放する勇気はなかっただろう。

「ブレン・バーが、軽々しくディスラプターを使うなと警告していた理由が、いまわかった」彼はかすれ声でいった。「二度とこんなものを使うことがないよう、神に祈ろう」

立体通信器から次々と呼びかけてくる声がする。ギロン司令長官の旗艦から大急ぎで、呆然とした質問が来た。

「なにが起こったんですか?」司令長官は震えながらくりかえしたずねた。

ハル・バーレルだけが、自分たちの目標を見失わなかった。やらなければならないことが残っている。

「暗黒星雲同盟の艦隊は、総くずれで暗黒星雲に向かっている。いや、残った艦隊だけがですが」彼は意気揚々と司令長官に伝えた。「追撃すれば一挙に全滅させられます」

ギロン長官もこの好気に乗った。「すぐに追撃を命じよう」

銀河系を横断して、同盟の残存艦船は、暗黒星雲に逃げ場を求めて、一散《いっさん》に逃げていた。そしてそのあとを、エスーン号と帝国艦隊が刻々と追った。

「ショール・カンの支配を打ちくだき、残存艦を撃破できれば、やつらはもうおしまいです」バーレルが得意げにいった。

「ショール・カンは艦隊とともに出てきていなかったと考えているのか？」ゴードンがたずねた。

「あいつは老獪《ろうかい》ですからね——絶対安全なサラーナで指揮をとっていたでしょう」ヴァル・マーラン艦長がきっぱりという。

ゴードンも少し考えてから、うなずいた。ショール・カンは臆病者ではないとはいえ、やはり、暗黒星雲の本拠地から、この大がかりな攻撃を指揮していただろう。

何時間もすぎ、同盟艦隊は暗黒星雲に逃げこんでしまった。あとを追った帝国艦隊は、巨大な薄暗くかすんだ星雲のすぐ外側にあった。

「追いかけて暗黒星雲に侵入したら、待ち伏せにあうかもしれません」ギロン司令長官がいった。「この宙域に関しては、われわれはなにも知っていません。航法上の危険に満ちた宙域です」

ゴードンは提案した。「降伏を勧告しよう。最後通牒《つうちょう》を出すんだ」

「ショール・カンは降伏などしませんよ」ハル・バーレルが警告した。

だがゴードンは、立体通信用ビームを暗黒星雲のなか、サラーナに向けて送信させた。

「暗黒星雲同盟政府に告げる。降伏の機会を与える。あきらめて、当方の指示にしたがい武器を捨てれば、諸君をこの侵略戦争に駆りたてた犯罪者たちを除いて、だれにも罰は加えないことを約束する。

ただし、これを拒絶すれば、われわれはディスラプターを暗黒星雲全域に向けて放射する。ここを永久に銀河系宇宙から抹消する」

ヴァル・マーランがぎょっとした顔で彼を見た。「やるんですか？　しかし、そんな――」

「やる気はない」ゴードンは答えた。「二度とディスラプターは使わない。でも、向こうはその威力を味わったんだ。脅《おど》しがきくかもしれない」

立体送信への返事はなかった。一時間後、彼はまたくりかえした。

今度も返事がなかった。またしばらく待っていると、ギロン司令長官の厳粛《げんしゅく》な声が伝わってきた。

「ザース殿下、どうやら侵攻しなければならないようです」

「いや、待ってください」ハル・バーレルがいった。「サラーナから通信が来ています」

立体通信器に、興奮した暗黒星雲人の一団が現われた。そこはショール・カンの宮殿の一室で、負傷した者もまじっている。

「ザース殿下、われわれはあなたの条件を受諾いたします。数時間で、こちらにはいってこられるようにします」

「策略かもしれません」ヴァル・マーラン艦長がいった。「真に受けたら、ショール・カンに、罠《わな》を用意する暇を与えることになります」

立体映像の暗黒星雲人は首をふった。「ショール・カンの恐ろしい独裁政権は倒れました。

彼が降伏に反対したので、われわれは反抗して立ちあがったのです。彼の姿をご覧になれば、おわかりいただけるでしょう。彼は死にかけています」

立体映像は突然、宮殿の別の部屋に切りかわった。そこにぐったりと腰をおろしているショール・カンの映像が現われた。

彼は銀河系征服の大きな野望を指揮した、簡素な執務室の椅子におさまっていた。武器をもった暗黒星雲人がまわりを囲んでいる。彼の顔は大理石のように白く、脇腹に焼け焦《こ》げて黒くなった傷が見えた。

彼は立体映像のなかで、どんよりした目を上げた。ゴードンを見定めると、一瞬、目が澄んだ。そして、弱々しく、にやりと笑った。

「きみの勝ちだ」彼はゴードンにいった。「きみがまさかディスラプターを使うとは、思いもしなかったよ。怪我《けが》の功名《こうみょう》だな。あれの威力で、きみ自身まで破壊されてしまわなかったのは――」

息が喉につかえたようだったが、また話をつづけた。「こんな最期《さいご》をとげるなんて、わたしもひどい目にあったものだ。そうだろう？　しかし、泣きごとはいわんよ。命はひとつ、それをぎりぎりまで活用したんだ。きみも本質的にはわたしと同じようなものだ。だからきみのことが好きなんだ」

ショール・カンの黒い頭がぐらつき、蚊の鳴くような声になった。「ゴードン、わたしはきみたちの世界の先祖がえりというやつかもしれんな？　時代をまちがえて生まれたよ。もしかすると――」

その言葉とともに、彼は絶命した。たくましい身体が、がくんとデスクに前のめりになったことで、それがわかった。

「ザース殿下、やつはあなたになにをいっていたんです？」ハル・バーレルが怪訝《けげん》そうにたずねた。「わたしにはわかりませんでした」

ゴードンは奇妙な、突き刺されるような感情を味わっていた。人生というのは、予測がつかないものだ。彼がショール・カンを好きにならなければならない理由はひとつもない。だが、ゴードンはいま、彼が好きだったことに気がついた。

ヴァル・マーランも、エスーン号の士官たちも大喜びだった。

「勝ったんだ！　暗黒星雲同盟の脅威は、永遠にとり除かれた！」

戦艦のなかは大騒ぎだった。そして、この途方もない安堵感が、全艦隊に広がっていくのがわかった。

二時間後、ギロン司令長官は、サラーナからの誘導レーダー・ビームに乗せて、占領部隊を暗黒星雲に送りこみはじめた。艦隊の半分は万一の裏切りに備えて星雲の外で警戒にあたった。

「彼らが本当に降伏したことは、もうまちがいありません」彼はゴードンにいった。「向こうにやった先遣隊から、暗黒星雲同盟の戦闘艦はすでに全部ドック入りして武装解除されていると報告がありました」

彼は心をこめてつけ加えた。「エスーン号の護衛のために、戦艦の一隊を残しておきます。殿下がスルーンにお帰りになりたいことは、わかっております」

ゴードンはいった。「護衛はいらない。ヴァル・マーラン艦長、すぐに出発していいぞ」

エスーン号はカノープスに向かって、長い宇宙の旅に出発した。しかし三十分後、ゴードンは新しい命令をくだした。

「カノープスではなく、太陽系《ソル》に向けろ。行く先は地球だ」

ハル・バーレルが驚いて反対した。「しかしザース殿下、スルーンじゅうがあなたのお帰りを待っているのですよ。帝国全域のすべての者が、あなたを歓迎しようと、喜びに酔いしれて待っています」

ゴードンはぼんやりと首をふった。「いまはスルーンには行かない。地球に連れていってくれ」

彼らは狐につままれたように、不思議そうに彼を見た。しかし、ヴァル・マーラン艦長が命令をくだし、戦艦はわずかに進路をそらして、彼方の太陽《ソル》の黄色い光の点に艦首を向けた。

何時間もエスーン号は北に向かって飛びつづけ、疲れきったゴードンはそのあいだずっと、窓ぎわにすわってぼんやりと外をながめていた。

やっと地球に、彼の時代に、彼の世界に、彼自身の身体に帰るのだ。ようやく彼は、ザース・アーンとの約束を果たせるのだ。

彼は銀河系のすばらしい星の輝きを見わたした。いまカノープスが輝く灯台のように、遠くはるか西にある。彼はスルーンを思い、そこで歓喜している何百万の人々を思った。

「ぼくにとっては、もうすべて終わったんだ」彼はぼんやりと自分自身にいい聞かせた。

「永遠に終わったんだ」

彼はリアンナを思い、またしても心のなかに張りさけんばかりの悲しみが湧き起こった。これもまた、彼にとっては永遠に終わったのだ。

ハル・バーレルがはいってきた。「ザース殿下、帝国全域、銀河系全域が、あなたをたたえて大騒ぎをしています。みんなが待っているいま、どうしても地球に行かなければならないのですか？」

「ああ、行かなければならないんだ」ゴードンが強くいうと、大男のアンタレス人は途方に暮れた顔で出ていった。

まどろんでは目覚め、また眠る。時間はいまとなっては、ほとんど意味がないようだった。宇宙船の正面におなじみの黄色い円盤のような太陽《ソル》が大きく迫ってくるまで、あと何日かかるだろう？

緑の古い地球に向かってエスーン号は降下していき、日のあたっている東半球に向かった。

「山頂のわたしの研究所に降りるんだ――ハルが場所を知っている」ゴードンはいった。

無限の歳月を氷に包まれたヒマラヤ山中の塔は、彼が出てきたときそのままのようだった。あれからの日々が、どれだけ長く思われたことか！　エスーン号は小さな台地に静かに着陸した。

ゴードンは不思議そうな仲間たちに顔を向けた。「ちょっとわたしの研究所に行ってくる。ハル・バーレルだけ、ついてきてくれ」

彼はためらってから、つけ加えた。「握手してくれないか？　諸君はわたしの最上の友であり、同志だ」

「ザース殿下、それではまるで、お別れのようです」ヴァル・マーラン艦長が思わず心配そうにいった。「そこで、なにをなさるんです？」

「わたしの身にはなにも起こらない。約束する」ゴードンは少し微笑した。「二、三時間で帰ってこられると思うよ」

彼らは握手をかわした。一同は無言で、凍った、刺すような大気のなかに、彼とハル・バーレルが出ていくのを見送った。

塔ではゴードンが先に立って、本物のザース・アーンとヴェル・クェン老人が考案した精神科学の奇妙な装置のあるガラスばりの研究室に行った。

ゴードンは心のなかで、老科学者が精神感応《テレパシー》増幅装置と精神送信機の操作について話してくれたことをおさらいした。できるだけ念いりに、器具を点検する。

ハル・バーレルは不思議そうに、心配そうに見守っていた。とうとうゴードンは、彼に向きなおった。

「ハル、あとできみの助けが必要になる。わからなくてもいいから、いわれたとおりにやってほしい。いいね？」

「自分が殿下の命令ならなんにでもしたがうことはご存じのはずです」大男のアンタレス人は大声でいった。「しかし、やはり心配です」

「心配はいらない——数時間後には、きみはまたスルーンに向かっているだろうし、わたしもいっしょだ」ゴードンはいった。「ちょっと待ってくれ」

彼は精神感応増幅装置の頭にかぶる部分を自分にとりつけた。ヴェル・クェンに教わったとおり、ザース・アーンの個有精神波長に合わせてあることを、もう一度たしかめる。そして彼は、装置のスイッチをいれた。

ゴードンは念じた。心を集中して、装置によって思考波を増幅し、時間次元の深淵《しんえん》をこえて、それに波長を合わせてる精神に投げつける。

「ザース・アーン！　ザース・アーン！　聞こえるか？」

応答の思考はなかった。くりかえし思考波を送ったが、やはり返事はない。

驚きと不安がゴードンをとらえはじめた。一時間後にもういちどやってみたが、やはりだめだった。ハル・バーレルは不思議そうに見ていた。

やがて四時間がたち、彼は必死になってまたこころみた。

「ザース・アーン、聞こえるか？　ジョン・ゴードンだ！」

今度は、かすかに、遠い想像もつかない時間の深淵の彼方から、細い思考波の応答が彼の心にはいってきた。

「ジョン・ゴードン！　驚いたよ、何日も待たされて、どうかしたのかと心配していたんだ。なぜヴェル・クェンではなく、きみが呼びかけているんだ？」

「ヴェル・クェンは死んだ！」ゴードンは思考ですばやく答えた。「ぼくがこの時代に渡ってきてすぐ、彼は暗黒星雲同盟の兵士に殺されたんだ」

彼は急いで説明した。「こっちは、暗黒星雲同盟と帝国のあいだで銀河大戦があったんだ、ザース。ぼくはそれに巻きこまれて、きみと再交換しに地球に戻ってこられなかった。しかたなく、きみに化《ば》けたよ。約束どおり、だれにも話していない。ぼくがにせものだと気づいた人間がひとりいたが、そいつは死んだし、こっちでは、ほかにはだれも知らない」

「ゴードン！」ザース・アーンは興奮して熱っぽい思考を送ってきた。「では、きみは誓いを本当に守ってくれたのか？　わたしの身体と地位にそのままとどまっていることもできたのに、そうはしなかった」

ゴードンはいった。「ザース、再交換のための精神送信機は、ぼくが使えそうだ。ヴェル・クェンから聞いた説明でね。このやりかたでいいかどうか、いってくれ」

彼は思考のなかで、精神送信機の操作の詳しい手順をさらった。ザース・アーンの思考が、大部分はそれでいいといって、ところどころ修正しながら、急いで答えてきた。

「それでいい。こっちは交換の準備はできている」ザース・アーンが最後にいった。「しかし、ヴェル・クェンが死んでしまったいま、だれが送信機を操作するんだ？」

「ここに友人がいる。ハル・バーレルだ」ゴードンは答えた。「彼は、ぼくたちがなにをやってるのかは知らないが、送信機のスイッチのいれかたは、ぼくが教える」

彼は思考の集中をやめ、立って見守っていた心配そうなアンタレス人をふりかえった。

「ハル、いよいよきみの助けがいる」ゴードンは精神送信機のスイッチを教えた。「わたしが合図したら、このスイッチを順序よくいれていってほしいんだ」

ハル・バーレルは熱心に聞いてから、わかったというようにうなずいた。「それならできます。しかし、殿下はどうなるんです？」

「それはいえないよ、ハル。でも、わたしの身には害はないはずだ。請《う》けあうよ」

彼はアンタレス人の手を堅く握りしめた。やがて、ヘルメットの部分を調整しなおすと、また時間の深淵をこえて思考を送った。

「ザース、準備はいいか？　よかったらハルに合図する」

「準備はできているよ」ザース・アーンの返事がとどいた。「それからゴードン、別れをいう前に、きみがわたしのためにやってくれたことすべて、それに誓いを忠実に守ってくれたことにお礼をいっておくよ」

ゴードンが合図の手を上げた。ハルがスイッチを次々といれる音が聞こえた。送信機が捻り、ゴードンは自分の心が吹き荒れる暗黒のなかに飛ぶのを感じ……

28　宇宙放浪者の帰還

ゴードンはゆっくりと目を覚ました。頭が痛かったし、心を乱す居心地のわるさを感じた。少し身体《からだ》を動かして、そこで目をあけた。

見なれた部屋、見馴《な》れたベッドで横になっていた。ニューヨークの小さな彼のアパートメント。暗い部屋は、やけにせま苦しく感じられた。

震えながら彼は電灯をつけ、ふらふらとベッドから出た。部屋の向こう側にある、背の高い姿見に向かう。

彼はまたジョン・ゴードンになっていた。ジョン・ゴードンの頑丈《がんじょう》なずんぐりした身体と陽焼《ひや》けした顔が、鷲鼻《わしばな》で背の高いザース・アーンの代わりに、鏡のなかで彼を見かえしている。

彼はよろよろと窓に駆け寄り、星明かりの下のビルの群れと、またたくニューヨークの街の明かりを見わたした。スルーンの豪壮《ごうそう》さでまだ頭がいっぱいの彼には、いまこのニューヨークが、ひどくちっぽけでごみごみした古臭いものに思えた。

星空を見上げる彼の目が、涙で曇った。オリオン星雲は、巨大な天《あま》の川にかかったかすんだ星のペンダントにすぎなかった。小熊座が北極星に近づいている。屋上のすぐ上、低いところに、デネブの白い目がまたたいた。

カノープスは地平線の下にあって、見ることもできない。しかし彼の心は、時間と空間の深淵《しんえん》を飛びこえ、スルーンのおとぎ話のような塔の都に行っていた。

「リアンナ！　リアンナ！」彼は頬に涙を流しながらつぶやいた。

夜の時間がすぎるにつれて、ゴードンはゆっくりと、これからの一生で耐えなければならない試練に向かう勇気をかき立てた。

どうしようもない時間と空間の断絶が、彼が愛したただひとりの娘を、彼から永久に引き離してしまったのだった。彼には忘れることはできないし、忘れるつもりもない。だが、彼はそのまま残された人生を生きていかなければならないのだ。

翌朝、彼は勤めていた大きな保険会社に行った。はいってみると、訪れるかもしれない冒険への期待に興奮して、何週間か前にそこを出てきたときのことを思い出した。

ゴードンの上役である支配人が、びっくりしたような顔で彼を迎えた。

「ゴードン、もう仕事に戻れるくらい元気になったのかね？　それはよかった」

ゴードンは、すぐに見当がついた。彼の身体にはいったザース・アーンは、ゴードンの仕事を代わりにすることなどできないので、仮病を使ったのだろう。

「もう大丈夫です」ゴードンはいった。「すぐに仕事に戻りたいんですが」

それから数日、絶望からゴードンの気持ちを救うのは、仕事だけだった。彼はまるで、麻薬や酒に溺《おぼ》れるように、仕事に没頭した。仕事に夢中になっているあいだだけは、彼を思い出から遠ざけてくれたからだ。

しかし、夜になると彼は思い出した。眠れずに横になったまま、彼は窓から輝く星をながめる。彼の心の目には、いつも強大な恒星が映っていた。そしていつも、リアンナの顔が目の前に浮かぶ。

数日後、彼の上役がやさしく彼をほめてくれた。「ゴードン、病気のおかげできみの仕事の能率が落ちないかと心配していたんだが、いまのきみのやりかたで頑張れば、いつかはきみも副支配人になれるよ」

ゴードンは苦い笑い声を返すとともに、それがそんなに途方もない出世なのかとどなってやろうかと思った。彼が副支配人になれるかもしれないだって？

中央銀河帝国の皇子として、首都スルーンで星間王国《スター・キングダム》の王たちと宴席に出た彼が？　デネブの先の最後の大決戦で、星間諸王国の人々を指揮した彼が？　暗黒星雲同盟に対して強大な破壊力を放ち、宇宙そのものを自分の手で引き裂いた彼が？

それでも、彼は笑わなかった。彼は静かに、「それはぼくにとっては、願ってもない地位ですよ、支配人」といった。

しかし、それから何週間かたったある晩、彼はまた半分眠りかけた心に、呼びかける声を聞いたのだった。

「ゴードン！　ジョン・ゴードン！」

彼にはすぐわかった。彼を呼んでいるのがだれの心かわかったのだ。たとえ死んだあとでも、この声ならわかるだろう。

「リアンナ！」

「そうよ、ジョン・ゴードン、わたしよ！」

「しかし、どうしてきみに――どうして知って――」

「ザース・アーンから聞いたわ」彼女は熱っぽくさえぎった。「スルーンに帰ってきてから、すっかり話してくれたの。わたしが本当に恋していたのは、彼の身体にはいったあなたなのだと、わけを話してくれた。

ジョン・ゴードン、彼はわたしにその話をしながら泣いたわ。あなたが帝国のためにどれだけのことをして、どれだけの犠牲を払ったか、話を聞かされたときに、あの人は言葉も出なかったくらいだったのよ」

「リアンナ——リアンナ——」彼の心は考えられない深淵をこえて、狂おしく呼び求めた。

「では、少なくともぼくらは、ちゃんと別れの挨拶ができるんだね」

「ちがうのよ、待って！」彼女の白銀のような思考波が叫んだ。「別れの挨拶は必要ないわ。ザース・アーンは、精神が時間をこえられる以上、彼の装置が完成すれば、身体も時間をこえられると信じているの。

いま、その作業をしているのよ。それがうまくいったら、わたしのところに来てくださる？　ジョン・ゴードン、あなた自身としてよ」

希望が、灰のなかからおこる新しい炎のように、彼の胸のなかで燃え上がった。彼の返事は、震えるような思考だった。

「リアンナ、きみといっしょになれるなら、たとえ一時間の命といわれても、ぼくは行くよ！」

「ではジョン・ゴードン、わたしたちが呼ぶのを待っていて！　ザース・アーンが完成させるのに、そう長くかかるはずはないし、そのときはわたしたち、呼びかけるから」

やかましい自動車の警笛《けいてき》——ゴードンは目が覚めた。遠くからの思考波の熱心な脈動が彼の脳から消えていった。

震えながら、彼は起き上がった。夢だったんだろうか？　そうだろうか？

「ちがう！」彼はしゃがれ声をあげた。「本当だったんだ。あれが夢でないことは、ぼくにはわかっている」

彼は窓のところに行くと、ニューヨークの明かりごしに、大空に横たわる銀河の大きな輝きをながめた。

星間王国の王者たちの世界、無限と永劫の深淵のはるか彼方へ——彼はそこへ戻っていけるのだ！　彼らのもとへ、その愛で時空をこえて彼に呼びかけてくれた星間王国《スター・キングダム》の王女のもとへ。

解説

堺 三保

平凡な会社員ジョン・ゴードンは、ある日、心の中に語りかけてくる声を聞く。それは、遠未来の地球からの呼びかけだった。呼びかけてきたのは巨大な星間帝国の皇子ザース・アーン。ザースはジョンに時間と空間を超えた精神交換実験の被検体にならないかと持ちかける。ほんの数週間、たがいの身体を交換して、それぞれにとって未知の世界を散策しようというのだ。提案を承諾し、いさんで二十万年先の未来にあるザースの身体に入り込んだジョンだったが、突如、武装した兵士たちに襲われ、帝国の存亡を賭けた権謀術数の渦に巻き込まれていくのだった……。

本書『スター・キング』は、スペース・オペラの代表的作家の一人、エドモンド・ハミルトンが一九四七年に雑誌に発表した（単行本化は一九四九年）*The Star Kings* の全訳である。東京創元社の邦訳版は一九六九年に初版が刊行されているが、今回新版が出るに当たって、新しい解説をつけ、若い読者諸氏を含めて日本のＳＦファンに向けて改めてハミルトンについて紹介することとなった。

エドモンド・ハミルトンは、一九〇四年、オハイオ州生まれ。一九二六年、二二歳のときに作家デビューして以来、数々のペンネームを駆使して二〇～三〇年代にかけてさまざまなパルプ雑誌に、ＳＦ、ホラー、ミステリなどを多数執筆する。特に、星をもつぶしてしまうような壮大なスケールの宇宙活劇《スペース・オペラ》を書くことで、「世界の破壊者《ワールド・レッカー》」というあだ名までついた。この時期の代表作に〈星間パトロール〉シリーズがある。

一方、三〇年代からは「フェッセンデンの宇宙」など、奇想と儚《はかな》い読後感とが同居する本格ＳＦ短編も書きはじめ、評価を得る。

そして、一九四〇年、代表作となるスペース・オペラ、〈キャプテン・フューチャー〉シリーズを書きはじめて人気を博すが、第二次世界大戦の影響でパルプ雑誌文化に陰りが見えはじめ、一九四六年には長編シリーズとしては休止してしまう。

それとほぼ入れ替わるように、当時興隆してきたコミックスの原作を書くようになり、六〇年代までＤＣコミックスの看板作品である『スーパーマン』や『バットマン』を数多く執筆することとなる。この四十年代後半から六十年代にかけては、それと並行して『時果つるところ』や『虚空の遺産』といった、単発の本格ＳＦを何作も執筆、本書を含む〈スター・キング〉二部作も書いている。

六〇年代後半には現代的なスタイルのスペース・オペラを目指した〈スターウルフ〉シリーズを発表、その第四作を構想しつつも七七年に死去した。享年七二。ＳＦとコミックスの黎明期から、その歴史とともに半世紀を歩んだ作家であった。

『スター・キング』は、一九四七年という、第二次世界大戦も終わり、スペース・オペラはもちろんパルプ雑誌の時代も終わりかけ、一九五〇年代の黄金時代に向けてＳＦが洗練の時代を迎えつつあった頃に書かれた作品である。それにしては、銀河系の覇権《はけん》を賭けて王や貴族たちが宮廷陰謀劇を繰り広げるという、古色蒼然《こしょくそうぜん》たる設定を用いているのが特徴なのだが、それもそのはず、実は本作はマーク・トウェインの『王子と乞食』（一八八一）を嚆矢《こうし》とする「うり二つ」テーマの古典、とくにアンソニー・ホープの『ゼンダ城の虜《とりこ》』（一八九四）を下敷きとしているのである。

しかも、導入部の「現代人である主人公が遠い宇宙に飛ばされる」という設定は、エドガー・ライス・バローズのあまりにも有名なスペース・オペラの古典〈火星〉シリーズ（一九一七～）を思わせるものとなっている。主人公が元軍人という設定も〈火星〉シリーズと共通しており、本作においてはそれが終戦直後当時の時代性を感じさせる点も興味深い（ちなみに、バローズもまた、『ゼンダ城の虜』を下敷きにした冒険小説『ルータ王国の危機』（一九二六）を書いている）。

実は、いまではハミルトンの代表作と見なされている〈キャプテン・フューチャー〉シリーズもまた、当時人気を博していたパルプ雑誌のヒーローもの〈ドク・サヴェッジ〉〈ケネス・ロブスン〉を換骨奪胎《かんこつだったい》してスペース・オペラ化したものであった。〈キャプテン・フューチャー〉は、それまでのスペース・オペラの特徴を集大成したようなシリーズでもあり、当時すでに下り坂だったこのサブジャンルにとっての挽歌《ばんか》という見方もできる作品であったと言える。

『スター・キング』は〈キャプテン・フューチャー〉シリーズが終了したその翌年に書かれた作品である。このころすでにアイザック・アシモフやロバート・A・ハインラインが活躍をはじめ、スペース・オペラはもっとシリアスなSFに道を譲《ゆず》っていた。筆者が思うに、そんななか、往年のスペース・オペラらしい活劇を成立させるために、ハミルトンは西部劇よりもさらに古い宮廷陰謀劇をモチーフとして引っぱり出したのではないだろうか。

本作の後、ハミルトンは〈スターウルフ〉シリーズ（一九六七～六八）では考え方を逆転させ、現代的なSF設定と、ハードボイルド的なキャラ造形で、現代SFとしてスペース・オペラを再生しようとしている。

〈キャプテン・フューチャー〉、本作、〈スターウルフ〉と、執筆年代順に並べてみると、スペース・オペラの時代が終わった後で、いかにしてスペース・オペラを書き継ぐか、ハミルトンが試行錯誤を重ねていたことが見てとれるのである。

もちろん、本作は単なる古典の焼き直しではなく、ハミルトンならではのひねりがきちんと盛り込まれている。

ひとつはもちろん、次々に繰り出される新発明や超兵器だ。なかでも凄まじい破壊兵器〝ディスラプター〟は、当時としても非常に先進的なアイデアの産物だ。一方で、宇宙船に超光速飛行をさせる設定は、あまりにも強引かつ無理やりに相対性理論を打破しようとしていて笑ってしまうのだが、もちろんこれは本人も屁理屈を承知で書いていたのだと思いたい。

もうひとつは、敵役であるショール・カンの造形だ。彼は自分の目的のためならあらゆる非道をも辞さないという、倫理観が完全に欠落した人物なのだが、その一方、徹頭徹尾実務的な人物でもあって、残虐《ざんぎゃく》さや悪辣《あくらつ》さをまったく感じさせない。主人公のジョンに対する態度の、妙な公平さや共感などにも、それは現れている。いまの言葉で言うと、反社会性パーソナリティ障害者といったところだろうか。ビジネスライクに淡々と悪事をこなす姿には、いまも通用する現代性に加えて一種不思議な魅力すらある。

これらの現代的な描写と、古典的なストーリーテリングとが渾然《こんぜん》一体となって、遠未来の宇宙活劇と古式ゆかしい宮廷ドラマとがシームレスにつながっているところに、本作のいつまでも色あせない魅力があるのだ。

ところで、ホープの『ゼンダ城の虜』には続編『ヘンツォ伯爵』（一八九六）があり（創元推理文庫版では正続合わせて一冊にまとめられている）、バローズの『ルータ王国の危機』もそれに則《のっと》って二部構成となっている。どちらも正編の最後でもとの生活へ戻っていった主人公が、続編や第二部において再度冒険に乗り出していく姿が描かれている。

すでに〈スター・キング〉は二部作であると書いたが、本作にも続編『スター・キングへの帰還』（一九六四）がある。やはり『ゼンダ城の虜』や『ルータ王国の危機』同様、主人公のジョン・ゴードンが再び二万年後の遠未来へ赴《おもむ》き、帝国を襲うさらなる脅威に立ち向かうこととなる。しかも、本作の敵役であるショール・カンが意外な形で再登場し、大いに話をかきまわしてくれるあたりに、ハミルトンらしいストーリーテリングの妙がうかがえる。本作の少しわびしげなエンディングから一転して、『ヘンツォ伯爵』よりも『ルータ王国の危機』や〈火星〉シリーズを思わせる大団円を迎えるあたりも痛快で心地よい。

そして、翻訳はされていないが実はもう一作、"Stark and the Star Kings"（1975）という番外編も存在する。こちらは、ハミルトンの妻で同じくSFやミステリの作家だったリイ・ブラケットとの共作で、ブラケットが生み出した人気ヒーロー、エリック・ジョン・スターク（「金星の魔女」（一九四九）のみ邦訳がある。青心社文庫『赤い霧のローレライ』所収）がスター・キングの時代にやってきて宇宙の危機を阻止するという話になっている。しかも（筆者は未読だが、現物を読んだ翻訳家の中村融氏によれば）なんとジョン・ゴードンは脇にまわり、ショール・カンがスタークと組んで大活躍するらしい。

もともとはハーラン・エリスン編のアンソロジー*The Last Dangerous Visions*〈最後の危険なヴィジョン〉のために書かれたものの、肝心のその本が出版されなかったためお蔵入りしていたが、二〇〇五年に出た作品集*Stark and the Star Kings*に収録された。長めの短編くらいの長さだという。どこかで翻訳が出ることを望みたい。

ともあれ本作は、いま読んでもおもしろい、というより、いま読むとレトロフューチャーな魅力にあふれた、愉《たの》しい宇宙冒険活劇となっている。それこそ、コミックス原作を書いたりシリアスなSFを書いたりしながらも、一方でずっとスペース・オペラを書きつづけていたハミルトンの、職人技とこだわりの結晶だろう。初読の方も久しぶりに読む方も、等しく肩の力を抜いて、ジョン・ゴードンの冒険の旅につきあってほしい。

二〇二〇年一〇月

検印
廃止

訳者紹介　1923年東京生まれ。慶應義塾大学文学部卒、英米文学翻訳家。主な訳書に、マクベイン〈87分署〉シリーズ、フレミング〈007〉シリーズ、マッカレー『怪傑ゾロ』など多数。2003年没。

スター・キング

1969年11月15日　初版
2004年10月29日　21版
新版　2020年11月27日　初版

著　者　エドモンド・ハミルトン

訳　者　井《いの》　上《うえ》　一《かず》　夫《お》

発行所　(株)東京創元社
代表者　渋谷健太郎

162-0814/東京都新宿区新小川町1-5
電　話　03・3268・8231-営業部
03・3268・8204-編集部
URL　http://www.tsogen.co.jp
DTP　工友会印刷
暁印刷・本間製本

ISBN978-4-488-63724-8　C0193

地球創成期からの謎を秘めた世界

Voyage au centre de la Terre◆Jules Verne

地底旅行

ジュール・ヴェルヌ

窪田般彌 訳 創元SF文庫

◆

鉱物学の世界的権威リデンブロック教授は、
16世紀アイスランドの錬金術師が書き残した
謎の古文書の解読に成功した。
それによると、死火山の噴火口から
地球の中心部にまで達する道が通じているという。
教授は勇躍、甥を同道して
地底世界への大冒険旅行に出発するが……。
地球創成期からの謎を秘めた、
人跡未踏の内部世界。
現代SFの父ヴェルヌが、
その驚異的な想像力をもって
縦横に描き出した不滅の傑作。

創元SF文庫を代表する一冊

INHERIT THE STARS◆James P. Hogan

星を継ぐもの

ジェイムズ・P・ホーガン

池 央耿 訳　カバーイラスト＝加藤直之

創元SF文庫

◆

【星雲賞受賞】

月面調査員が、真紅の宇宙服をまとった死体を発見した。

綿密な調査の結果、

この死体はなんと死後５万年を

経過していることが判明する。

果たして現生人類とのつながりは、いかなるものなのか？

いっぽう木星の衛星ガニメデでは、

地球のものではない宇宙船の残骸が発見された……。

ハードSFの巨星が一世を風靡したデビュー作。

解説＝鏡明